이것만은
남기고 가야지

은퇴 이후 한 가장의 평범하고 소박한 삶을 그린 황혼의 에세이

이것만은
남기고 가야지

이 응 수 지 음

저기 산자락을 베고 고단하게 누운 저녁노을 한 번 바라보라. 얼마나 아름다운가. 여명과는 아예 비교가 안 된다. 일출과 일몰은 한 몸에서 이루어진다. 참다운 탄생의 가치는 일몰 뒤의 발자국이 만든 모양새로 남는다. 그대, 노을빛 세상의 끄트머리에 서서, 상여 뒤에 따라올 사람들의 얼굴을 한 번 그려 보았는가. 아름다운 일몰은 아름다운 축복을 부른다.

말·글빛냄

책 머리에

엑스트라로 전장에서 말발굽에 치여 죽어가는 병사 1, 2를 일반 시청자들은 잘 모른다. 저런 사람들도 저기 있구나, 정도로 알 뿐이다. 하지만 그들도 딴에는 최선을 다해 심각하게 연기를 하고 있는 것이다.

만에 하나 죽은 사람이 꿈틀한다면 그 장면은 다시 찍어야한다. 아무리 주인공이 열연(熱演)을 했고 제작비가 많이 든 장면이라도 어쩔 수가 없다. 엑스트라의 역할도 그만큼 중요하다. 그럼에도 사람들은 그들에게 별로 신경을 쓰지 않는다.

신사(辛巳) 생. 68세. 노인으로, 어르신으로 살아온 지 3년 남짓.

2008년도 말, 인구보건복지회 발표에 의하면 우리나라 국민 평균 수명은 남자 75.1세(세계 29위), 여자 82.3세(16위)로 나왔다. 평균 수명을 제대로 누리고 산다고 해도 이미 카운트다운에 들어간 시한부(?) 인생을 살고 있는 사람들, 직장, 사회에서는 물론 가정에서까지 퇴역으로 물러나 이제 이름만 어르신이지 어르신 노릇도, 대접도 못 받는 힘없는 사람들, 이 나라 여명기에 태어나 국민(초등)학교를 다니면서 6.25를 맞았고 교복, 군복, 예비군복, 민방위복으

로 살아오는 동안 제복이 가르쳐 준 질서에 익숙한 사람들, 식모살이 떠나듯 해외파견 1호 광부로, 간호원으로, 파병(派兵)으로 따랐으며 공돌이, 공순이 1세대로, 자식 하나에 모든 걸 걸고 살아온 사람들.

한때는 꿈나무들이고 유망주들이었는데, 어쩌다가 신세대란 말은 한번 들어보지도 못한 채 X세대에, 386세대에 밀려 문화적 샌드위치맨으로 허둥대다가 어느 날 하루아침에 구세대로 몰려 왕따를 당한 사람들, 떨어지는 인생 곡선의 포물선 벼랑에서 한두 가지 지병(持病)을 친구해, 말로(末路)가 안겨다주는 포기와 패배 속에 숨어 있는 작은 안식(安息)을 찾아 좌고우면(左顧右眄)하면서 황혼 길을 걷는 사람들, 그들이 바로 우리들 세대, 지금 나의 현주소다.

내가 어렸을 때 우리 마을에 도금봉(都琴峰) 주연의 영화 〈황진이〉가 상영된 일이 있었다. 공연시설이 없는 면소재지 마을이라 마당이 넓은 개인집이나, 학교운동장 같은 빈터에 포장을 둘러 만든 가설극장에서 상영했는데, 그날은 많은 사람들이 관람을 했었다.

"향토출신의 배우 김문오가 출연한 영화 황진이, 청운의 꿈을 안고 상경한 김산댁 둘째 아들이 마침내 스타가 되어 고향에 돌아왔습니다. 면민 여러분….”

상영 전 확성기를 단 짚차가 동네방네 돌아다니며 선전을 했기 때문이다. 그런데 영화를 관람한 사람들 중 아무도 김문오를 본 사람이 없었다. 김문오가 서울 가서 영화배우가 됐다는 이야기는 그 전부터 있었기 때문에, 입장한 사람들이 대부분 영화 〈황진이〉보다 그의 얼굴 한번 본다고 들어간 사람들이라 실망이 이만저만이 아니었다.

그런데 나중에 알고 봤더니 김문오는 엑스트라로 나왔고, 황진이 집 앞에서 잠깐 머물렀다가 지나가는 상여의 오른쪽 세 번째 상두꾼으로 분장, 뒤통수만 잠깐 보이고는 지나가버렸다는 것이다.

주인공으로 번듯하게 나오리라고 생각했던 사람들은 그 사실을 알고는 모두 빈 입맛을 쩝쩝 다셔야했다. 그 뒤로 한동안 우리 마을에서는 어처구니없는 말의 대명사로 “문오 영화 나오듯”이란 말이 유행한 일까지 있었다.

엑스트라의 꿈은 주인공이 되어보는 것이다. 영화의 주인공이

되어 이름도 날려보고 돈방석에도 한번 앉아보기 위해 오늘은 전장에서 말발굽에 치이고, 내일은 시장모퉁이에 고등어 한 손을 든 장꾼으로 돌아다닌다.

하지만 그 가운데서 주인공으로 발탁되는 예는 거의 없고 대부분 그들은 엑스트라로 연기생활을 마친다. 그 사람들이 노력을 안 해 그렇게 끝나는 건 아니다. 자기 딴엔 그야말로 죽을 힘을 다 하지만 안타깝게도 그런 결과를 만날 수밖에 없는 것이 그쪽 세상의 일이다.

바로 그게 세상 사람들이 살아가는 모양이다. 우리는 모두 그렇게, 그런 엑스트라로 살아가고 있는 것이다. 누구도 나를 알아주지 않지만 나 혼자만은 최선을 다해 살아가고 있는 것이다.

시민공원에 가보자. 청소하는 사람, 연애하는 사람, 장기 두는 사람, 또 그런 걸 옆에서 멍청히 구경하는 사람 등 여러 유형의 사람들을 만난다. 남의 눈에는 어처구니없는 모습일 수도 있지만 저마다 다 그럴 사정이 있다. 그들은 그게 최선을 다해 사는 것이다. 그게 사람 사는 세상의 일이다. 병사 1, 2가 그러하듯이.

어느 틈엔가, 황혼 들녘에 버려진 한 인생 엑스트라의 이야기를 반면교사(反面教師)로 여기에 담아본다. 그 이야기가 노을빛 물로 곱게 채색되기를 바라면서.

2009. 5
이웅수

둘,

우리 모두 등신(等神)으로 살자
77

나물 캐러 바구니 옆에 끼고서 | 다문화(多文化), 세상은 그렇게 흐르는 것 | 고스톱, 우리시대가 낳은 필요악(必要惡) | 70,000시간의 공포 속에서 사는 사람들 | 이래도 한평생, 저래도 한평생 | 바보는 자기가 바보인 줄 모른다 | 희수연(喜壽宴), 아무나 하나 | 여보, 김미숙한테는 그냥 팬일 뿐이야 | 오래 살려면 나이를 많이 먹어라 | 등기우편으로 날아온 청첩장 | 선배님, 무조건 죄송합니다

셋,

내일은 내일의 바람이

143

양반, 그리고 노블리스 오블리주(noblesse oblige) | 예절인가, 폭력인가 | 아가야, 불초(不肖)의 뜻을 아느냐? | 손자 그 녀석, 그냥 같은 동포일 뿐이야 | 학술대회, 개발의 편자인가 | 일흔이 영상(榮喪)이면 여든은 소상(笑喪)인가 | 고무신 한번 신어보셨습니까 | 늙는 것도 서러운데 | 자식은 더 이상 보험이 아니다 | 아버지 연세에도 노래방에 가십니까? | 그 양반은 영도(影島) 이씨 시조공(始祖公)

넷,

식물도감에도 잡초는 없다
209

전직 장관은 이제 장관이 아닙니다 | 내리사랑과 치사랑 | 만날까, 말까, 그것이 문제로다 | 누구나 할 수는 있지만 누구나 못 하는 일 | 신랑감의 비호감 1위가 효자라니 | 이제 길어 10년, 짧으면 5년이야 | 배우는 것도 노는 것입니다 | 우리는 모두 디지털 치매환자 | 늙어 대접받는 건 호박뿐이랍니다 | 정말 나는 불우한가

다섯,

지는 태양이 더 아름다운 것은
267

언젠가는 우리도 저 두건총으로 남아 | 아, 너도 가고 나도 가야지 | 이별연습, 종착역이 가까워지고 있다 | 다 살았는데 생긴 대로 두지 뭐 | 또 하나의 자식, 야생화 | 이순(耳順), 종심(從心), 다음에 관조(觀照)를 두었으면 | 앞으로는 병(病)과 동거하십시오 | 만수무강 너무 찾지 마, 그것도 욕이야 | 칠십생남(七十生男), 그게 안 되면 그땐 죽어야지 | 자꾸 걸으세요, 그게 보약입니다 | 익은 감도 떨어지고, 생감도 떨어지고 | 아직도 우리는 꿈을 그리고 있습니다

쓰고 나서 342

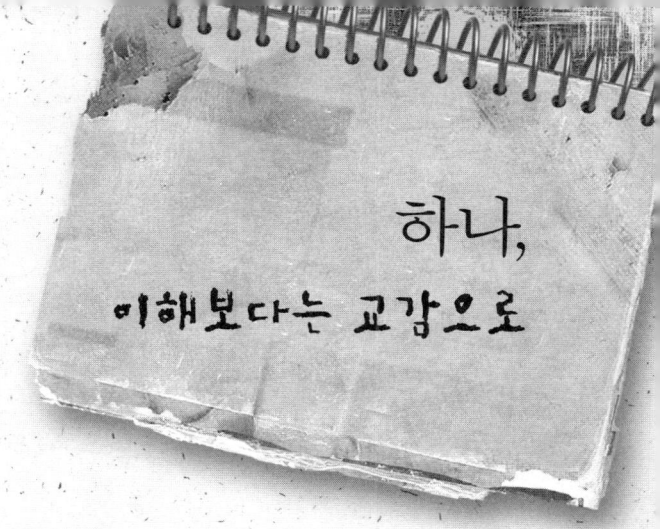

하나,
이해보다는 교감으로

마케팅 이론에 감성경영이란 게 있다. 호텔 같은 곳에서 10배나 비싼 커피를 마시고도 기분이
좋은 것은 그곳의 분위기, 멋, 상류의식 등이 정신적으로 보완을 해주기 때문이다.
요즘 우리는 서로의 추억까지 비교해가면서 사는, 차원 높은 시대를 살고 있다. 그 길은 하늘
에 있는 것이 아니라 우리들 가슴속에 있다.

그 푸르렀던 날들은 어디로 가고

내가 사는 아파트 옆으로 금호강(錦湖江)이 흐른다. 같은 시(市)인데도 사람들은 강 저쪽을 시내라고 부른다. 자연히 이쪽은 시외가 된다. 시내 쪽 강안 둔치에는 갖가지 운동시설이 갖춰져 있어 많은 사람들이 분빈다. 조경도 잘돼 있다.

그런데 우리 사는 쪽은 그런 게 없다. 까닭인즉 생태보호구역으로 지정, 본래 형성된 자연 그대로 둔다는 것이다. 그게 좋다는 사람, 싫다는 사람, 이러쿵저러쿵 말들이 좀 있더니, 이내 조용한 걸 보면 좋게 받아들인 모양이다.

풀숲으로 난 오솔길은 한 번씩 걸을만해서, 나는 짬이 생기면 아파트단지 뒤 가람봉을 오르거나 거기 나가서 시간을 보낸다. 보(洑)로 강을 막아 사시장철 물이 그득 고여 있어 지자요수(知者樂水)의

격도 풍겨준다. 들오리들의 자맥질도 겨울 한 철은 그림으로도 볼 만하다.

요즘은 구절초랑 달맞이꽃, 망초, 강아지풀, 쑥부쟁이 따위의 잡 동사니들로 한창인데, 아마 이런 환경 때문에 손 안대고 그냥 두자 는 것 같다. 내가 여길 자주 찾는 것도 혹 이들 때문에, 이들의 꼬드 김에 못 이겨 나오는 건 아닌지 모르겠다.

낚시꾼들이 이곳을 그냥 둘 턱이 없다. 길게 누워있는 강안으로 는 곳곳이 낚시터다. 꾼들 가운데는 면이 익은 이도 많다. 밤을 거 기서 꼬박 새우는 이도 더러 있는 걸 보면 그 재미도 괜찮은가보 다.

한두 사람은 아예 그곳에다 비닐 움막을 세워 조석 해결은 물론 살다시피 하는 사람도 있다. 걸쳐놓은 낚싯대도 여남은 대가 있다.

세상에 가장 싱거운 놈이 남 고스톱 치는데 옆에 앉아 계산 바뤄 주는 놈이고, 다음이 남 고기 잡는데 붙어앉아 잡은 고기 세는 사 람이라 했던가. 가끔은 그냥 구경만하기가 뭣해 인사삼아 한마디 씩 거들 때도 있다.

"입질은 좀 됩니까?"

"그저 그렇습니다."

대거리가 싫었던지 대답이 심드렁하다.

잡아놓은 걸 보니 수태 여러 마리고 그중 큰 놈은 제법이다. 팔뚝 만한 잉어도 보인다. 어떤 날은 자라도 한 마리 들어 있고, 또 어떤

17

날은 베스라는 외래종도 들어 있는 걸 보면 무는 데로 잡는 모양이다.

반백의 머리랑 골 깊은 주름이 내 나이와 비슷해 보여 동류의식을 믿고 한마디 더 보탠다.

"이래 보내믄 시월 하나는 잘 가겠습니다."

"그래 뵙니까? 그래 보이 좋기는 합니다만."

"강태공 이야기도 그런 거 아이겠습니까. 고기는 중신아비고 거저 시월이나 낚으려고…."

"하긴, 보는 사람들에 따라 그렇기도 하겠지요."

"…."

내가 뭘 잘못 물었는지 뒤뚱하게 들린다.

"내가 얘기 하나 할까요. 옛날에 어떤 영감이 산에 나무를 하러 갔다가 호랑이를 만났다 아입니까. 기냥 있으문 물려 죽겠다 싶어 얼릉 나무에 올라갔지요. 호랑이가 밑에서 어훙 카믄서 둥치를 흔들어대자 그만 뚝 떨어졌는데, 다행인지 불행인지 그게 그만 호랑이 등에 떨어졌다 아이라요. 이거 큰 일 났고나, 땅에 떨어지믄 바로 호랑이 입에 들어갈 판이라 영감은 죽을힘을 다해 매달렸지요. 그라이까 호랑인 호랑이대로 이거 잘못 건디렀구나 해서, 기겁을 하고는 달아났다 말입니다. 그런데 개뿔도 모르는 사람들은 그걸 보고 산신령이 호랑이타고 주류천하 한다 그러더래요."

나는 할 말을 잃는다. 이녁이 생각하는 것처럼 내가 그렇게 팔자

이것만은 남기고 가야지

좋은 사람이 아니란 걸 우회적으로 털어놓는 듯해서다.

"…."

숙연해질 수밖에 없다. 그 나이에 비닐 움막에서 혼자 지내며 낚시로 생활을 꾸려나간다는 이야기 같은데, 갑자기 그 사실 하나만으로도 그 양반 살아온 지난날들이 눈앞에 그려진다.

문득 당나라의 노동(盧仝)이라는 시인의 절구(絶句)가 생각난다.

刻成片玉白鷺鷥 欲捉纖鱗心自急 翹足沙讀不得時 傍人不知謂閑立
각성편옥자로오 욕착섬인심자급 교족사독부득시 방인부지위한립

옥으로 다듬은 듯한 백로 한 마리, 물고기를 잡으려고 마음을 조이며,
물가 모래밭에 발끝을 세워 기다리는 데에도, 사람들은 알지도 못하
면서 한가한 세월을 보낸다고 이르네.

한번은 낚시구경을 하고 있다가 갑자기 비가 뿌려 그 양반 움막으로 잠깐 몸을 피한 적이 있었는데, 본의 아니게 그 안에서 커피까지 한잔 얻어먹게 되었다. 그만해도 서로 이야기 벗이 된 셈이다.

"이자 이 짓도 몬 해묵지 싶습니다."

"어데, 나이 앞에 장사가 있던가요?"

위로삼아 같이 늙어감에 대한 회한(悔恨)으로 받는다.

"나이야 내가 묵은 거이까 그렇다손 치고, 어느 눔이 찔렀는지 우쨌는지 모르지만, 추석 전으로 이걸 다 뜯어라 카는구만요. 나한테는 이기 집인데. 허허허"

"아, 그래요."

"죽을병만 안 들면 노숙자 생활은 민하는구나 생각했는데 제기랄, 그게 또 이래 돌아가네요."

"…"

어떤 말이 위로가 될까, 내가 아는 어휘(語彙) 양으로 이런 데 대처할 말이 얼른 떠오르지 않는 게 마냥 안타까울 뿐이다. 지난번에 잠깐 들은 산신령 이야기가 새삼스레 떠올라 사람을 울가망하게 만든다.

추석 쇠고 며칠 뒤, 성묘도 다녀오고 한동안 놓았던 친인척을 만나느라 여러 날 잊었다가 다시 풀숲 길을 걷는다. 벌써 소매 끝 바람이 스산하다. 달맞이꽃도, 망초도, 강아지풀도 모두 시들어, 자연의 섭리에 조금은 서글퍼지는 계절이다.

그런데 풀숲이 끝나는 곳에 있어야 할 비닐움막이 보이질 않는다. 혹 다른 곳으로 옮겼나 해서 여기저기 눈길을 던져보았지만 없다. 그 앞에 즐비하게 놓여있던 낚싯대도 안 보인다.

늘그막 자신의 처지를 산신령으로 승화(?)시키더니만 그 양반은 어디로 자리를 옮겼을까, 괜히 궁금하다. 허허허, 그가 뱉은 허튼 웃음도 아직 귓전에 그냥 살아있는데.

계절 탓인지, 아니면 나이 탓인지 모르지만 이상하게도 요즘은 하찮은 일에까지 울가망한 마음에 자꾸 젖는다. 낚싯대가 놓여있던 그 자리에 어디서 왔던지 재두루미 한마리가 강물에 떠내려오는 가을 하늘을 시나브로 건져내고 있다.

가훈(家訓), 그거 시류에 역행하는 거 아닙니까?

시민회관 앞을 지나오는데 전시실 입구에 가훈전시회를 한다는 현수막이 드리워져 있다. 호기심이 발동, 한번 들여다본다.

오늘날 사회가 이처럼 혼란스럽고 갈등, 불화로 시끄러운 데에는 가정훈육이 잘못된 데에 원인이 크다고 보고, 이를 바로 잡는 차원에서 가정훈육을 새삼스레 돌아보게 되었다는 게 본 전시회의 취지라고 팸플릿은 이야기하고 있다.

가훈을 가정훈육(家庭訓育)의 줄인 말이라고 설명해놓았는데 나로서는 처음 듣는 말이긴 하나 그럴싸하게 보인다.

전시장에는 좋은 말들이 많았다.

'一日三省(일일삼성)', '惜福(석복)', '盡人事待天命(진인사대천명)', '家傳忠孝(가전충효)', '百忍堂中有泰和(백인당중유태화)', '信望愛(신망애)', '밝고, 참되고, 아름답게', '三思一言(삼사일언)', '日

日新(일일신)', ‘一日一生(일일일생)' 등등.

가훈을 들먹이는 사람들이 대개 그런 세대여서 그런지 모르지만 찾는 사람들도 우리 나이의 사람들이고, 내용 또한 대부분 한문 성어(成語)들이 주류를 이룬다.

전시를 겸한 〈한 가정 한 가훈 갖기〉 캠페인도 병행하고 있어, 원하는 이들에게는 하나씩 써주고 있기에 나도 하나 골라 받았다.

〈笑軒(소헌)〉으로 했다. ‘웃음소리가 나는 집’이다.

웃음소리가 나는 집이면 그만큼 행복한 집이 아닐까, 그럴싸하게 생각되어 잡았던 것이다. 또 웃음은 나 아닌 세상과 화해의 손짓, 또는 수단의 기능도 있기에 여기에도 무게를 둔 것이다.

사실 나는 지금까지 가훈 같은 건 모르고 지냈다. 윗대에서 그런 게 있었는지 어떤지 모르지만 나에게 이어진 건 없었다. 직장생활할 때 기업문화의 일환으로 가훈을 하나씩 갖자며 제창한 일이 있었지만 일과성 행사여서 유야무야로 끝나버린 게 전부다.

집에 와서 아이들에게 〈笑軒〉을 꺼내놓고 내 의도를 밝혔다. 모두 심드렁했다. 또 황혼연설을 한다는 눈치 같았다.

"지금 저기 걸어 논 거 저건 뭡니까. 저게 그런 거 같은데 저걸 새로 바꾼다 말입니까, 아니면 하나 더 걸어놓는다 말입니까."

벽에는 남석(南石) 이성조 선생의 글씨가 하나 걸려 있다. "自勝者彊 自知者明", 도덕경에 나오는 말로 연전에 팔공산 자락에 있는 선생의 서방(書房)을 들러 직접 받아온 글이다.

23

"요새도 가훈 같은 거 걸어놓는 집이 있습니까. 개인의 창의성에 영향을 준다고 해서 회사에는 사훈(社訓)도 없앴다고 하던데요."

떫은 표정이다. 가훈을 무슨 규율 같은 구속으로 생각하는 듯한 느낌을 받는다. 여담으로 이런저런 이야기가 오고간다.

"초등학교 애들을 대상으로 교실에 걸어둘 급훈을 모집했는데 이런 말들이 나왔대요. '니 성적에 잠이 오냐', '십분 더 공부하면 여친(여자친구)이 바뀐다', '대학가서 미팅할래 공장가서 미싱할래', 희한한 놈들이잖아요."

"요새 하는 연속극, 거실에 걸린 거 한번 봤습니까. 가훈이라면서 '빚보증을 서지말자'고 써 붙여 놨더구만요."

모두 그런 투의 이야기들이다. 한마디로 세상은 날고 있는데 엉금엉금 기어서 어떻게 따라가겠느냐는 이야기로 들린다.

할 말이 없다. 한집에서 한솥밥을 먹고, 한 화장실을 쓰고 살지만 세대차이가 현격하게 나고 있음을 느낄 뿐이다. 그날 전시장에 우리 같은 중늙은이 대여섯만이 뒷짐을 지고 오락가락하는 까닭을 그때서야 새삼스레 알 것 같다.

각주구검(刻舟求劍), 잃어버린 칼을 찾는데 내 방법은 이미 녹이 쓸었다. 더군다나 막내는 대화가 안 된다는 듯 아예 들은 척도 않고 TV에다 눈을 박고 있다. 막내의 영악스러움은 가끔 나를 황당하게 만들었는데 이런 데서 특히 표를 낸다.

언젠가 막내랑 같이 차를 타고 나오면서 주유소를 들린 일이 있다. 기름을 넣고 값을 지불하면서 오늘 치 스포츠신문 없어, 하고 는 있으면 그걸로 한 장 달라고 했다. 덤으로 휴지나 신문을 곧잘 주기에 선택을 그것으로 한 것이다.

주유소를 빠져나오는데 막내가 기다렸다는 듯 말을 붙인다.

"아버지. 아까 주유원한테 왜 말을 놓습니까?"

아마 내 언행이 못마땅했던가 보았다.

"그 친구 늬 나이밖에 더 되냐. 자식뻘인데 좀 놓으면 어때서."

"…."

제가 원했던 대답이 아니었던지 조용했다. 묻는 의도를 모르는 건 아니지만, 그리고 아까 내 말에 경솔함이 있었다는 것도 새삼스 레 감지는 했지만, 이왕 쏟은 물이라 어떤 대답이 나오는지 한번 튀어본 것이다.

"왜 말이 없냐?"

"제가 주유원 같으면 저도 같이 놔 버립니다."

"임마, 이거…."

"아버지도 참, 잘못된 건 인정하셔야죠."

"…."

이번엔 내가 말을 아꼈다. 아버지의 권위를 내세워 그 자리에서 인정은 하지 않았지만 논리적으로 나는 이미 패자가 되어 있었다.

이런 아이들에게 가훈을 들고 나왔으니 그게 먹혀들어갈 턱이 없다. 한 번 더 생각해보면 시도부터가 잘못되었다.

25

이날 결론은 '아버지 좋도록 하이소'였다. 자기네들 의견은 충분히 전했으니 결정은 나더러 하라는 것이다. 내가 늙었구나, 싶은 생각에 그만 울컥 서러운 생각이 드는 순간이었다.

우리 선대의 우화집에 이런 이야기가 나온다.

어느 집에 쥐들이 살았다. 주인마님이 하도 엄하게 단속을 해서 뭐 하나 훔쳐 먹기가 힘들었다. 음식을 해서는 항상 세 발 달린 솥에 넣어 솥뚜껑을 덮고는 그 위에다 무거운 돌을 얹어놓아, 마님이 자리를 비우더라도 도무지 손을 쓸 수가 없었다.

자기네들 머리로는 해결방법이 없어 늙은 쥐를 찾아갔다. 혹 오래 살았으니 뾰족한 수가 있지 않을까 해서다.

"너희들 힘으로 쇳덩이를 들 수는 없는 거 아냐. 그러니까 솥발을 찾아 그중 하나 밑을 파도록 해라. 발이 세 개니까 절로 솥이 넘어지게 되어 있다. 그럼 되잖어."

쥐들은 당장 그렇게 실천해서 모처럼 배불리 먹을 수 있었다는 이야기다. 작자는 이 이야기를 노서지계(老鼠之計)라고 이야기하면서 젊은이들이여 어려운 일이 있을 땐 혼자 속을 앓지 말고 늙은이에게도 한번 물어보라는 말을 남겼다고 적고 있다. 지식으로 사는 게 아니라 지혜로 사는 사람들이 노인이다. 노인들이 가진 힘은 경험이 만들어준 것이다.

지식(知識)의 知와 지혜(智慧)의 智는 분명히 다르다. 知에 세월

(日)이 쌓이고 쌓여야 智가 된다. 지식이 지혜로 바뀌자면 숙성기간이 필요하다.

아이가 젖 달라고 우는 건지, 아파서 우는 건지, 아니면 똥을 싸 놓고 우는 건지, 이런 건 의사보다도 할머니가 더 잘 알고 정확하다. 바로 이것이 지혜인 것이다. 내가 가훈을 찾는 데에는 이런 점에서 착안한 것인데 누구도 그것을 알아주지 않는다.

공감대가 형성되지 않는 결정은 별 의미가 없다. 결국 〈笑軒〉은 내 가슴에 묻어두고 혼자만 한 번씩 꺼내보곤 하는 불발탄이 되고 만다. 다만 '아버지가 이런 뜻을 가지고 있다'는 건 남겼으니 그것만으로 만족하는 수밖에.

가훈이 들어서기엔 이미 시대가 너무 멀리 와 있는 건 아닌지 모르겠다.

아니, 맹자(孟子)에 부자지간불책선(父子之間不責善, 부자지간에는 좋고 나쁨을 가르치지 않는다)이란 말이 나오는 걸 보면 나만 모르고 있었지 옛날부터 자식교육은 그렇게 하지 않았나보다.

65세, 노인복지법이 정한 어르신은

아파트 경로당을 들른다. 여자들이 거처하는 방엔 항상 웃음소리가 나고 훈기가 도는데 남자 방은 쓸쓸한 찬바람이 인다. 혹 바둑 두는 이라도 있으면 같이 한판 두러 들어갔다가 아무도 없어 그냥 돌아 나온다.

작년 세밑에 동사무소에서 안내장이 하나 왔다. 다음 달부터 교통보조비를 3개월에 31,250원씩 지급하겠으니 받을 수 있는 통장 번호를 적어, 신청서를 제출해달라는 것이다. 친구들에게 이미 들은 바가 있어 불원간에 이런 연락이 오리라는 걸 짐작은 하고 있었는데, 마침내 그 연락이 온 것이다.

만 65세. 신사(辛巳)생 뱀띠. 이윽고 나도 이제 국가가 인정하는 노인 반열에 들어 그 대우를 받는다.

갑장(甲長) 친구들 가운데는 '아직 경로당에는 나가지 마라, 나가 봐야 물심부름밖에 안한다'며 아예 그런 곳을 외면한 사람도 있지만, 넉살 좋은 사람들은 자주 얼굴을 내놓아 회장이란 지위까지 꿰찬 이도 있다.

현재 우리나라 고령의 기준은 좀 들쑥날쑥이다. 노인복지법에는 만 65세 이상으로 되어 있으나 국민연금법은 60세로, 고령자고용촉진법시행령은 55세 이상으로 정하고 있다. 그러나 고령화 사회를 분류할 땐 UN에서 정한 65세 이상을 기준으로 하며, 통계청 각종자료도 이를 준용하는 것으로 알고 있다.

통장에 처음 돈이 들어오고 다음 날, 나는 음료수 한통을 사들고 우리 아파트 경로당을 찾았다. 관리사무소 옆 건물이다. 똑같은 크기의 방 둘이 있는데 앞쪽은 '할머니 방'이라 붙어 있고, 뒷방은 '할아버지 방'으로 돼 있다.

'할아버지 방'을 들린다. 일흔 전후 되는 노인 대여섯 명이 허튼 소리를 질러가며 동전 따먹기 고스톱을 치고 있다가 나를 맞아준다.

"신참 신고하러 왔습니다."

"어이구, 어서 오이소."

서로 통성명을 하면서 인사를 나누었다. 한 단지에 사는 사람들이라 면이 전혀 없는 사람들은 아니다.

"첨 걸음하는 사람한테는 맥 빠지는 소리 같지만 늘그믄 모두 서러운 게요. 우리 재미있게 한번 지내봅시다."

자칭 회장이라는 박씨가 고스톱 치는 틈틈으로 뱉어놓는 이야기다.

"앞으로 잘 좀 부탁드립니다."

"여기 처음 올려니께 쑥스럽지 않던가요?"

"그냥 그렇지요, 머."

"이녁이나 내나 우리가 여게 와서 이래 시월을 죽이고 있을 줄은 몰랐을 거 아닌 개벼. 으짯거나 그래도 감지덕지제. 올 데 갈 데 읍는 사람들헌테 이런 거라도 하나 맹글어주이 그런 다행이 없다 아이라. 이거도 안 줘 바, 우리 처지에 어디 가 손을 내밀겠어. 여게 한 번 같이 있어보자 카이. 있어보믄 더러 자미있는 구석도 있을게."

이야기를 듣자하니 서울 파고다공원, 이곳 달성공원 모퉁이에 초점 없는 시선을 허공에다 던져놓고 앉아있는 노인네들 모습이 눈앞에 아른거린다.

壽如山福似海(수여산복사해)

안쪽 벽에 '寒江'이란 사람이 쓴 예서체 액자 하나가 걸려 있다. 첫날이라 무게도 잡을 겸 글씨 주인이 누구냐고 물었더니, 이사 가는 사람이 버린 걸 주워다 걸어놓았기 때문에 자기네들도 모른다고 한다. 아닌 게 아니라 맥 빠지는 이야기다.

그 옆의 대한 노인회에서 조제 배부했다는 〈노인강령〉이 붙어

있다.

　"우리는 사회의 어른으로서 항상 젊은이들에게 솔선수범하는 자세를 지니는 동시에 지난날 우리가 체험한 고귀한 경험, 업적, 그리고 민족의 얼을 후손에게 계승할 전수자로서 사명을 자각하여 아래 사항의 실천을 위하여 다 함께 노력한다."

　하나. 우리는 가정이나 사회에서 존경받는 노인이 되도록 노력한다.
　둘. 우리는 효친경로의 윤리관과 전통적 가족제도가 유지발전 되도록 힘쓴다.
　셋. 우리는 청소년을 선도하고 젊은 세대에 봉사하며 사회정의 구현에 앞장선다.

　첫날이라 오늘은 여기저기 돌아보며 분위기나 파악하고 돌아 나오려는데 부회장이 입으로 잡는다.
　"온 김에 한 패 잡아볼라요?"
　"어이구 아닙니다."
　같이 치자며 한 패 주겠다는 걸, 만나자마자 화투를 쥐는 것도 바람직한 모양은 아닌 듯해서 그러고 나왔다.
　실은 이날 내가 경로당을 찾은 것도 자의는 아니다. 동사무소에서 쪽지가 날아왔다는 이야기를 친구들 앞에 꺼내놓았더니 먼저 노인이 된 친구가 일러주어 그렇게 연출한 것이다.

"자네가 거기 나가고 말고는 자유다. 그치만 얼굴은 한 번 내비치는 게 좋을 기다. 구청에서 경로당으로 배정되는 예산이 있걸랑, 머리 숫자에 따라 좀 다르긴 하지만 월동유지비에다 이런 거, 저런 거 좀 나오는 게 있는데, 그게 제법 된다구. 물론 그 속에는 내 것도 들어 있다고 봐야제. 그걸로 적당히 소주도 한잔 빨고 그러이까, 일단 신고를 해두라고. 그러면 그 사람들도 신경을 쓰게 돼 있어. 득을 보면 봤지 손해 볼 거는 없다 그 말이야. 내 말 무슨 뜻인지 알겠제. 첨 갈 때는 음료수 한통 사들고 가라."

이날 경로당 신고는 그렇게 해서 이뤄진 것이다.

경로당 노인회원이 모두 40여 명인데 남자는 10명이 안 된다. 성비(性比)의 엇박자는 여기에서 완연히 표가 난다. 그리고 첫 느낌이 더 늙으면 모르지만 아직 우리 나이로는 나올 곳이 아니구나 하는 점이다.

자의든, 타의든 심심할 때 발 들여 놓을 곳이 하나 더 늘었다는 점에서는 다행이라 해두자. 지금 이 나이에 공동체에 이름 얹고 몸 담을 수 있는 곳이래야 이런 데 말고 다른 곳이 어디 있겠는가. 감지덕지할 따름이다.

나오면서 경로당 당호(堂號) 속의 늙을 노(老)자를 바라보니, 언젠가 버스 속에서 한 여학생이 자리를 비켜주면서 '할아버지, 여기 앉으세요' 하기에 처음엔 다른 사람에게 하는 말인 줄 알고 한참 주변을 두리번거렸던 일이 있었는데, 그때처럼 마음이 무겁다.

늙을 노(老)자가 시대감각에 맞지 않는다 해서 일본에서는 이미 오래 전에 '익는다, 실팍하다, 영글었다' 는 뜻이 담긴 열매 실(實)자를 넣어 실년(實年)이란 호칭을 쓴다고 들었다.

한때 우리도 '노인' 의 다른 호칭을 찾아보겠다고 여기저기 문을 두드린 일이 있었다. 熟年(숙년)도 나오고 尊年(존년)이란 말도 등장한 것으로 알고 있다. 그러나 '노' 자를 버리기엔 아무래도 미련이 남아 그런지, 아니면 고뿔이나 감기나 그게 그거라 그런지 여전히 붙어 다닌다. 아직은 서툴러 그렇겠지만 곧 익숙해지겠지.

혼자 들어가 빈방을 지키고 있기가 뭣해, 무엇보다 자신에게 청승스럽게 보여 오늘은 그냥 돌아 나오고 말았지만, 앞으로는 세월이 가면 고참들 모양 혼자라도 방을 차고앉아 바둑친구를 불러낼 날이 오겠지.

추억을 먹고 사는 사람들, 실버 악단

　중앙로 지하철역. 7년 전인가, 한 정신 나간 사람의 방화로 200여 명의 사상자를 낸 곳이다. 지하철을 타려고 지하1층 광장을 지나는데 한쪽 구석에서 옛날 가요 〈화류춘몽〉이 구성지게 흐른다.

　"꽃다운 이팔청춘…."

　나이 탓이겠지만 내가 아는 노래고, 또 저 노래를 배우고 불렀던 시절이 일들이 노래 속에 묻혀 떠올라 역시 유행가는 뽕짝만한 게 없다는 생각을 해본다.

　중년 한사람이 여남은 명의 행인들에 둘러싸여 흐느적이며 부르고 있었다. 어차피 시내 바람 쐬러 나온 거, 바쁜 일도 없고 해서 나도 걸음을 멈추고 기웃거린다. 어느 틈에 입술은 노래를 따라 부른다.

"연지와 분을 발라 다듬은 얼굴 위에…."

색스혼, 아코디언, 기타, 드럼으로 구성된 4인조 밴드. 연주자들은 모두가 우리 나이의 실버들. 더 좋게 말해 로맨스그레이들. 도리우찌 모자며, 빨간 나비넥타이, 반짝이는 금테안경 등의 악세서리로 치장한 그 나이의 사람들로서는 한껏 멋을 낸 차림들이다.

전문악단은 아니고, 젊었을 때 악기를 좀 만졌던 사람들이 모여 만든, 굳이 이름을 붙여본다면 〈아마추어 실버악단〉이라고나 할까, 그런 구성이다.

모르긴 해도 자기네들의 음악적 기량을 발표할 공간을 찾다가 마땅한 곳이 없고 해서 지하철 광장 구석을 문화공간이라고 얻어 연주하고 있는 것 같았다. 아무 이득도 없는 일, 아무도 알아주지도 않는 일, 보기에 따라서는 처량하기도 하고 청승스럽기도 한 모양새지만 저 양반들이 멤버를 구성해서 저런 자리를 마련하기까지에는 온갖 생각을 다 했을 것이며, 여러 방면으로 노력도 했을 것이다. 그런 생각들을 하면서 들어 그런지 흐르는 가락이 구성지게 가슴을 적신다.

"어떤 분이라도 조씸더. 노래실력도 묻지 안습다. 기냥 노래 부르고 시픈 양반은 남녀노소 누구라도 좋으이 나와가꼬 마이크를 잡아주이소. 물론 돈도 안 받지예. 노래방이라 생각하고 나와서 한 곡조 날리믄 댑니다. 자, 담 손님 어서 나오이소."

〈화류춘몽〉이 끝나자, 그 중 색스혼을 불던 사람이 마이크를 잡고 다음 손님을 찾는다. 선뜻 나서는 사람이 없다. 악단 구성원이 모두 노인네들이라 거부감을 갖는 건 아닌지 모르겠다.

몇 번인가 권하자 아주머니 한 사람이 나간다. 이름이 아주머니지, 할머니뻘 중늙은이다. 유유상종이라더니 과부 마음은 아무래도 과부밖에 모르는 것 같다.

아주머니가 부르는 곡은 〈비 내리는 영동교〉. 주현미가 부르는 것처럼 제대로 꺾이고, 감치는 맛은 없지만 그런대로 구성지게 흘러 들을만했다. 노래방이 세상 사람들을 모두 가수로 만들어놓았다고 하더니만 전혀 빈말이 아닌 것 같다. 노래를 따라 흐르는 아코디언 가락은 언제 들어도 사람을 홀리게, 간장을 녹게 만든다. 나는 아직 아코디언 소리만큼 내 마음을 빼앗는 악기는 없다고 생각하는 사람인데 여기에서 또 한번 확인한다.

늙어서 악기 한 가지 정도 만질 줄 알면 참 좋겠다고 생각한 적은 늘 가지고 살아왔는데, 그러나 그럴 형편이 못 돼 늘 꿈으로만 묶어두었는데, 문득 그 생각이 회한(悔恨)같은 것으로 꿈틀댄다.

2년 전, 나는 내킨 김에 하모니카를 하나 샀다. 중학교를 졸업할 무렵 좀 불어본 가락이 있는데다가, 어느 날 〈인생은 60부터〉라는 TV프로그램 속에서 한 할아버지가 하모니카를 들고 나와 부는 걸 보고, 나도 저 정도는 되지 않겠나 싶은 생각이 들어서다. 희끗한 머리로 중앙통 피아노상에 들러 하모니카를 찾으니, 내가 그렇게 봐서 그런지는 모르지만 주인도 이상한 눈으로 보는 것 같다.

하지만 마음뿐 옛날 그 가락도, 기분도 안 나고 영 아니었다. 내가 생각해도 서글픈 생각만 들뿐이다. 어디서 들었는지, 집구석에서 그런 걸 불면 뱀 나온다고 아내가 역정을 내는 통에 드러내놓고 불수도 없다. 다만 어쩌다가 혼자 집을 지키고 있을 때 도둑연주를 한 번씩 해보는 게 고작이다.

"황혼이 짙어지면 푸른 별들이…"로 시작되는 〈금박댕기〉나, "진주라 천리 길을 내 어이 왔던고…"는 듣는 사람들마다 입을 벌렸는데, 이젠 내 귀에도 어색한 걸 보니 세월은 육신만 허무는 게 아니라 마음도 허무는가보다.

저기 아마추어 실버악단 한쪽 자리에 내가 하모니카를 들고 섰으면 어떨까, 조심스럽게 한번 생각해본다.

비망록에서 떠나가는 사람들

비망록(備忘錄)을 새로 작성한다. 직장을 그만두던 해에 정리하고 처음이니까 그 사이 어느 틈에 15년 세월이 껑충 뛴 셈이다. 아마 이번에 정리하면 이런 일도 이젠 마지막이 아닐까 싶다

비망록이라고 해봐야 모두 사람 이름이고 그들 전화번호가 대부분이다. 최근에 와서 이메일 주소를 불러줘 적은 사람이 몇 있지만, 적어두기만 했지 아직 이용해본 일은 거의 없다.

아닌 게 아니라 한때는 열심히 가지고 다녔던 물건이다. 그게 없으면 불안해서 어디 나다닐 수가 없을 정도로 의지했던 동반자이기도 했다. 기억력이 떨어질수록 의존도가 더 높아질 수밖에 없었던 물건.

옮기기 전에 죽 한번 훑어본다. 지금 쓰고 있는 수첩에 옮길 때만 해도 백여 명은 되었는데 오늘 새로 옮기려고 보니 동우회원과 계

원(契員)들을 빼고 나니 20여 명 남짓밖에 안 된다. 계원과 동우회원들의 주소는 따로 유인물이 있으니까 그냥두기로 하고, 나머지는 휴대폰에 저장해도 될 숫자밖에 안 되지만, 이왕 마음먹은 일이라 옮겨 적기로 한다.

이미 고인이 된 사람도 여러 명 들어 있다. 고인 가운데 어떤 사람 옆에는 사망한 일자를 적어놓은 것도 있는데 그건 왜 적어놓았는지, 분명 내가 한 일인데도 모르겠다.

이름을 보면 그 사람 얼굴들이 한 번씩 스친다. 미운사람, 고운사람, 있으나마나한 사람 등 여러 유형으로 등장한다. 모두 오늘의 나를 있게 하는 데, 내가 인간관계를 유지해서 살아가는 데에 어떤 식으로든 영향을 준 사람들이다. 그 가운데는 한 번도 연락을 못한 전화번호 둘이 있다. 너무 오래 돼 지금도 그 번호를 쓰고 있는지 없는지 모르겠다. 옮겨놓기만 하고 한 번도 찾은 일이 없었으니까.

한 명은 경북체신청장 이범상(李範祥) 씨로, 나는 그 분이 대구에 근무할 때 2년 동안 부속실 근무를 하면서 도운 일이 있다. 이곳 근무를 모두 마치고 서울로 영전돼 올라가면서 나에게 양복티켓을 하나 준 분이다.

"이 주사, 이거 받아요. 그동안 수고 많았어요. 우리 집 전화번호 알지, 서울에 올라오는 기회 있거든 한번 들려요. 무사히 근무하고 떠날 수 있도록 도와줘 고마워요."

이미 작심하고 준 것이라 넙죽 받기는 했지만 그런 일은 거의 없는 드문 일이다. 세상에 어느 상사가 그 자리를 떠나면서 부하 직원에게 양복티켓을 줄 것인가. 상응하는 일을 봐준 일도 내 기억으로는 없다. 또 있다 하더라도 위계사회에서는 당연한 일일뿐 대가가 따라야 하는 건 아니다.

얼른 손이 나가지 않아 꾸물거리자 그는, 나도 이거 누구한테 받은 거야. 그러니까 좋게 받아요, 하던 말이 지금도 생생하다.

보름쯤 뒤 서문시장에 가서 햇밤 한 말을 사서 그분 집으로 보냈다. 우리 고향 산에서 딴 밤이라는 거짓메모와 함께. 그게 1978년도 일이니까 30년도 더 전 일이다. 그 뒤로 연락한 일도 없고 받은 일도 물론 없다. 몇 해 전에 돌아가셨다는 이야기를 1년도 더 지난 뒤에서야 풍편(風便)으로 전해 들었다. 그런데 그 번호가 아직 적혀 있다.

7, 8년 전 일로 기억된다. 아파트 계단을 급히 내려가다가 발을 삐끗하는 바람에 나뒹굴어져 혼쭐이 난 일이 있었는데, 그때 나는 이범상 청장을 생각했던 적이 있었다.

재직 시 그분과 같이 체신청 사무실계단을 내려오면서 그가 내게 한 말이 떠올라서다.

"가만히 보니까 이 주사한테 나쁜 버릇이 하나 있구먼. 계단 내려갈 때 바지주머니에 손 넣고 다니는 거, 얼른 고쳐요. 그거 잘못되면 큰일 나."

그때는 예사로 들었는데 한번 일을 당하고 나니 그때까지 고치지 않은 게 큰 잘못으로 남는다.

또 하나는 황(黃)이라는 정보계통의 사람이다. 물론 그도 직장생활을 하면서 알게 된 사람이다. 내가 근무할 때 우리 청에 출입했던 사람인데, 하여튼 재미있는(?) 작자다. 4~5년간 같이 지냈지만 나는 지금까지도 그 사람의 나이며, 직급을 모른다. 짐작으로만 현역 하사관이나 군속이 아닌가 생각했을 뿐이다.

주고받는 언행으로 보면 무척 가까운 사이같이 보이지만 그 친구에게 속 마음을 보인 일은 한 번도 없었다. 같이 바둑도 많이 뒀는데 그런 일에서도 마찬가지다. 내가 살기 위해, 우리 조직에 흠집을 내지 않기 위해, 척 하며 상대해온 것뿐이다.

"어디 똥을 무서워 겁내나, 밟히면 더러워 그러지."

그 사람 면전에서야 할 수 없지만 돌아앉으면 모두 하는 소리가 그런 소리다.

점심도 여러 번 사 줬다. 하지만 한번이라도 내가 얻어먹은 일은 기억에 없다. 서로의 위치가 그런 위치라 나에게는 어쩔 수가 없었다. 그는 당연하다는 듯 얻어먹었고, 나는 당연하다는 듯 사주었다. 이런 것도 인연(因緣)이라고 하는지 모르지만 한때 우리는 모두 그런 굴곡(屈曲)의 시대를 살았었다.

그런데 그 사람 번호가 왜 그때까지 적혀 있는지, 수첩을 갈 때마다 왜 옮겨 적어놓았는지, 도무지 내가 한 일임에도 납득이 안 간다. 굴곡의 시대가 만든 황당한 연(緣)으로밖에는. 그래도 그때는 그 사람을 안다는 것만으로도 자랑이며, 힘이 되었으니 세상에 그런 아이러니도 없다. 이번에 옮겨 적으면서 모두 빼버렸다. 좋은 건 좋은 대로, 나쁜 건 나쁜 대로 기억의 저편에 묻어둔다.

이름 가운데 이제는 만날 이유가 없다는 이유로 이름을 빼자니 그 사람과 영원한 이별을 하는 것 같아 괜히 마음이 무거운, 조금은 아쉬운 사람도 있다. 20여명으로 추려놓고 나니 내 생활반경이 너무 쪼그라든 듯해 한편으로는 해방감도 드나, 다른 한편으로는 이렇게 해서 모두 내 곁을 떠나는구나 싶은 마음이 드는 것도 사실이다.

다 옮겨놓은 뒤 그들의 면목을 잠깐 살펴본다. 모두가 내 유리시도(唯利是圖)에서 벗어나지 않는 사람들이다. 좋게 말해 현실적인 것을 택한 것이고, 나쁘게 말하면 만나 손해 볼 사람은 빼버린 것이다.

아마 지금쯤 내 이름도 나를 아는 사람들의 비망록에서 오르락내리락 하리라본다. 이미, 아니 벌써 떠나보낸 사람도 있을 것이다. 내가 그들을 배반(?)하는데 그들이라고 안 그럴 것인가. 그러다가 언젠가는 이름 위에 줄이 그어질 것이고, 또 그러다가 사라지겠지. 내 비망록에서의 그들처럼. 누가 말했는지 모르지만 세상에 가장 불쌍한 사람이 '버림받은 사람'이고, 그보다 더 불쌍한 사람은 '잊혀진 사람'이라던 말이 갑자기 생각난다.

비망록 맨 마지막 장에 가족들 휴대폰 번호를 적는다.

인생은 일대(一代), 사진은 만대(萬代)라지만

모친상(母親喪) 당한 친구 상가를 들렀다가 나오면서 문득 어머니 영정을 준비해둬야겠다는 생각에 이른다. 연세도 있으시고, 또 당연히 장남인 내가 할 일 가운데 하나이기도 해서다.

생각난 김에 한다고 사진을 있는 대로 꺼내놓고 찾아본다. 지금 얼굴은 너무 노안(老顔)이라 좀 그렇고, 그렇다고 너무 젊었을 때 사진을 쓰기도 뭣해, 막내 동생 결혼식 때 찍은 가족사진 가운데서 어머니 얼굴만을 떠내, 확대해서 뽑는 게 좋겠다고 결정을 한다.

"이왕 사진관에 갈 거, 그만 이녁 거도 이번에 하나 만들어 놓지."

같이 사진을 뒤적거리며 이것저것 들춰보던 아내가 무슨 생각을 했는지 넌지시 던진 말이다.

"이 사람이 이게 무슨 소리여."

내 입에서 나온 소리다. 듣기에 따라 얼른 죽도록 부추기는 소리로 들려서다.

"무슨 소리는? 왜 내가 안 할 말을 했수. 남의 일도 아이구마, 그러네."

아내가 정색을 한다. 나만 농으로 들었지 아내는 진지하게 마음 두어 한 이야기란다.

그러고 보니 언젠가 친구들과 같이 나누었던 이야기가 생각난다. 친구 가운데는 영정을 준비해놓았다는 이가 더러 있다. 묘터를 준비해놓았다는 친구도 있고, 상석(床石)까지 해둔 이도 있는 모양이다.

"반월당 지하철 휴게실에 한번 가보라구. 비싸지도 않더구만. 젊은 친구들이 즉석에서 그려주는데, 아르바이트 한다면서 만원만 달래. 바쁘면 사진을 줘도 돼구. 연필로 그린 게 인화지로 뽑아낸 사진보다는 훨씬 오래 간다는구마."

당시는 건성으로 듣고 말았는데 갑자기 그 말이 새삼스럽게 다가온다.

이왕 꺼내놓은 앨범, 여기저기 들춰본다. 그런데 웬 사진이 그렇게 많은지 모르겠다. 내 사진으로 가득한 앨범만 6권으로도 모자라 비닐봉투 속에 든 게 여러 묶음이다. 언젠가는 정리를 해야지 하면서도 못하고 그냥 둔 것들이다. 아내 사진첩은 따로 두 권이 있는

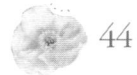

데도 그렇다.

그동안 살아오며 치른 각종 행사에다 여기저기 놀러 다니며, 많이는 못 나갔지만 서너 번 다녀온 해외여행을 하면서 찍은 것들이다. 관광보다 사진에 더 무게를 두어 돌아다닌 듯한 인상을 준다.

"사진 이거 다 우짤라카요?"

아내의 이야기다. 말투가 성가시게 들린다.

"우짜긴…. 그건 무슨 소린데?"

"죽을 때 가지고 갈순 없잖어. 그렇다고 애들한테 무작정 보관하라칼 수도 없는 거고. 걔들도 저거들 필요한 거 한두 장만 가지고 있으믄 그만일 건데."

"…."

"찍을 때 그때가 좋았제. 이자 다 끝난 기라. 뒤봐야 우리 죽고나믄 애들한텐 모두 짐 덩어리라 카이."

"그만 시끄럽다. 오늘 낼 죽을 거도 아닌데 무슨 말을 그래 하노."

아닌 게 아니라 가만히 생각해보니 모두 짐 덩어리다. 하나같이 찍을 때는 나중에 사진밖에 남을 게 뭐가 있느냐 해서 부지런히, 남보다 한 장이라도 더 갖겠다고 수선을 피우며 찍었는데, 종착역이 눈앞인 지금 보니 괜한 짓을 한 것 같은 기분이 드는 것도 숨길수가 없다.

군복무시(공군) F-86 전투기 통신정비사로 있으면서 몰래 조종사

복을 입고 조종사인양 찍은 사진 같은 건, 왜 이런 사진을 찍었지 싶은 생각도 들게 한다.

부산 쪽으로 신혼여행 가서 해운대 관광호텔을 배경으로 찍은 사진도 새삼스럽다. 아내와 나만이 아는 비밀을 간직하고 있는 사진 한 장. 형편이 여의치 못해 잠은 여관방에서 자고 사진만 그곳에서 찍은 것이다.

직장 생활을 하면서 주무 장관 한쪽 모퉁이에 알듯 모를 듯 붙어서서 찍은 사진도 지금 보니 모두 한때 철딱서니 없는 짓일 뿐이다. 나 혼자만 장관하고 같이 사진을 찍었지 그 양반은 내가 누군지도, 아니 그런 사진은 아예 가지고 있지도 않을 것을 생각하면 그런 허망함이 없다.

사진첩 속에는 어디서 찍었는지, 분명히 내가 피사체로 들어앉아 있는데 나도 모를 사진도 여러 장 보인다.

"인생은 一代, 사진은 萬代."

한 사진첩 표지에 박힌 글귀다. 처음 볼 땐 무척 근사한 글귀 같더니만 음미해서 보니 그것도 아니다. 사람이 잘나서 역사책 모퉁이에 한 줄이라도 오를 수 있는 위치라면 모르거니와, 우리 같은 필부(匹夫)들은 생의 마감과 함께 사진도 같이 없어지는 게 좋을 것 같은 생각이 든다. 자식은 자기를 낳아준 부모니까 또 그렇다 치더라도, 운이 좋아 3, 40년 뒤 다음 세대까지 남아있다고 해보자. 그 뒤 모양은 짐작만으로도 충분하다. 천덕꾸러기로 돌아다니다가 끝내는 쓰레기로 사라질 것이 아니겠는가.

"인생도 一代, 사진도 一代"로 바꿔 생각해본다. 내 사진은 내가 살아있을 때 정리해두는 것이 옳은 일이지 싶다.

아이그 모르겠다, 어머니가 든 사진 한 장만 빼놓고 나머지는 처음 있던 그대로 뭉뚱그려 책장에 넣어둔다. 나중에, 그 나중이 언제일지 모르지만 그때 시간 봐서 정리하기로 하고 미뤄놓는다.

어쨌건 그 시절을 붙들고 있는 건 사진 하나뿐이니까 곱든 밉든 당장 내손으로 없애기는 아직 이른 것 같다.

강남 따라갈 친구 하나 두었으면

친구 길운(趙吉雲)에게서 전화다.

"열두시 쯤 돼서 반월당으로 나오라구. 점심 같이 먹자. 장소는 팔공식당."

가끔 한 번씩 시간 날 때 서로가 돌아가면서 불러내는 일이라 대수롭잖게 생각하고 시각 맞춰 나간다. 두당 초밥 8개에 우동 하나 해서 5천원인 식당이다. 음식 내용도, 값도 적당한 곳이어서 그런 곳에서 곧잘 만난다.

숟가락을 놓을 때쯤 해서 친구가 꺼낸 말.

"다음, 다음 주 일요일 시간 어떠노?"

"나한테 있는 거라곤 시간뿐이잖아. 별일 없지 싶은데. 그런데 왜?"

"저기 벽에 달력 있네. 한번 보고 얘기하라구."

"볼 거 뭐 있어. 현재로선 아무것도 게 없다니까."

"그럼 됐다. 그날 같이 서울 좀 가야겠다. 우리 아이 결혼식인데 와서 좀 축하해주라. 알았지?"

"청첩장 구경도 못 했는데…."

"오늘 낼 들어갈 거야."

"큰애야? 미국에 있다는."

큰 아들이 미국에서 직장생활을 하고 있다는 건 그전부터 알고 있는 일이다. 마흔을 눈앞에 두고 있다기에, 두고 봐라 코쟁이 며느리 안볼 줄 아나, 하고 몇 번 우스개를 나눈 일도 있어 그쪽 형편을 조금은 안다.

"그래 걔야."

"오케이. 갈게."

마음에 두어 부탁하는 것 같은데 거절할 이유가 없다. 보통 점심 자리를 만들 때에는 서너 명 이상이 만나 세상 돌아가는 이야기를 해가면서 먹는데, 둘이만 만나자고 한 게 아마 그 일 때문인 듯 했다. 그러나 한편으론 다른 친구들도 더러 있을 터인데 왜 날더러 가자고할까, 그런 일에 마음두어 초대할 만큼 내가 가깝게 있었던 가 싶어 고맙기도 하고 또 한편으로는 남이 비운자리를 메우는 건 아닌가 해 어정쩡하기도 했다.

"펑크 내면 안돼. 꼭 가야 한다."

"알았다. 친구 덕에 서울 구경 한번 하게 생겼구만."

"단순히 자리 메우라고 같이 가자 카는 건 아이니까 그리 알고, 그날 시간계획 하고 장소는 별도로 또 연락할게."

한 번 더 다짐을 한 그는 관광버스 한대를 대절했는데 친구는 누구누구를 부탁해뒀고, 친인척은 몇 명이 간다는 이야기를 보탰다.

식당을 나오면서 새삼스레 한번 생각해본다. 친구란 무엇일까. 살아가는 데 좋은 친구를 둔다는 건 큰 축복이다. 부모와의 만남이 제 1의 출생이라고 한다면 친구와의 만남은 제 2의 출생이라고 할 만큼 중요한 일이다.

직장을 그만두던 해 일이다. 한군데 신상카드를 낼 일이 생겨 거기 빈칸을 메우는데 교우란(交友欄)에 와서 꽤 오랜 시간을 머뭇거리며 심각하게 나를 돌아본 일이 한번 있었다. 회갑을 눈앞에 두도록, 딴에는 원만하게 살았다고 자신을 하는 데에도 이 사람이다, 하고 거기 얼른 메울 친구 두 사람이 안 떠오르는 것이다. 고향친구, 학교친구, 군대친구, 직장친구, 사회친구, 동네친구 등등해서 손가락으로 꼽을 수 있는 친구만 하더라도 6, 70명은 된다.

형편에 따라 얼마간의 급전(急錢)도 빌릴 수 있고, 갈증이 나면 소주 한 잔 사달라고 얻어먹을 수 있는 친구도, 하루쯤 집을 비우고 같이 놀러갈 친구도 찾아보면 그들 가운데는 있다. 그런데 이상하게도 거기 교우란을 메우려니 누구도 선뜻 떠오르는 이가 없었다.

누가 확인해 볼 일도 아니고 나 혼자만 알고 적는 일이라 대충 한 사람 찍어 넣으면 그만이다. 얼른 못 적는 이유는 이렇다. 만약에 거기 적힌 친구가 그 사실을 알았을 때, 그 친구는 나를 어떻게 생각하겠는가 하는 점 때문이다. 그 친구도 나를, 내가 생각하는 것만큼 비중 있는 상대로 봐줄 것인가. 아무래도 자신이 없다.

적당히 한 사람 찍어 메우기는 했지만 그때 그 고민은, 친구 이야기만 나오면 시나브로 나를 괴롭혔다. 그런 거 저런 거 따져 조금 깊이 생각해보니 결국 나에게는 옳은 친구가 한 사람도 없다는 결론과 맞닥뜨린 셈이 된다.

인간관계라는 것이 대부분 철저한 상대적 관계란 건 세상 사람들이 다 아는 일이다. 일방적, 희생적 관계는 결코 아닌 '기브앤테이크'란 관계에서만이 지탱한다. 하긴 이런 것도 나 같은 속물이나 하는 생각인지도 모르지만 내 경험으론 그렇다.

내가 누구에게도 진정한 친구가 되어주지 못했는데, 누가 나를 그렇게 대우해줄 것인가. 원인은 딴 데 있는 것이 아니라 오로지 모두 나에게 있다.

친구에도 여러 유형이 있다. 술친구, 담배친구, 바둑친구, 등산친구, 고스톱친구들이 그렇다. 좀 다듬어 말한다면 백아절현(伯牙絶絃)으로 생기게 된 지음(知音)에서부터, 생사를 같이 나눈다는 문경지교(刎頸之交), 허물없이 지내는 막역지간(莫逆之間), 차원 높은 교제로 지란지교(芝蘭之交), 동양에서는 우정의 표본이 된 관포지교(管鮑之交), 부랄 친구라는 죽마고우(竹馬故友) 등등. 익자삼우(益者三友), 손자삼우(損者三友)가 있는 걸 보면 좋은 친구만 있는 것도 아닌 모양이다.

사람이 살아가는 데 친구를 무시하고는 살 수가 없다. 친구를 잘 둬 대통령하는 사람이 있는가하면 친구를 잘못 둬 하루아침에 천추의 한을 남기고 오랏줄을 찬 사람도 있다. '친구 따라 강남 간다' 는 말도 있고, '돈이 많으면 아내를 바꾸고, 지위가 높으면 친구를 바꾼다' 는 말도 있다. 모두 흔하게 듣는, 염량세태와 무관하지 않는 말이다. 송무백열(松茂栢悅)이라는 한 마디가 그것을 잘 설명해주고 있다.

사람을 제대로 알려면 그 사람의 친구를 보라는 말도 있고, 상여 뒤를 따라오는 친구를 봐야 그 사람의 인품을 제대로 알 수 있다는 말도 있다. 과연 내가 먼저 죽었을 때 어떤 친구가 내 상여 뒤를 따라 올 것인가. 절로 고개가 흔들린다. 아무도 따라올 사람이 없지 싶다. 내가 따라간 일이 별로 없는데, 생각 자체에서 벌써 오류를 범하고 있는 것이다.

30년 지기(知己)들이 점에 백 원 하는 고스톱 치다가 수가 틀어져 죽일 놈, 살릴 놈 하며 싸우다가 끝내 등을 돌리는 사람도 보았다. 있으나마나 한 친구는 차라리 적보다 못하다는 말도 있다. 적과의 동침도 있으며, 오늘의 친구가 내일의 적도 된다.

그 밖에도 친구에 대해서는 이야기들이 많다.

원인이 어디에 있든, 이 나이에, 신상카드 메울 친구 둘을 못 만나 고심을 했다는 건 자신의 흠일 수밖에 없다. 함량 미달이라고 봐야 한다. 한 마디로 잘못 산 셈이다. 저쪽을 친구로 대하지 않았기 때문에, 너무 산술로만 바라봤기 때문에 그런 업보(業報)로 나타난 것이 아닐까

사마천(司馬遷)의 글 가운데 "以權利合者 權利盡而交疎(이권이합자 권리진이교소: 권세와 이해로 만난 사람들은 그것이 다 끝나면 다시 돌아서게 된다)"란 말이 나온다. 나를 포함한 내 주변의 친구들이 대개 이런 식으로 어울려 있음이 안타깝기도 하고 어쩔 수 없음이 딱할 뿐이다.

언구럭 같지만 오늘 친구 길운의 부탁이, 받아들이는 사람에 따라서 아무 것도 아닐 수 있으나 나에게는 모처럼 고맙고 생광스럽게 다가온다.

내일모레가 종심(從心)인데, 이 나이가 되면 마음에 둔 걸 아무렇게나 떠벌려도 손가락질 받을 일이 없다는 인생으로 숙성된 나이인데도, 이 나이가 되도록 주변에 친구 하나 변변히 못 심은 이 사람에게 찾아주는 이가 있으니 이런 기쁜 일이 없다.

"有朋 自遠訪來 不亦悅呼(유붕 자원방래 불역열호)"가 바로 이런 것 아니겠는가.

가슴속으로 떠난 추억여행

모처럼 영화를 보았다.

〈워낭소리〉, 생의 전반기 30여년을 시골에서 농사와 더불어 살았는데도 나는 생전 처음 들어보는 말이다. 또래 친구들에게 물어보았지만 모두 모른다는 대답이다.

할 수 없어 국어사전을 뒤적거려보았다. '워낭소리'는 없고, '워낭'만 나와 있는데 '마소의 귀에서 턱밑으로 늘이어 단 방울'로 풀이해 놓았다. 아마 이들에게서 나는 소리가 워낭소리일 것이다.

소의 목에다 단 종을 지방에 따라 조금씩 다르지만 우리는 보통 '소 요령(搖鈴)', 또는 '소 풍경(風磬)'이라고 한다. 모두 절간에서 나온 용어다. 사투리로 '요롱'이라고도 부른다. 이것의 기능은 자전거의 '따르릉이'로 보면 된다. 그러니까 워낭과 기능은 같을지

이것만은 남기고 가야지

모르지만 역할은 다르지 않을까 생각된다. 워낭은 장식에다 무게를 두었고, 요령은 역할에다 무게를 둔 것 같다. 다시 말해 이효석의 「메밀꽃 필 무렵」에 나오는 나귀의 방울 소리가 바로 워낭소리인 셈이다.

영화의 내용은 황혼기에 들어선 농로(農老)와 농우(農牛)의 내리막길 고단한 삶의 역정을 앙상블로 담아놓은, 작위가 거의 가담되지 않은 생활상을 그린 그림이다. 어렸을 적 할아버지와 함께 살아온 세월이 거기 담겨있다. 전편을 통해 흐르는 뻐꾹새, 산비둘기 우는 소리가 관객들을 산골마을로 이끈다.

6.25가 터지던 그해 7월이다. 국민(초등)학교 2학년인 나는 막내삼촌과 같이 뒷산(성주군 초전면 월곡동 홈실)에서 소를 먹이고 있었다. 여름 한철은 학교에서 돌아오면 소 먹이는 게 일과 가운데 하나다. 우리 또래 다른 아이들도 마찬가지다.

소가 풀을 뜯어먹는 데 편리하도록 고삐를 목에 친친 감아 산등성이다 두고 우리는 산 밑에서 '밀사리', '감자묻이'를 하며 시간을 보낸다. 우리는 그렇게 소를 먹인다. 어지간히 배가 차면 소는 스스로 내려오게 되어 있다.

아직 소가 내려올 시간도 아닌데 등 뒤에서 요롱소리가 들렸다. 그런데 이게 어떻게 된 일인가. 우리 소 고삐를 잡고 나타난 사람은 낯선 군인이었다. 나중에 안 일이지만 그들은 인민군 선발대였다. 그들은 우리 소를 앞세우고 마을에 처음 얼굴을 내놓은 것이다. 나는 그때 그들 어깨에 멘 다발총을 처음 보았다.

"이 소 임자가 누구여?"

"우리 손데요."

"너희들 집으로 가자꾸나."

인민군은 고삐를 삼촌에게 쥐어주며 앞세웠다.

마을로 들어서자 그들은 집에서 가장 높은 어른을 찾았고 할아버지가 나섰다.

"값을 좋게 쳐 줄테니 우리한테 파시오, 나중에 해방이 되면 두 마리는 살 수 있는 돈이오."

"안 됩니다. 소는 무슨 일이 있더라도 안 됩니다."

할아버지는 막무가내였다. 죽어도 그것만은 안 된다고 맞섰다.

그것도 그럴 것이 당시 그 소는 친척 소를 배내로 가져다 키우는 소였다. 키워서 송아지를 낳으면 송아지만 우리가 갖고 어미 소는 돌려줘야 하는, 우리가 마음대로 할 수 없는 소다.

일이 잘 안 풀리자 집안 아저씨 한분이 중신아비로 내세워 파는 게 좋다고 부추기었다.

"이눔 자식이 시방 머라카노. 이 소가 어떤 소란 건 늬가 더 잘 알 거 아이가. 나는 죽어도 몬 판다. 나중에 열 마리를 준다캐도 나는 몬 판다."

할아버지가 사연을 털어놓으며 워낙 세게 나가자, 비록 전쟁판이라도 그들은 노인의 고집을 꺾지 못하고 물러섰다. 그날 이후로 인민군이 떠날 때까지 할아버지는 소를 산속에다 숨겨두고 같이 살았다.

돌아보면 소설 같은 이야기들이지만 나는 지금도 소 이야기만 나오면 그날 할아버지가 겪은 고통을 한 번씩 머릿속에 그려본다.

나는 〈워낭소리〉가 끝날 때까지 눈은 화면에다 두었지만 머릿속에는 당시 할아버지 고통을 헤아리고 있어야했다. 농사짓는 사람들에게 소의 비중이라는 것은 엄청나다. 소는 가축, 또는 자산의 개념을 넘어 한 가족이다. 소가 병이라도 들 양이면 가운이 기우는 판이다. 소가 없으면 우리네 농업구조로는 아예 농사를 지을 수가 없는 것이 지난날 농경사회의 생활양태다.

우리나라의 '오늘'에는 우골탑(牛骨塔)의 공이 크다. 지난날 자식들 공부는 모두 소가 시켰다고 해서 우골탑이란 이름까지 등장했던 것도 우리는 잘 알고 있다.

불교 선종화(禪宗畵)에 심우도(尋牛圖)란 그림이 있다. 한 동자승이 소를 찾는 그림인데 여기에서 소라는 건 불성을 꿰뚫는 견성(見性)의 단계를 의미한 것으로 되어 있다. 소는 진리의 상징이기도 하다. 이와 같이 종교의 세계에서도 많은 의미를 담고 있는 가축이다.

언젠가 〈대지〉의 작가 펄 벅 여사가 우리나라를 방문, 경주 어느 지방을 들렀다가, 수레 끄는 소를 몰고 가는 농부의 지게 위 짐을 보고 동행한 사람과 이런 이야기를 나누었다고 한다.

"짐을 수레에 실으면 될 텐데 왜 따로 힘들게 지고 가는지 모르겠습니다."

"소도 종일 같이 일을 했잖아요. 소의 힘을 좀 덜어주는 것도 그렇지만 저렇게 나눠 가지고 감으로 해서 둘 사이에 두터운 교감이 생기는 거 아니겠어요."

펄 벅 여사는 이 말을 듣고 고개를 끄덕이면서 한국 농촌에 와서 가장 값진 것을 하나 배웠다고 술회한 이야기를 어느 신문에서 본 기억이 난다.

춘원(春園) 이광수는 〈우덕송(牛德頌)〉에서 이런 말을 했다.

"소! 소는 동물 중에 인도주의자다. 동물 중에 부처요, 성자다. 아리스토텔레스의 말마따나 만물이 점점 고등하게 진화되어가다가 소가 된 것이니 소 위에 사람이 있는지 없는지 모르거니와 아마 소는 사람의 동물성을 잃어버리고 신성에 달하기 위하여 가장 본받을 선생이다."

〈워낭소리〉를 보고 있으면 소와 사람이 남이 아니고 가족임을 알게 된다. 농부가 소에게 쏟는 정성이 어떤 것인가를 보여주는 영화다. 신토불이가 아니라 신우불이(身牛不二)로 살아가는 소와 사람의 관계를 잘 그려 놓았다.

40여년의 일생을 주인을 위해 오직 묵묵히 일만 하다가 죽음을 맞은 소를 들녘에다 묻고 혼자 넋을 놓고 나무 밑에 죽치고 앉아 있는 노인은 모습은, 그 표정은 어려운 시대를 살아온 우리 민족을 대변하는 얼굴이다. 마을 수호신으로 동구마다 지키고 있는 '天下大將軍', '地下女將軍'의 장승이 퍼질러 앉은 형상의 표정이다. 우리들 할아버지들이 모두 그런 마음으로, 그런 표정으로 살아오지 않았던가 생각된다.

죽어가는 소 한 마리의 이야기를 담은 하찮은 이야기. 〈벤허〉나 〈타이타닉〉에 비하자면 이것은 영화가 아니다. 소와 늘 같이 생활하는 사람에게는 그냥 일상(日常)일 뿐이다. 그런데도 나에게는 그런 감동이 온다.

'art'는 라틴어 'ars'에서 나왔다고 한다. 이 말을 일본사람들이 번역을 하면서 '미술(美術)'이라고 했고, 우리는 그것을 그대로 인용해서 쓰고 있다보니 art는 무조건 아름다워야만 가치가 있는 줄로 생각하고 있다는 어떤 미술평론가의 이야기가 생각난다. 〈워낭소리〉를 보노라니 그 평론가의 답답한 마음을 알 것 같다.

만화 같은 영화, 귀신 영화만 보다가 이날 모처럼 사람 냄새, 흙 냄새가 물씬 나는 그림 한편을 보았다. 아마 〈워낭소리〉를 'art'로 보기엔 누구도 이의가 없으리라 본다.

참으로 오랜만에 순수를 보았다. 참으로 오랜만에 art를 보았다.

숭례문은 우리가 태웠다

숭례문(崇禮門)이 불에 탔다. 사회생활에 불만을 품은 한 지각없는 사람이 화풀이 한답시고 거기에다 불을 지른 것이다. 세상에 이런 변고가 있는가. 어처구니가 없다. 아닌 게 아니라 기가 찰 노릇이다.

복원하는 데는 수백억 원의 비용이 들어간다고 한다. 서둘러 짓는다 해도 3, 4년은 족히 걸린다고 한다. 한 순간 화풀이의 대가로는 너무 크게 치른 셈이다. 무엇보다 부끄럽고 창피한 일이다.

각종 매스컴에서는 '세상에 이런 실수가 있느냐'며 관리자, 소방서, 심지어는 정책까지 들먹이며, 하나에서 열이 모두 인재(人災)라며 후회, 반성, 경각심을 촉구한다.

이 소식을 접한 많은 사람들이 안타까워했으며, 어떤 이는 잿더

미가 된 장을 찾아 합장 기도로 울분을 달래기도 했다.

소실을 둘러싼 책임 공방의 갑론을박(甲論乙駁)도 나왔으나 모두 사후 약방문일 뿐, 그리고 모두 핑계고 잡음일 뿐, 도움 되는 건 아무것도 없었다.

떡본 김에 제사지낸다고 했던가, 어떤 이는 그만 이왕에 이렇게 된 것 그곳을 다른 유용한 방법을 찾아보자는 안도 나온 모양인데 다양화, 다문화로 치닫고 있는 사회라, 혈세를 생각한다면 전혀 무의미한 발상만은 아니라고도 생각된다.

우리에게는 국보1호 남대문으로 더 잘 알려진 숭례문.

한때 시골에서는 거기 걸려있는 '남대문'이란 글씨가 참 근사하더라고 해서 서울 가본 사람과 안 가본 사람의 척도가 되기도 했던 숭례문. 그 현판 글씨가 조선조 4대 명필이 한 사람인 안평대군의 글씨라 해서 더욱 유명세를 물고 이 나라 수도, 장안의 관문으로, 사대문 가운데 으뜸으로 얼굴 행세를 했던 문이다.

문은 집의 얼굴이다. 문의 위치와 모양에 따라 건물의 그 집의 가치가 달라진다. 얼굴에 성형을 하면 사람이 달라 보이듯 출입문을 고쳐놓으면 딴 집 같이 보인다. 그만큼 문의 비중은 크다.

옛날엔 솟을대문에서 사립문에 이르기까지 여러 가지가 있어 문하나에도 많은 의미를 담아두고 있다. 어떤 월남 실향민은 통일이 되면 고향소식을 먼저 듣고, 먼저 달려가려고 문을 북쪽으로 내어 산다는 이야기도 들었다.

문은 건물에만 있는 것이 아니다. 지역에도 있고 나라에도 있다. 문경새재를 넘어가면 '嶺南第一關門(영남제일관문)'을 지나게 되어 있다. '清風明月(청풍명월)의 고장 영월', '茶鄕(다향) 보성', '藝鄕(예향) 광주', '선비의 고을 영주' 등등, 그 지역의 입구에 세워진 상징물을 만날 수 있는데 이들도 모두 모양은 다르지만 하나의 문 구실을 한다. 또한 공항이나 항구도 한 나라의 문으로 볼 수 있다.

문의 기능과 역할은 출입, 소통, 거래에 있다. 이것이 없는 문은 이름만 문이지 사실은 문이 아니다. 벽이고 울타리일 뿐이다.

출입, 소통, 거래가 활발한 집일수록 문을 열어놓는 횟수가 많다. 반대로 닫혀있는 문은 이들이 원활하지 못함을 의미하고, 자물쇠로 채워진 문은 아예 열지 않겠다는 폐쇄를 말함이다.

개방된 문은 살아있는 문이고, 밀폐된 문은 죽은 문이다. 담이 높을수록, 문이 닫혀 있을수록 그 집은, 그 단체는, 그 국가는 남에게 드러내놓지 못할, 남세스러움이, 비밀이, 음모가 많은 곳이다. 따라서 문은 많으면 많을수록 좋고, 열어놓을 수만 있으면 열어놓을수록 좋다. 문이 없으면 더 말할 것도 없다. 그만큼 출입, 소통, 거래가 자유로우며, 밝은 세상으로 가는 길이다.

요즘 문을 열어놓는 곳이 많다. 학교나 관공서 같은 공공기관은 처음부터 문을 달지 않은 곳도 있으며, 아예 담까지 허물어 놓은 곳도 있다. 문이 없다는 것은 '너'와 '내'가 '우리'로 가는 길이며 한때 우리들이 지향한 '총화'로 내닫는 길이기도 하다. 닫힌사회

에서 열린사회로 가고 있는 것이다. '열린 당'이니, '열린 음악회'
니 '열린 토론'이니 하는 게 바로 저마다 먼저 문을 열어 놓겠다는
내세움이 아니겠는가.

황제가 직접 나와서 전쟁에서 이기고 돌아온 장군을 맞았다는
프랑스의 개선문(凱旋門), 인권운동의 산실이 된 중국의 천안문(天
安門)은 모두 문을 내세운 화합의 마당이다. 우리나라의 독립문도
마찬가지다. 지난날 우리는 충신, 효자, 열녀가 난 지방에 정문(旌
門), 홍문(紅門)을 세워 그들의 선행을 기렸는데 이들도 같은 맥락
이다.

이와 같이 우리들에게서 문은 출입, 소통, 거래 외에도 은유(隱喩)
로서, 내포(內包)로서 많은 것을 시사해주고 있음을 본다.

우리나라 수도 서울에는 동서남북으로 네 개의 대문이 있다. 지
금은 다르지만 이 사대문이 세워졌을 무렵에는 이들 문을 통해서
만이 당당하게 서울을 입성할 수 있었다.

인의예지(仁義禮智)를 우리는 사단(四端)이라고 한다. 사단은 인간
이 가지고 있는 본성을 말하며 칠정(七情)이 발원되는 뿌리다. 우리
의 사대문이 이 인의예지와 무관하지 않음은 참으로 많은 것을 생
각해보게 만든다.

동녘의 동대문으로 알고 있는 흥인지문(興仁之門)의 인, 서녘 돈
의문(敦義門)의 의, 이번에 소실된 남녘 숭례문(崇禮門)의 예, 북녘의
숙정문(肅靖門)으로도 알려진 홍지문(弘智門)의 지가 그것이다.

그런 것 보면 문은 실체에만 있는 게 아니라 우리들 가슴, 다시 말해 마음속에도 문이 있음을 알 수 있다. 그리고 마음의 문은 실체의 문보다 항상 우위(優位)에 있음을 알게 된다. 마음의 문이 먼저 열려 있어야 실체의 문이 따라 열린다.

마음의 중심에는 인간의 본성이라는 인의예지가 자리 잡고 있다. 이 인의예지의 허락 없이는 문은 결코 열릴 수가 없으며 열릴 때는 항상 쌍방 간 소통을 전제로 한다.

안 열리는 문, 열어주지 않는 문에는 문제가 있으며, 이것이 오래가면 반목, 갈등이 생긴다. 이들이 쌓이면 불화가 되고 불화가 다시 쌓이면 이윽고 화풀이로 돌파구를 찾게 되는데 그 돌파구가 바로 사고로 나타난다.

화마(火魔)에 잃은 숭례문만 안타까워할 것이 아니라 화마를 불러 돌파구를 찾은 불화의 원인에 대해서도 이참에 깊이 한번 반성해볼 필요가 있다.

지금 잃은 숭례문을 중수하느라 온갖 정성을 쏟고 있다. 이 숭례문을 복원, 준공하기 전에 우리가 먼저 해야 할 일이 없는가를 한번 돌아보자. 문밖에 있는 사람들, 그들이 들어오고 싶을 때는 언제든지 들어와 같이 가슴을 열어놓고 소통할 수 있도록 마음의 문을 열어놓는 게 그것이다.

숭례문 소실을 우연이나 실수로만 보지 말고, 또 남대문에 불을 지른 사람을 한 낭인(浪人)의 지각없는 행동으로만 몰아붙일 게 아니라, 그 사람을 우리는 어떻게 대했는가, 그 사람이 왜 거기에다 불을 질렀는지, 그것도 이참에 한번 돌아보자. 그들을 잘만 다독거렸다면 그런 불상사는 없을 것 아닌가. 어쩌면 그것이 남대문을 복구하는 것보다 더 앞서는 일일지도 모른다.

우리나라 대한민국 국보1호 숭례문. 이 숭례문이 새로운 모습, 새 단장으로 나타날 즈음엔 온 국민이 너, 나 없이 우리로, 아우름과 통섭(通涉)이 넘치는 잔치마당을 펴놓아보자.

서인(西人), 남인(南人)이 아직도 살아있구나

올 봄 동고회(東古會)의 탐사지는 정암(正庵) 조광조(趙光祖) 선생의 묘소와 그를 모신 심곡서원(深谷書院)이다. 집결지는 경북대학교 북문 주차장.

동고회는 '동양고적탐사회'의 줄임말로, 회장은 경북대학교 교수 재직 시 퇴계연구소장을 지낸 김시황(金時晃) 교수다. 내가 지금까지 살아오면서 받아본 명함 가운데 택호(宅號)가 든 건 처음이었는데, 그것 하나만으로도 그분의 분위기를 헤아릴 수 있는 그런 사람이다.

5년 전, 재직 시 선배의 권유로 이 모임에 가입해 계절마다 한 번씩 가는 여행에 동참하게 되었다. 나에게는 회장이 고등학교 3년 선배여서 더 남다른 관심을 갖게 되었다.

별 의미도 없이, 남이 가니까 안 빠지기 위해 가는 '미투(me too) 족'으로 무리를 지어 가이드 꽁무니만 따라 다니는 비행기 여행보다는, 국내 사적지를 돌아보며 선인들의 숨결과 족적을 더듬어 보는 게 경제적으로나, 정신적으로 우리 나이에는 더 어울린다고 보고 그 길을 택한 것이다.

참가자들은 대개 퇴역한 전직 교사들과 회사 중간간부급으로 세상 보는 눈이나 생각이 비슷한 사람들이다.

버스가 시내를 빠져나오자 유인물이 돌았다. 사전 지식을 얻기 위한 것으로 조광조 선생의 살아온 일생을 기술한 내용의 팸플릿이다.

"先生 姓趙氏 諱光祖 字孝直 系出漢陽 成化壬寅生 乙卯 先考監察公 爲魚川察訪(선생 성조씨 휘광조 자효직 계출한양 성화임인생 을유 선고감찰공 위어천찰방)遜遜", 출처가 어딘지 모르지만 이렇게 시작해서 "遂卒三十八 後贈領議政 諡文正 從祀文廟(축졸삼십팔 후증영의정 시문정 종사문묘)"로 끝나는, A4용지 두 장 분량의 한문 투성이다.

회장이 읽고 설명을 해나갔다. 기묘사화로 집약이 되는, 야합을 모르는 한 젊은 개혁정치가의 일생을 요약해서 기록한 글이다. 한문이라면 나도 영 맹탕은 아닌데, 문장 중간에 나오는 '措對(조대)'니, '過化存神(과화존신)'이니 하는 단어는 한번 들었는데도 혼자 다시 보니 무슨 뜻인지 모르겠다. 안듯 모른 듯 그냥 넘어가는 수밖에.

우리네 관광문화는 보고 배워 정신적 풍요로움에 즐거움을 얻는 것 보다 마시고, 흔들고, 부르고 해서 즉흥적 즐거움에 더 비중을 두는 경향이 짙다. 그런 사람들에게는 조금 불편하게 비칠지도 모르지만 즐거움이란 건 마음먹기에 따라, 재미붙이기에 따라 다른 법, 이 또한 하나의 풍류가 아닌가 생각해본다.

　고속도로를 달리던 버스가 신갈 인터체인지에서 빠져나와 풍덕천을 따라 올라가 상현리로 꺾어든다. 그곳에 서원이 있고, 맞은쪽 산허리에 선생의 묘소가 있었다. 10년 넘게 관광버스만 몰았다는 운전수가 물어물어 가는 걸보면, 그런 곳은 찾는 이도 잘 없는가 보다.

　서원에 도착한 일행은 먼저 사감을 찾아 우리가 방문한 뜻을 전하고 선생의 위패가 모셔진 사우(祠宇) 앞에서 참배를 한다. 회장은 준비해온 포도와 두건차림으로 갖춰 우리를 이끈다. 참배 후, 서원 옆에 선생의 유지(有志)를 전하고자 마련된 충효강당에 들러 관계자들로부터 선생의 일생과 심곡서원에 대한 이야기를 듣는다.

　선생이 직접 심었다는 수령 5백년의 느티나무 밑에서 준비해간 김밥으로 점심을 때운 뒤 건너 쪽 산허리에 있는 선생의 묘소를 찾아 오른다. 역사의 가운데 섰던 사람들의 무덤을 찾을 때마다 느끼는 일이지만 또 만감이 교차한다.

　의지와 패기로 파사현정(破邪顯正)의 개혁 왕조를 이루려다가 주초위왕(走肖爲王)의 모함을 덮어쓴 채 38세로 생을 마친 한 젊은 정치가의 무덤 앞에서 우리는 또 한 번 고개를 숙였다.

내려오면서 산문(山門) 입구 선생의 시비(詩碑) 앞에서 송만호 씨가 서성이고 있었다. 일행 모두가 산소까지 다 올라온 줄 알았는데 그 양반 한사람만이 거기 처져 있었다.

"여기서 뭐 하시우? 안 올라오고."

"이상하게 무릎 관절이 따끔거리네. 그래서 안 올라갔구마."

"아 그래요. 난 또…."

지난번 보길도(甫吉島)에 갔을 때다. 고산(孤山) 윤선도(尹善道)가 귀양살이 하면서 공부했던 「어부사시사」의 산실로 알려진 세연정(洗然亭)이란 정자를 찾았다. 그런데 모두가 들러 구경을 하는데 송만호 씨만은 한사코 안 들어가겠다고 우긴다.

"여기 오기가 어디 쉬워요. 경로라 입장료도 없는데 왜 안 들어간단 말여?"

"그럴 이유가 있지."

"이유가 뭔데?"

"그런 게 있다니까. 그래만 알면 돼요."

이상하다 왜 저럴까, 돌아오는 차 안에서 한 번 더 물어 보았더니 마지못한 대답인즉 너무 뜻밖이었다.

자기 윗대 할아버지랑 윤선도 사이에 불화가 마음에 걸려 그래서 싫었다는 것이다. 알고 봤더니 그는 고산과 동시대에 살았던 우암(尤菴) 송시열(宋時烈)의 후예였다.

참 별놈의 일도 다 본다 싶었다. 3백년도 더 전에 일어난 선조들의 당파 싸움의 여진(餘塵)이 지금까지 티눈으로 남아 꼼지락거린다니, 어떻게 이어진 업보인지 당사자가 아니라 조심스럽긴 하지만 참으로 어리둥절할 수밖에 없다. 골육상쟁(骨肉相爭)이 이런 것 아닌가 싶은 생각이 문득 든다. 오늘 산소에도 안 올라온 그를 보자 문득, 또 이쪽하고도 불편한 관계인가 싶은 생각이 들어서다.

선생이 사약을 받기 직전에 직접 지었다고 전해오는, 거기 오언절구(五言節句)의 시비가 우리들의 발걸음을 잠깐 붙잡는다.

愛君如愛父 憂國如憂家 白日臨下土 昭昭照丹衷

(애군여애부 우국여우가 백일임하토 소소조단충)

임금에게 충성을 아버지 모시듯 했고, 나라걱정을 내 가정 걱정하듯 했네. 나의 이 깨끗한 충정을 지상을 지켜온 태양은 잘 알고 있으리라.

사극이나 소설 같은 데 보면 옛날 충신들은 사약을 앞에 놓고도 꼭 북향재배로 단충(丹忠)을 맹약하는데 오늘을 사는 우리에게는, 적어도 나에게는 너무 미화된 것만 같아 잘 이해가 안 된다.

오늘 또 하나를 배운다

버스로 시내에 나가다가 재미있는 걸 하나 구경했다.

신천교를 건너기 전 정거장에서 회갑나이는 넘겼을까, 초로의 아주머니 한분이 타서는 토큰을 미쳐 못 구입했던지 한줌 쥔 동전을 개찰함 속에 넣는다. 토큰은 950원에 구입해 사용할 수 있지만 현금 승차 시에는 부가금이 붙어 1,100원을 내야 한다. 현금승차는 다반사라 모두 예사로 본다.

그런데 차를 출발시키면서 운전수가 아주머니를 부른다. 백미러 속으로 색안경을 쓴 운전수 눈이 아주머니를 노려본다.

"아주머니, 돈이 모자라네요. 여기 그대로 있으니까 한번 확인해 보세요, 백 원이 빕니다."

개찰함 상단부는 투명한 플라스틱으로 덮여 있어 밖에서도 환히 보인다. 운전수가 확인해서 하단부로 내려보내지 않는 이상 그대로 있게 돼 있다.

"참 빌꼬라지를 다 보겠네. 내가 확인해가꼬 넣었는데 와 백 원이 모자란다 그라노."

아주머니가 역정을 낸다. 자기는 제대로 다 넣었다는 주장이다.

"아주머님이 덜 넣었습니다. 한번 세어보세요. 아무도 손댄 사람이 없다 아입니까."

"그라믄 이노무 통이 고장 나서 동전을 하나 잡아먹었구마."

설왕설래하다가 갑자기 운전수의 목소리가 높아진다.

"여러 소리 말고 백 원 더 넣어시오."

"머라꼬? 이 양반이 사람을 우째 보고."

아주머니도 만만하지 않다. 그러다가 급기야는 쌍소리까지 등장한다.

"사람이 그라믄 못 써요."

"머 이런 인간이 다 있어. 내가 니네 돈 떼먹을 사람인 줄 알어. 택도 읍는 소리. 어따 대고 반말이야."

급기야는 돈 백 원이 문제가 아니라, 체면문제로 비화된다. 여기서 패하면 많은 승객들 앞에서 수모를 덮어써야 할 판이다. 차 안은 온통 이들 두 사람의 입 싸움으로 소란스러웠다. 여차하면 손찌검이라도 할 태세다. 안전운행에 매달려야 할 운전수가 싸우고 있어 지켜보는 승객들 표정도 불안하다.

그때 한 남자가 나선다. 내 나이쯤은 돼 뵈는 중늙은이다. 그는 자기주머니에서 동전 하나를 꺼내더니만 보란듯이 개찰함 속에 넣는다.

"자, 운전수 양반. 이자 됐지요. 좀 조용히 갑시다. 여기 두 사람만 타고 있는 것도 아니고 이렇게 소란스러워서야 어디 버스 타겠어요."

싸우던 두 사람이 남자를 힐끔 보더니만 민망한 듯 주춤한다.

그러자 요금이 해결되어선지, 많은 사람들 앞에서 별것 아닌 일로 소란을 피워 송구스러움을 느꼈던지, 슬그머니 싸움은 진정을 찾는다. 차안 분위기가 묘한 정적에 싸인다. 이내 아무 일 없었다는 듯 차안은 정상을 회복한다.

소란을 피운 아주머니는 중앙통에서 내린다. 그런데 여기에서 뜻밖의 일이 하나 생긴다. 한 정거장을 더 가 버스가 반월당 네거리 신호등에 걸렸을 때다. 운전수가 조금 전에 돈 백 원을 낸 남자를 이리저리 훑어보더니만 한마디 건넨다.

"아저씨, 아까 아저씨가 한 일, 그거 잘한 거라고 생각하십니까?"

미처 예측 못한 일이었던지 남자가 어리둥절한 표정을 짓는다.

"뭐라구요?"

"조금 전 아저씨가 한 행동 말입니다."

"…"

"아저씨, 저도 돈 백 원 때문에 그 아줌마를 붙들고 싸운 건 아닙니다. 내 돈 되는 거도 아닌데, 그 돈 나는 받아도 그만 안 받아도 그만예요. 그러나…."

"그럼 내가 잘못했다는 건가요?"

예측 못했던 일이라 남자도 움찔할 수밖에.

"잘못했다는 거보다도 문제 해결을 그래 풀어줘서는 안 된다, 그 말입니다."

"…."

여전히 남자는 이해하기가 힘들다는 표정.

"요금을 받다가 보면 저런 아줌마가 종종 있습니다. 우리는 정확하게 압니다. 당사자가 없다고 하는 얘기가 아니라 지금 그 아줌마도 고의적으로 안 넣은 게 분명해요. 그런데…."

"…."

"그런 사람들은 좀 불편하더라도 바로 잡아줘야 하거든요."

"…."

남자는 계속 듣고만 있다. 자기는 잘한다고 한 일이 잘못한 일로 바뀌어 돌아온 데 대한 어처구니없음이 어리둥절함으로 얼굴에 묻어 있었다.

다음 정거장에서 나는 내렸다. 그들의 이야기가 더 어떤 방향으로 펴나갔는지, 혹 그로인해 다른 다툼은 없었는지 그 뒷일은 알 수가 없지만, 그 일은 내게 흥미 이상의 사념(思念)에 빠지게 했다.

언젠가 어떤 판사가 쓴 수필집에서 자기 경험담이라고 밝힌, 이런 글을 한편 읽은 적이 있다.

민사로 들어온 피고, 원고가 돈 10만원을 더 받아내려는 쪽과 못 주겠다는 쪽의 소액청구재판을 맡았는데, 서로가 주장이 너무 강해 자기가 주머닛돈 10만원을 줘 해결봤다는 내용이었다. 판사가 하는 일이란 결국 중매고, 흥정이라는 말까지 하면서 자기의 처신을 자랑 비슷이 써놓은 글이다.

그때는 그냥 그런가보다고, 자기 말마따나 잘한 일 같다고 생각하며 읽어 넘겼는데 오늘 이런 일을 보고나니 과연 그 판결이 그 판사가 생각하는 것만큼 잘한 판결인지 그게 궁금해진다.

오늘 운전수 말에 무게를 둔다면 판사의 행위는 해결이 아니라 귀찮아서 그만 덮어두는 꼴밖에 되지 않는다. 그건 판결이 아니고 미봉책인 하나의 호도(糊塗)일 뿐이다.

나는 아까 그 남자가, 액수야 아주 적은 것이라지만 자기 돈을 써가며 평정하는 걸 보고, 나잇값은 하는 그럴싸한 남정네라고 생각했다. 그런 일에 선뜻 나선다는 게 결코 쉬운 건 아니다. 그것도 용기다. 그 양반이 아니었더라면 우리는 계속 불쾌한 시간을 보내야할 것이 아닌가. 더군다나 나 같은 사람으로서는 엄두도 감히 못 낼 일이다. 그런데 운전수는 그것을 옳지 않게 본 것이다.

지금까지 분명히 한쪽으로 기울어졌던 내 줏대가 그때부터 가운데 서서 요지부동이다. 방에 가 들으니 시어머니 말이 옳고 부엌에

가 들으니 며느리 말이 옳다고나 할까. 지혜의 무게를 어느 쪽에다 더 두어야 할지 쉽게 판단이 서질 않는다.

흔히 우리는 어느 쪽에든 편들기가 곤란하고 난처할 때 곧잘 중용(中庸)을 들먹인다. 이의 뜻은 좋게 말하면 말썽이 생기는 일에 싸잡히기가 싫다는 것이오, 나쁘게는 수수방관이다. 과연 그게 옳은 처신일까. 그래서 사람에 따라서는 중용은 무조건 불편부당에만 있는 것이 아니라 옳은 것은 옳다, 그른 것은 그르다고 말할 수 있는 용기를 중용이라 보는 이도 있다. 하긴 그럴 바에야 굳이 중용이란 말을 내세울 게 뭐란 말인가. 골치만 아프게 만들뿐이다.

흑(黑)도 아니고 백(白)도 아닌 색을 회색이라고 한다. 말하자면 일종의 중용인 셈이다. 중용을 지키는 사람을 보는 사람에 따라 회색분자라고 매도하는 건 나름대로 상당한 이유가 있다. 나중에 어느 쪽이든 득세를 하면 그쪽으로 기울어질 가능성이 있기 때문이다. 아니 그것을 노려 어중간한 위치에 서 있는 것이다. 회색분자란 말이 거기에서 나왔다.

이럴 때 떠오르는 단어가 하나 있다. '毋自欺(무자기)' 즉, 기만하는 일은 없어야 한다는 것이다. 누구의 것이든 자기가 한 행동이 무자기라면 굳이 변명할 필요가 없을 것이다.

그러면 오늘 내가 한 처신은 무엇인가. 오늘도 또 하나를 배운다.

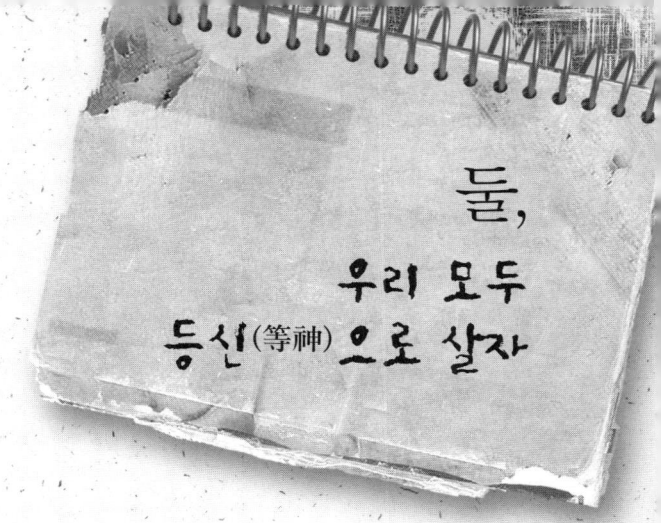

둘,
우리 모두
등신(等神)으로 살자

등신을 사전에 찾아보면 '어리석은 사람을 얕잡아 부르는 말'로 나와 있다. 그런데 왜 한자로
는 신과 같다고 같을 등(等) 귀신 신(神)으로 표기해 놓았을까.

신은 최고로 격상된 존재다. 인간 세상에서는 경외의 대상이 곧 신이다. 어리석은 사람이 많은
세상이 아름다운 세상이라고 생각해본 일이 있는가. 어리석음은 순수함이요, 본연(本然)이다.
사회, 국가가 많은 어리석은 사람들 때문에 유지되고 있다는 것도 같이 생각해보자.

무학(無學)은 무식, 즉 못 배움을 뜻한다. 그러나 태조 이성계의 사부 무학대사(無學大師)는 같
은 '無學'으로 쓰고 있지만, 아라한과(阿羅漢果)를 얻은, 더 이상 배울 것이 없는 최고 경지에
이르렀음을 의미한다.

나물 캐러 바구니 옆에 끼고서

아내와 같이 쑥을 뜯으러 나선다. 장소는 고향 가까운 가야산(伽倻山) 밑 들녘. 신토불이를 염두에 두고 간 건 아니지만, 어쩌다가 오늘은 그쪽을 택했다.

아직은 꽃샘바람이 옷깃을 여미게 하는, 쑥을 뜯기엔 조금 이른 철이지만 꼭 거기에만 목적이 있는 것도 아니고 해서 마음 내킨 김에 따라 나선 것이다. 어제 동네 시장모퉁이 난전에 할머니들이 들고 나온 것을 언뜻 보았다.

장소는 그때마다 다른 곳이지만 작년에도, 재작년에도 이맘때쯤 우리는 쑥을 뜯으러 갔었다. 해마다 봄이 오면 두어 번씩 그런 나들이로, 늦게나마 추억은행에 저장할 연중행사 하나를 만들어 지내고 있다.

나는 지금까지 먹어본 채소류 가운데 마늘, 쑥, 미역 같은 것들을 비교적 좋아한다. 내가 직접 먹어 얻은 경험도 그렇지만 단군신화에 나오는 음식이고 해서 나름대로는 약간의 신념도 갖고 있는 나물이다. 쑥은 살짝 데쳐서 냉동실에 넣어두었다가 필요할 때 쑥떡을 만들어 먹어도 좋고, 국으로 끓여먹어도 괜찮다.

길섶 조경으로 심어놓은 개나리가 금싸라기를 뿌려놓은 듯 만발하고, 산자락으로는 진달래도 울긋불긋 몸단장이 한창이다. 성주(星州)에서 해인사로 넘어가는 오르막길에 차를 세워놓고, 이농으로 묵밭이 된 밭둑을 타고 앉아 우리는 쑥을 뜯는다. 좀 이르긴 하나 양지바른 곳이어서 쑥은 뜯어도 좋을 만큼 자라 있었다. 아내는 이게 딱 알맞다고 한다.

"이녁은 그쪽 두렁을 따라가소. 나는 이쪽으로 갈 터이니."

"그라지."

"두 번 손대지 않게 잘 뜯어라카이. 먼젓번 모양 돼지 꼴 뜯듯 해서 반도 더 버리게 하지 말고. 꽤니 쓰레기봉투만 축내는구마.

아내의 지청구는 이런 데 나와서도 계속 따라다닌다.

"알았다니까."

일흔을 바라보는 나이에 내가 이 허허벌판에 아내와 같이 나물을 뜯을 줄이야, 직장을 그만 둘 때까지만 해도 상상 못했던 일이다. 친구들 가운데는 이런 식으로 시간을 보내는 사람도 더러 있지만, 그리고 나도 그들에게 배운 거지만, 아무리 백년해로의 해로동

혈의 금슬을 다지는 일이라 해도, 그때마다 좀 따분한 생각이 드는 것도 어쩔 수가 없다.

행동은 쑥을 찾아 뜯고 있지만 또 머릿속은 시공(時空)을 벗어나 안 헤매는 곳 없이 날아다닌다. 온갖 상념들이 다 스친다.

동무들아 나오라 봄맞이 가자
나물 캐러 바구니 옆에 끼고서
달래 냉이 꽃다지 모두 캐보자
종달이도 봄이라 노래하잔다

내가 국민(초등)학교 다닐 때 3학년 음악책에 나온 동요다. 이런 노래를 부르면서 나물 뜯는 어머니를 따라 산허리를 헤매던 일들이 생각난다. 전쟁 중이라 끼니 잇기가 어려워 양식을 보태기 위함인데 그때 먹었던 미숫가루와 쑥버무리는 60년 세월이 흐른 지금도 기억에 생생하다.

그런 쑥을 오늘은 아내와 함께 뜯고 있다. 그러나 그때는 호구지책(糊口之策)의 하나로, 지금은 시식(時食)을 찾아 놀이삼아 나온, 각각 다른 목적이 엄청 변한 세월을 말해준다.

밀레의 〈만종〉과 논두렁을 타고 앉은 우리 풍정(風情)의 그림을 한번 비교해본다.

가끔 TV 화면 같은 데서 은발을 날리며 노후의 크루즈 여행을 즐

기는 백인부부를 볼 때가 있다. 그때마다 운이 좋아 우리도 저런 세월을 한번 누릴 수 있을까 생각해본 적이 있는데, 그건 그냥 꿈일 뿐 이런 일로 대신해서 자위하는 수밖에 없다. 아내도 일찌감치, 아니 아예 포기하고 사는 듯 보인다.

여기 오는 길에 점심 요기한다면서 김밥집을 들렀다가 온 아내가 말했다.

"밀가루 값이 올랐다 카드이만 김밥값은 왜 올랐는지 모르겠네. 전에는 한 줄에 천원 했는데 오늘은 천삼백 원 달라네. 잔돈도 그렇고 해서 석 줄밖에 못 샀구마."

네 줄 살 돈을 준비해 갔다가 세 줄밖에 못 샀다는 이야기다. 김밥 한 줄에도 이런저런 신경을 써야 하는 게 우리네 살림살이인데, 언감생심 그런 건 그림의 떡일 뿐이다.

40년 가까운 결혼생활을 돌아보노라면, 그 가운데는 웃는 날이 한 번도 없었다면 거짓말이겠지만, 그늘진 얼굴로 산 날이 훨씬 많은 우리네 살림살이. 아닌 게 아니라 생각해보면 푸지게도 아웅다웅했고 거기서 벗어나려 몸부림을 쳤다.

고부의 갈등으로, 형제간 부조화로, 자식들에 대한 불만으로, 그 끝은 하나에서 열까지 우리 부부의 불협화음 난조(亂調)로 나타났다. 마치 이혼이란 말을 주머니 속 물건 꺼내듯 내뱉으며 지낸 일이 있었는가 하면, 한집에 살면서 열흘이 넘도록 아이들 통역(?)으로 지내온 날도 있었다.

말이 나왔으니 얘기지만 아내와는 TV를 봐도 한 시간을 같이 못 본다. 채널권(權) 문제가 아니다. 같이 연속극을 보는 데에도 무슨 일이 터져도 터진다.

트집 잡는 시어미가 나와도, 못된 시누이가 나와도, 잘난 가장이 나와도, 거창한 양옥이 나와도 그게 모두 빌미를 만든다. 그동안 살아오면서 앙금으로 맺혔던 일들이 모두 연속극에서 우리들의 일로 살아나와 아내를 한 번씩 괴롭히는 모양이다.

부부가 원하는 목적은 누구나 같을 것이다. 바로 행복 추구다. 같은 길을 가는 데에도 감정의 차이, 방법의 차이, 처신의 차이가 다르다보니 그게 갈등으로 나타나는 것이다. 제 감정 하나도 감당하질 못해 탈선하는 경우가 허다한데 부부라는 조건 하나만으로 어떻게 완벽함을 바랄 수 있을 것인가. 그때마다 닦고, 조이고, 기름을 쳐 조율(調律)해왔지만 아직도 여기저기서 삐걱거린다. 아마 평생을 그러고 살아야 하지 싶다.

그 가운데서도 가장 힘들었던 일은 막내가 다쳤을 때 일이다. 대학 2학년 마치고 군대부터 먼저 갔다 온다며 공군에 시험을 쳐 합격증(입영영장)을 받아 놓고, 막간을 이용해 제주도나 한번 다녀온다며, 그 경비를 장만한다고 현풍(玄風)공단에서 아르바이트를 하다가 일을 만들었다.

지게차에 실은 물건이 제 앞으로 떨어지는 바람에 한쪽 정강이가 박살났다. 병원에서는 다리를 절단하는 길 밖에 없다고 했다.

아닌 게 아니라 하늘이 노랬다. 1995년 5월, 내가 직장 명퇴(名退)를 신청해둔 직후에 일어난 일이다.

병원생활 2년 5개월. 4번의 대 수술. 군복무로 보내야 할 기간을 꼬박 병원에서 보낸 셈이다. 배의 살을 환부에 이식하느라 뱃구멍이 옆구리 쪽으로 돌아간 형국이라니. 그동안 막내를 간호하면서 흘린 아내의 눈물은 큰 독으로도 하나는 채우고 남으리라. 다행히 다리는 절단하지 않고 붙어 있게 했지만, 상처투성이 육신과 기우뚱하며 걷는, 멀쩡하던 놈이 4급 장애인이 된 모습은 지금도 볼 때마다 부모로선 가슴이 무너진다.

"자, 이제 우리 점심 먹자. 한 시가 다 돼 가는구라."

어느 틈에 한나절이 다 돼, 자리를 옮겨 준비해온 김밥을 가운데 놓고 마주 앉는다.

"우리가 너무 일찍 온 거 아이가. 쑥이 아직 어리더구만."

"마치 맞더라 카이. 너무 커도 안 좋구마."

"너무 작아서 소출이 나야지. 종일 뜯어봐야 쑥떡도 한번 못해먹겠는 걸."

"세면 맛이 없다 캐도 그러네. 저엉 적으믄 담에 한 번 더 오면 대지 머."

"제길헐, 차라리 여기 오는 기름값 가지고 사 먹는 기 낫겠다."

"또 계산을 저래 한다. 주말 농장 찾는 사람들, 그 사람들도 그거 계산해가꼬 가는강."

얼른 수습을 한다. 모처럼 동행으로 나온 야외 밀월(?)인데, 또 삐걱인다. 얼른 기름을 쳐 수습을 한다.

"좋아, 난 당신이 좋다면야."

신문에 보니까 최근 중국에서 가장 인기를 누렸던 연속극은 정 샤오롱이란 작가의 〈金婚〉이라고 한다. 금혼식을 맞은 한 부부의 살아온 결혼생활 50년을 조명했다는데, 그게 시청자들의 심금을 그렇게 울렸다는 것이다.

직접 보지 않아 그 내용이 어떤 건지는 모르지만, 금혼식을 맞는 부부가 흔하지 않을 텐데, 50년을 탈 없이 살아왔다면 그 사실 하나만으로도 감동은 충분하리라 본다. 사람 사는 건 다 비슷하다. 하룻길을 가도 소도 보고 중도 본다는 산전수전(山戰水戰), 그 파란만장한 생활을 버텨냈으니 그게 쉬운 일인가.

산 그리매가 들녘으로 기어내리는 것을 보고 나는 오금을 편다.

"자 우리 그만 갑시다."

돌아오는 차 안 뒷자리에서 아내는 내가 뜯어 담은 쑥 봉지를 쏟아놓고 다듬는다.

다시 펴지 못할 눈가의 주름살과 남편에게 거는 기대를, 이제는 죄다 포기를 해 조금은 편안해 뵈는 아내의 얼굴을 백미러로 힐끔힐끔 보면서, '고운 투정 미운 투정을 웃음으로 받아주며 거울처럼 마주보며 살아온' 지난 세월을 잠시나마 돌아본다.

다른 사람을 만났다고 해서 보다 나은 삶을 살았을 게라는 보장

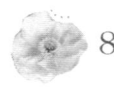

은 어떻게 풀어야 좋을지 모르지만, 나와의 만남을 석복(惜福)으로 알고 무탈하게 지내온 한 '여자의 일생'이 안타깝기도 하고 고맙기도 하다.

그러나 그 생각도 10분을 못 가 지운다. 현실이 그냥 두질 않는다.

"암만 잔소리를 해도 안 댄다 카이. 이거 한번 보라고. 내뿌리는 기 더 만타이까."

"…."

난 못 들은 척 함구를 지킨다. 쑥을 뜯는데 자기가 가르쳐주는 대로 하지 않았다는 핀잔이다. 맞장구를 쳐봐야 돌아오는 건 빤한 일, 져줘서 서로가 만족할 수 있다면 그런 게 모두 이 나이가 가르쳐 준 지혜가 아니겠는가.

다문화(多文化), 세상은 그렇게 흐르는 것

오늘 내가 참석했던 결혼식장에서 있었던 일이다.

우리 나이에도 시즌이 되면 보통 2, 30여 곳으로부터 청첩장을 받는다. 탁 까놓고 말해 청첩의 목적은 축의금 전달에 있음으로 대부분 우편이나 인편으로 전하고, 혹 품앗이가 돼 참석하는 경우에도 혼주와 눈도장만 찍고는 식당에 들렀다가 오는 게 관례로 돼 있다. 그런데 오늘은 사진 찍는 데는 빠지더라도 신랑신부가 퇴장할 때까지 식장 안에서 자리를 지키고 있어야했다. 자리가 그런 품앗이 자리다.

식순 가운데, 끝날 즈음에 가서 신랑신부가 양가부모에게 인사를 하는 순서가 있었다.

"신랑신부가 짝을 이뤄 양가 부모님께 인사 올리는 순서가 되겠습니다."

　사회자의 홀기(笏記)에 따라 진행요원이 인사를 시키는데 먼저
신부 쪽 부모 앞으로 신랑신부를 안내했다. 그때까지도 나는 예사
로 보아 넘겼다. 그걸 친구 가운데 한 사람이 관심을 가지고 지켜
보았던 모양이다. 식당에 들어서자마자 그 친구는 자기의 식견과
상충됐던지 불편한 심기를 털어 놓은 것이다.

　"세상이 온통 여인천하로 돌아가는구먼. 점촉권(点燭權)이 여자
들한테 넘어가더이만 오늘 보이 인사도 장인장모한테 먼저 하네.
허허, 참. 이자 좀 있어보라카이, 폐백 자리도 처가집 식구들이 들
어앉을 날이 머잖아 올 거야."

　매운 고추 씹은 소리를 했다.

　"자네도 그런 생각을 했구나. 나도 그게 좀 이상하더라 카이."

　그러자 기다렸다는 듯 여기저기서 이런저런 소리가 쏟아진다.

　"뭐 그런데다 신경을 다 쓰고 앉았노. 딸이 부모 곁을 떠나 이쪽
으로 오는 거니까 당연히 그쪽에다 인사를 먼저 해야 될 거 아냐.
그래서 그런 갑구만."

　"그것도 옛날 신부 집에서 초례(醮禮)치고 할 때 말이지 예식장에
서 하는데 무슨 그런…."

　"그래도 구색은 갖춰야 할 거 아닌가베."

　"긍정적으로 생각해. 그러려니 하고 넘어가란 말야. 그게 우리가
사는 거 하고 무슨 관계가 있다고 그런 데까지 신경을 쓰냐말야."

"야 이 사람들아. 어렵게 생각할 거 하나 없다. 전에는 며느리가 시집으로 들어왔지만 요새는 사위가 저쪽으로 들어간 거 아냐. 쉽게 말해 주종(主從)이 바뀌었다, 이 말야. 그래 생각하면 간단한 건데 그걸 뭘 이러쿵저러쿵하고 있어."

이윽고 빈정거리는 말투까지 등장한다.

예식장의 의식도 자꾸 변하고 있는 것만큼은 사실이다. 가풍(家風)에 따라 변하고 있는 게 아니라 지역에 다라, 식장에 따라, 진행하기에 따라 자꾸만 여러 형태로 나타나고 있다. 그리고 의식이라기보다는 이벤트, 또는 퍼포먼스 형식으로 치러지고 있는 것도 현실이다.

신랑신부가 따로 입장하는가 하면 같이 손잡고 입장하기도 하고, 주례 앞에 서는 것도 왼쪽 신랑이 오른쪽으로 가기도 하고, 따로 정해진 것이 없다. 정해진 것이 없으니 배울 것도 없고, 배우지 않았으니 상황에 따라 적당하게 운용하면 되는 것이다.

주례라는 것도 그렇다. 우리 때만하더라도 사회적으로 덕망이나 인품이 있는, 인격적으로 완성도가 높은 지인(知人)을 주로 내세웠는데 요즘은 싸게 한다고 예식장에서 정해주는 이나 심지어는 친구들이 하는 예도 허다하다니 알쏭달쏭할 수밖에 없다. 안 할 말로 개뼈다귀 같은 사람이 주례를 서도 알 길이 없다.

어디 그뿐인가. 애정표현이니, 체력점검이니 해서 각종 해프닝에다가 어떤 모양으로든 남 안하는 행위를 하면 그게 추억에 남는

다니 누가 무슨 참견을 한단 말인가.

얼마 전 한 친척의 예식장에서는 대통령 이명박 님, 국회의장 김형오 님의 축전이 왔다면서 그걸 읽는가 하면, 내빈 가운데 이런 분이 오셨다며, 전직국회의원을 비롯한 유명인사들을 소개하는 희귀한 장관도 보았다. 그야말로 이제는 천태만상이다.

"요즘 연속극 한번 보라구 귀싸대기 얻어맞는 건 모두가 사내새끼들 아냐. 옛날 같으면 그걸 떼놓고 살라며 경을 칠 놈들이지만 어데 눈이나 한번 깜짝 해. 기사도를 발휘하는 건지, 그래 사는 기 편해서 그러는 건지 모르지만 시상이 그런 시상인데, 그까짓 인사 먼저 못 받는 게 그러큼 원통해."

"시상에 사내새끼 몬난 건 지나 개나 보고 형님, 형님, 하는 놈하고 장인장모한테 아부님, 어무님, 카는 놈이라 그랬는데, 요샌 그게 잘난 놈인데 더 말해 뭐하노. 거저 우린 굿이나 보고 떡이나 얻어 묵으믄 되는 거야."

"참 이상하네. 야, 이 사람들아. 가뜩 힘든 세상 왜 자꾸 어렵기 살라고 그라노. 모두 아들 딸 다 있는데 매어치나 엎어치나 한 가지 아녀. 돼 가는대로 살아라. 시아버지도 됐다가 장인도 됐다가 카는데 똑같은 거 아냐."

"저 사람은 사내들뿐이니까 그러는 거 아니겠어."

"그저 팔자려니, 운명이려니 하고 사는 거여."

"시상에 제일 어리석은 싸움이 남자 여자를 놓고 이러쿵저러쿵

하는 거여. 대표적인 거 하나 있잖어. 군대 갔다 온 거, 그거 경력으로 인정해주는 거 있잖어. 그걸 여성단체에서는 왜 그리 반대하는지 모르겠어. 전부 제 남편이고 제 자식인데 말야. 거기에다 여자도 같이 군댈 보내야 한다고 맞서는 것도 좋은 모양은 아니지. 내 딸이고 내 마누라 아냐. 언젠가 신문에 보니까 상사가 부하 여직원한테 커피 한잔 뽑아 달랬다고, 손이 없나 발이 없나 먹고 싶으면 자기가 뽑아먹으라며 대든 일이 가십으로 난 게 있던데, 그것도 그래. 좀 뽑아주면 어때. 나중에 못질을 하거나 무거운 짐을 옮길 땐 그땐 그럼 어떡할 거야. 남정네 도움을 받아야 될 거 아냐. 나무만 보지 말고 숲도 볼 줄 알아야지. 모든 건 조화야. 조화를 생각하면 다 풀리게 돼 있어. 그런데….”

　“요즘이 퓨전시대라고 하잖아. 전부 잡탕으로 보면 되는 거다.”

　“여언(汝言)이 시야(是也)라 캤다. 임자 말이 옳구만. 그걸 따지고 들면 끝이 없다. 답이 안 나온다 말이다. 답이 나올 턱이 없는 거지.”

　“부대찌개를 왜 자꾸 찾는고 하면, 맛보다도 우선 만들기가 쉽다는데 있는 거야. 뭐든 같이 넣어 끓이면 되니까 말야. 우리 문화가 바로 잡탕 문화가 돼 이젠 어쩔 방도가 없는 거다.”

　이런 이야기가 항상 그렇듯 오늘 이야기도 그쯤에서 밑도 끝도 없이 끝나고 말았지만 결론은 ‘좋은 게 좋은 거다’로 내는 수밖에 없다. 그렇다면 ‘좋은 게’ 뭘까. 확실하지는 않지만 우리가 생활하기에 편한 것, 그 시대가 요구하는 것과 큰 흐름에 따르는 것이 아닐까 생각해본다.

도덕경(道德經)에 나오는 최상의 선이 물과 같이 행동한다는 것, 상선약수(上善若水)도 그런 것이라고 본다. 땅이 기울면 물이 굽어 흐르듯 좀 삐딱하니 걸으면 된다.

검도(劍道) 하는 친구에게 이런 이야기를 들은 적이 있다.

"검도에는 '수파리(守破離)'라는 공부 방법이 있다. 1, 2단 때는 수(守)라고 해서 교범에 있는 지식을 그대로 배워 습득하는 것이고, 4, 5단이 되면 교범에 있는 가르침을 파괴해서 더 발전된 것을 공부하는 것이며, 7단 이상이 되면 그때는 교범을 완전히 떠나 자기만의 새로운 검도의 세계를 만들어 가는 거야. 그게 무슨 말인고 하면 검도 공부를 많이 한 사람은 교범과는 무관하게 칼을 쓴다 그 말이지."

속물이 돼 그런지 모르지만 나는 그 이야기를 들었을 때 가장 먼저 생각한 게 춤이었다. 춤을 처음 배울 때는 하나 둘 점을 찍어가며 배우다가, 조금 발전을 하면 음악에 맞추고, 더 나아가면 모든 동작과 흐름이 리듬을 타고 흐느적거리는 경지로 들어가는데 그 과정이 그것과 흡사하기 때문이다.

그런데 그 '수파리'가 문화에도 근사하게 적용되는 것 같다. 어떤 문화든 그 양태가 성숙되어 숙성의 도를 넘으면 처음 배운 것과는 다른 세계로 떠나게 되어 있기 때문이다. 모양만 변한 것이 아니라, 더 나아가선 흔적만 남겨둔 채 본래의 모습에서는 아주 떠나 새로운 세상으로 발돋움하기 때문이다.

이제, 아니 그전부터 우리 나이의 사람들이 들고 다니는 잣대로는 하나도 잴 것이 없다. 세상이 그런 세상이다. 친구 말대로 굿이나 보고 떡이나 하나 얻어먹으면 그것으로 만족하는 수밖에 없다.

조금 아쉽기는 하지만, 경우에 따라서는 눈꼴사납기도 하지만, 바람이 그쪽으로 불어오는데, 세상이 그런 세상인데 누가 무슨 재주로 막느냐 말이다. 그게 현명하게 사는 방법이다.

고스톱, 우리시대가 낳은 필요악(必要惡)

점심숟가락을 놓고 동우회(同友會)에 나갔다. 며칠간 쉬었더니 고스톱 치는 친구들이 보고 싶다. 그들과 한판 얼려 허튼소리도 좀 하고 손도 좀 풀고 싶은 생각이 들어서다. 이제 어느 틈에 그쪽으로 몸이 굳어 1주일에 한두 번씩 안 나가면 좀이 쑤신다. 체질이 나도 모르는 틈에 엉뚱하게도 생활의 즐거움을 그쪽에서 찾으려 헤매고 있다.

우리 KT동우회 대구본부에는 7백 명 가까운 회원이 등록되어 있다. 본회(本會)는 서울에 있고 각 시도 단위로 본부가 구성 돼 있으며 전체 회원은 7천 명이 훨씬 넘는다. 회원 자격은 KT에 몸담았다가 정년 또는 명퇴한 사람으로 본인이 희망하면 누구나 될 수가 있다.

재직 시의 직위로 보면 장관 지낸 사람에서부터 말단 고용원 직에 이르기까지 여러 계층의 사람이 다 들어 있으나 회원이 되면 누구나 지난날의 위계와는 관계없이 동급의 친구, 즉 동우(同友)로 지내는 걸 원칙으로 하고 만나 만든 사단 법인체다.

정년퇴직 또는 명예퇴직을 한 사람들이라면 길게는 40년, 짧아도 20년 이상은 직장생활에 몸을 담은 사람들이다. 그러니까 그들은 관계의 호불호(好不好)를 떠나 모두가 20년 내지는 40년 지기(知己)들이다. 말하자면 그놈의 정 때문에 다시 묶어놓은 것이 동우회란 틀인 셈이다.

우리 동우회를 다른 말로 표현한다면 동네의 경로당, 노인정, 사랑방의 다른 말이다. 동네를 직장으로만 바꿔놓으면 똑같다. 여기에서 회원들이 하는 일도 동네 사랑방에서 일어나는 일과 흡사하다. 모두 나이가 있기 때문에 어렵고 힘든 시절을 살아온 지난 삶을 털어놓으며 지내는 것도 그렇고, 바둑이나 고스톱을 치며 여가를 보내는 것도 그렇고, 가끔 듣게 되는 자식자랑도 그렇고, 쓸데없는 일인 줄 알면서도 신문이나 TV를 보다가 열을 받아 핏대를 세우는 것도 그렇다.

동우회 안쪽 방은 오락실이다. 이름은 오락실이지만 쉽게 말해 고스톱 치는 장소다. 거기엔 사시장철 화투판이 준비되어 있다. 입구엔 고우수도부(古友修道部)라는 글씨가 하나 붙어 있다. 고스톱을 해학적으로 한역한, 〈오래 된 동료들끼리 도를 닦는 곳〉이란 뜻이다. 고스톱을 곱지 않게 보는 눈이 아직도 적지 않은 우리네 정서 속에서, 이처럼 공개적으로 고스톱을 치는 곳을 마련해두고 상습적으로 치는 곳은 그리 많지 않으리라 본다. 그것도 어제, 오늘 생긴 것이 아니고 벌써 10년이 넘게 그렇게 해왔으니 말이다.

고스톱을 칠 수 있는 최소한의 인원은 3명, 최대한 인원은 6명이다. 고스톱 판을 벌릴 수 있는 대(臺)가 네 개 있으니까, 24명은 언제든지 수용할 수 있는 상설시장(?)을 갖춘 셈이다.

여기에서 규율은 엄하다. 그 규율을 안 지킨 사람은 누구라도 여기에서는 못 치게 되어 있다. 지금까지 아무런 탈 없이 고스톱을 즐길 수 있는 건 이런 엄한 규율 때문이다.

몇 가지만 짚어보자. 점(点)에 백 원이다. 어떠한 경우든 이 이상은 허용하지 않는다. 외상 거래도 안 된다. 시간도 퇴근시간을 넘길 수는 없다. 설사를 하면, 한 사람이 다른 두 사람에게 2백 원씩을 받는다. 이는 수입과 지출을 최소화하기 위한 방안이다. 한도는 만원인데 하루에 한두 번 나올까, 말까다.

하루 평균 서로 잃고 따는 금액은, 예외가 있긴 하나 평균 5천원에서 만원 안팎이다. 요즘 어디 가서 놀더라도 하루해를 보내는데 그 돈 안 쓰고 놀 수 있는 곳은 없다. 입법취지(?)도 여기에 있다. 그래서 모두 거기에 신나게 매달리는 것이다.

오락실 벽에는 이런 글이 담긴 전서체 족자가 하나 걸려있다. 고스톱 좋아하는 서실 회원이 자필로 쓴 글인데, 베낀 것인지 자작인지는 모르겠다.

"雖不蝕善哉古友(수불식선재고우)"

비록 내가 먹지 못하더라도 고우를 한번 불러보는데 친구들 간에 정이 쌓인다는 내용이다. 'go'를 '古友'로 풀이한 게 재미있다.

우리 오락실에서 고스톱 치는 풍경을 보면 요절복통할 때가 많다. 한 예를 들어본다.

조용히 순조롭게 돌아가던 고스톱 판에서 갑자기 욕설이 터져 나온다.

"빙신 육갑 짓고 앉았네. 그게 독박이 아이믄 머가 독박이고. 인마. 길을 막고 물어바라. 잔소리 말고 늬가 물어. 나는 죽어도 몬 준다."

"야 야, 우째 그게 독박이고. 독박이 먼 줄이나 알고 나발을 불어라."

"너는 인마, 원래 매너가 개차반이더라. 벌써 나한테만 몇 번째야."

"머 저런 자슥이 다 있어. 내가 장개석의 돈을 떼먹으면 떼먹었지 니 돈에 써(혀) 댄 일은 없어. 임마."

"웃기고 앉았네. 어제도 나한테 육백 원 가리(외상) 했잖아."

"치사한 자식. 그건 니가 막판이라고 안 받은 거지 내가 안 준 거야."

"시끄럽다. 줘바라 내가 왜 안 받는강. 안 받는 거와 안 주는 거

는 근본적으로 틀린다. 알기를 그렇게 알아라."

"한 입으로 두말하기는."

한때 잘나가던 기업체의 중간간부로 있었던 사람들의 주고받는 말씨로서는 내용이나, 외형이나 남이 보면 웃기는 노릇이지만 모두 그게 즐거운 데야 어쩌랴.

문제가 되는 일은 그밖에도 비일비재(非一非再)로 많이 생긴다. 그러나 그때뿐 이튿날이면 언제 그런 일이 있었느냐는 듯 또 같이 붙어 앉아 희희낙락(喜喜樂樂) 연신 두드려댄다.

회원들이 고스톱 관(觀)에 대해 갖는 생각에는 긍정적인 측면이 많다. 일찍이 고스톱이 없었더라면 노후를 어떻게 보낼 뻔했을까 싶을 만큼 애착을 갖는 친구도 있다. 혹 사람에 따라서는 돈이 오가니까 노름에다 더 비중을 둘지 모르지만 여기 우리들은 누구도 그렇게 생각하지 않는다. 같은 칼이라도 강도가 들면 무기가 되지만 의사가 들면 죽어가는 사람을 살려내듯, 쓰기 나름에다 비중을 둔 것이다.

그리고 산업사회의 오락이란 농경사회의 오락과는 다르다. 많고 적음을 떠나 경제적 손익이 생겨야 재미가 있고 할 맛이 난다. 그냥 노는 윷놀이는 두 판을 못 논다. 아무리 고스톱을 즐기는 사람이라도 오가는 것 없이 치라고 해보라, 아무도 치는 사람이 없다.

기원에 가보면 잘 알겠지만, 바둑 역시 무척 신성한 놀이 같아도 천 원짜리 한 장이라도 묻어두어야 두고, 자장면 내기라도 해야만

둔다.

어느 프로기사가 쓴 글에서 이런 내용이 든 걸 본 일이 있다. 바둑 두는 것처럼 인생을 살면 낭패를 본다고 못을 박고 있다. 바둑으로 사귄 친구는 하나같이 내가 못 이기면 지는 '제로섬 게임'의 대상으로만 상대해왔기 때문에, 바둑 속에서처럼 항상 저쪽 약점만 노리고 그곳을 공략하는 게 관습이 돼, 자기도 모르게 생활이 그렇게 굳어진 걸 원망하는 듯한 내용이었다. 한 예를 들어 바둑 용어에 성동격서(聲東擊西: 동쪽에 소리를 질러 시선을 쏠리게 해놓고는 서쪽을 공략하는 기법)란 게 있는데 사회생활을 그렇게 하면 사기꾼 소리밖에 못 듣는다는 이야기다. 비교적 건전하고, 점잖은 오락이라는 데에도 그런 취약점이 있다니, 무슨 오락에든 장단점은 다 있다고 봐야 한다.

오락실을 자주 나드는 사람은 대개 고스톱 예찬론자들이다. 나도 한 통속이다. 20세기 후반에서 21세기로 들어서는 과정에서 한반도를 지배한 대중문화를 내세운다면 계(契)와 고스톱을 빼고는 이야기가 안 된다고 보는 사람이다. 명절이면 가족들 모두가 좋아서, 심지어 매스컴에서는 고스톱 공화국이라고 할 만큼 즐기는 놀이인데, 왜 쉬쉬 하면서 치는가 말이다.

만약 고스톱이 없다고 해보자. 회원들이 모여서 하는 일이란 뻔하다. 술이나 마시고 이놈저놈 찍어다가 욕하는 일 밖에 더 있겠는가. 바로 이게 우리 회원들이 고스톱을 사랑하는 까닭이다. 그리고 다 그만한 지각은 있는 사람들이라 같이 쳐도 탈이 없기 때문에, 다시 말해 '노름'이 아닌 '놀음'으로 즐기는 사람들이기에 어울리는 것이다.

요즘은 우연히 모였기 때문에 소일의 한 방편으로 고스톱을 치는 게 아니라, 고스톱을 치기 위해 찾는 회원이 많다. 스트레스 해소도 충분히 되는 놀이다.

심지어 얼마 전 한 회원은 이런 것 까지 하나 제안했다. 이제 우리 오락실에도 빠찡코의 쓰리 세븐이 터지면 팡파르가 울려 퍼지듯 '쓰리 고'를 하면 멜로디가 울도록 해서 오락실 사람들이 같이 축하해주자는 것이다. 그리고 일 년에 한두 번이라도 대회를 치르자는 안도 나왔다.

하긴 애호가들에게는 일리가 있는 이야기이긴 하다. 그러나 아직은, 아무리 고스톱을 긍정적인 오락으로 받아들이더라도 그런 일까지는 이르지 않을까 해서 유보한 상태다. 요즘은 치매예방차원이란 도움말이 하나 더 붙어, 더 신나게, 유쾌하게 즐긴다. 세상의 여느 경로당처럼.

반세기를 넘게 한 민족을 지배한 놀이문화인데 아직 그런 쪽으로 논문 한편 없다는 게 나 같은 사람들에게는 사실 아쉽다.

고스톱 친구들은 동우회에만 나가면 언제든지 만날 수 있기 때문에 자연스럽게 어울려 즐길 수가 있다.

"보자, 예금해둔 거 좀 찾아야겠는데 오늘은 누구 옆이 명당인지 모르겠다."

　그러면서 오늘도 나는 적당한 한곳을 물색해서 찾아 앉는다.

70,000시간의 공포 속에서 사는 사람들

요즘 내가 보고 있는 연속극은 여섯 편이다. 일일연속극 아침에 하나 저녁에 둘, 수목드라마 하나, 주말드라마 두 편이다. 뿐만 아니라 다른 것도 많이 본다. 때로는 케이블방송으로 재탕도 심심찮게 본다. 하루 3~4시간 쯤 된다. 그러자니 눈떠 있는 시간 가운데 1/3은 TV앞에 붙어사는 셈이다.

어떤 날은 종일 TV앞에서만 얼쩡대다가 하루를 보낸 일도 있다. 노는 백성이 돼 그런지 또 그것밖에 할 일도 없다.

사람을 지치게 만드는 건 부지런히 움직일 때가 아니라 아무 것도 할 일이 없을 때란 말이 있는데, 마침내 그 때를 맞았다고나 할까. 요즘 나 같은 사람들 사이에서 유행하는 말이 하나 있다. 〈나에게 있는 거라곤 시간밖에 더 있어〉가 그것이다. 어쩌다가 누가 한

번 불러내주면 그것만큼 반가운 일도 없다. 내가 먼저 연락을 해 친구 한두 사람쯤 불러내도 그만이지만 그것도 저쪽이 준비되어 있을 때 말이지, 그렇지 못할 때는 서로가 곤란하다.

"오늘 시간 어떤노. 중앙통 남일기원으로 한번 나올래."

내 입장만 생각하고 이런 전화를 냈을 때 텔레파시가 통해 '마침 잘 됐구마. 그러자고. 바로 나갈께' 가 되면 괜찮은데, '오늘 안 된다, 손자 당번이다' 라든가 '오늘 나 병원에 가야 한다' 가 되면 그만 낙심천만(落心千萬)이다. 안한 것보다 못한 게 된다. 어쩌다가 두 번 그런 일이 반복되면 세상에 그런 낭패가 없고 다음부터는 전화 걸기가 싫어진다.

거기에 개뿔도 알아줄 이도 없는 자존심이 꼼지락거려 더 어렵게 되는 것이다. 나도 그만 '할 일이 많은 사람' 으로 가장해 그냥 들어앉게 된다. 그때부터 그만 만만한 TV와 노는 것이다.

오뉴월 화롯불도 쬐다 말면 서운하다고 했던가, 계속해 보다가 안보면 보고 싶어지는 것이 연속극이다. 이렇게 많은 연속극을 기다려가면서 본 건 내 생애에 일찍이 없었던 일이다.

하지만 그 연속극이 재미가 있어서, 아니면 배울 게 있다거나 세상을 살아가는 데 도움이 돼서 매달리는 것은 천만에 아니다. 책을 봐도 그렇고, 잠을 자도 그렇고, 내가 할 만한 일이라곤 그것밖에 없기 때문에, 그렇게 차고앉아 보는 것이다.

노인들에게 있어서 시간이란 어떤 의미를 갖는 것일까. 최근 한 중앙일간지의 〈한국노인, OECD국가 중 가장 비참하고 불행하다〉는 제목아래 쓴 사설의 한 구절을 여기에 옮겨본다.

"한국 노인들은 60세에 은퇴해서 80세까지 산다고 치고 이 기간 잠자고 밥 먹는 시간을 뺀 7만 시간을 '7만 시간의 공포'라 부른다. 이 7만 시간을 가치 있고 행복하게 활용할 수 있는 인프라를 마련해주는 것은 현재의 중요한 과제이자 미래의 최대 과제라고 할 수 있다."

이 신문사설에 의하면 내가 연속극을 보며 시간을 죽이고 있는 건 '7만 시간의 공포' 속을 헤매며 자맥질하고 있는 셈이다.

등산을 하고, 낚시를 하고, 바둑과 고스톱을 치고, 여기저기 거닐며 사색도 하고, 연속극을 보는 건 얼핏 들으면 여가선용의 레포츠 같지만, 그것도 일 가운데 있을 때 여가선용이지, 그 자체가 목적이 되면 그때부터는 스트레스만 양산하는 공포가 되는 것이다.

우리에게도 하고 싶은 일은 있다. 노하우라는 전직의 경륜, 연치가 가르쳐 준 인생경험을 바탕으로 할 수 있는 일은 다양하다. 그게 생산적으로 활용된다면 거기에 더 바랄 게 없다. 나이가 갖는 한계를 간과할 수는 없지만, 최소한 공포의 울타리에서만은 벗어나야 하는데 그게 잘 안 된다. 현실이 거기에서 너무 멀리 있기 때문이다.

지금도 한쪽에서는 수많은 젊은이들이 시간을 금으로 알고, 모자란 잠을 아껴가며 아등바등 몸을 태우고 있다. 그런데 다른 한쪽에서는 시간이 남아돌아 공포 속에서 살고 있으니 이런 아이러니가 있는가.

'Time is money(영국속담)'니, '一刻千金(일각천금)'이니, '시간을 가진 자는 모든 것을 가진 것이다(B. 디즈레일리)'니 하는 말은 시간이 얼마나 소중한 것인가를 나타낸 말이다.

중국의 문장가 구양수(歐陽修)는 자기의 문장이 모두 삼상(三上)에서 나온 것이라며 말위(馬上)에서도, 뒷간(厠上)에서도, 잠자리(枕上)에서도 시간을 버리지 않고 활용을 했고, 아인슈타인은 자기 결혼식을 하는 동안에도 머리로는 방정식을 풀었다고 전해온다.

'7만 시간의 공포'를 두려워하는 우리들과 비교한다는 건 언감생심 그런 결례가 없지만, 사실 따지고 보면 시간만큼 값진 것도 없을 것이다. 다만 그 시간이 주인을 잘못 만나 마구 버려지고 있으니 안타까울 뿐이다.

소설가 최인호 씨는 경허(鏡虛)스님의 "無事猶成事(무사유성사) 일 안하는 것이 나의 할 일"이란 말에 충격을 받아 장편소설 『길 없는 길』을 썼다고 한다.

'일을 하지 않음의 일'이라는 게 도대체 어떤 일일까. 철학적, 현학적(衒學的) 냄새가 다분히 풍기는 말이지만, 더군다나 나 같은 사람이 대들 일은 분명히 아니지만, '비록 일은 없더라도 나에게 온 시간은 낭비하지 않고 나를 위해 얼마든지 이용할 수 있다'는 말의 다른 말, 다시 말해 무위이화(無爲而化)같은 것이 아닐까 생각해본다.

컴퓨터 앞에도 앉아보고, 붓을 한 번씩 잡아보기도 했지만 한 시간을 못 넘겨 '지금 나이에 이거 배워가지고 어디 써먹을까'를 생각하면, 그러다가 '한번 써먹지도 못할 걸 지랄한다고 배워'와 마주치면, 그만 만사휴의가 된다.

연속극 속에서는 한 젊은이가 남의 아이를 밴 채 찾아온 여자를 사랑으로 받아들이려 하고, 또 한 곳에서는 한 중년이 두 번째 부인을 사탕 싼 종이 버리듯 내버리곤 새장가를 서두르고 있다. 아닌게 아니라 기도 안차는 이야기들이다. 어떻게 하면 가정을 혹독하게 파괴시켜볼까, 연구가 그것인 바보상자에 매달려, 허송세월을 한다. 이미 반 가까이 까먹은 시간이지만 나의 '7만 시간 공포' 속에는 이런 일들로 가득하다.

오늘도 나는 우리에게만 남아도는, 가진 것이라곤 이것 하나뿐인 시간을 어떻게 하면 유용하게 생산적으로 활용할 수 있을까 골몰만 하며 여기저기 헤매다 또 하루해를 보낸다.

이래도 한평생, 저래도 한평생

오전 11시가 되는 걸 보고 중앙통 반월당(半月堂) 네거리에 있는 S생명 일층 로비로 나간다.

어제 저녁, 남곡(南谷)에게서 전화가 왔다. 남곡은 친구 강문호의 아호다. 내가 알기로 죽어도 호 같은 건 안 찾을 사람이지 싶은데, 무슨 바람이 들었던지, 자기 보고 지어줄 사람도 없고 해서 자기가 하나 지었다고는, 제대로 되기나 한 건지 모르겠다며 그렇게 하나 지어 우리에게 불러달라고 했다. 남녘 계곡, 어쨌든 그럴싸했다.

요즘 주변에 호를 가진 친구들이 더러 있다. 하긴 우리 세대도 먹물이 튀어 그쪽으로 물든 사람들은 모르지만 대부분 호와는 무관하게 살아온 사람들이다. 잉어가 뛰니 망둥어도 뛴다고 했던가, 더러 자작한 호를 조심스레 내비친 이도 있는데, 잘 써먹질 않아 모

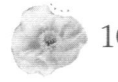

처럼 자기 호를 남이 불러줘도 본인이 모르는 난센스를 연출한 이도 개중에는 있다.

오늘 남곡이 만나자는 건 별다른 일이 없으면 같이 문양에 가서 매운탕으로 점심이나 한 끼 먹자는 것. 나에게 남아도는 건 시간뿐이니 좋다고 해두었던 것이다.

지난번 만났을 때도 남곡이 점심을 샀다. 자꾸 얻어먹는다는 게 부담이 되기는 했으나, 언젠가 나는 지금도 조금씩 벌고 있으니 요즘 젊은이들 말로 신경 끄라고 해서 오라는 대로 나가긴 하는데, 잘하는 것인지 어떤지는 모르겠다. 그는 요즘 직조회사에 들러리 일을 봐주고 있는데, 우리 나이에 그런 일자리라니, 땡 잡은 친구다.

말이 나왔으니 얘기지만 남에게 커피 한잔 얻어먹는 것도 실은 부채다. 친구간인데 어떠냐고 하는 사람도 있겠지만, 그리고 정 그러면 나중에 시간 날 때 한잔 사면 되지 뭘 그러느냐 하겠지만 그게, 계산처럼 잘 안 되니까 마음이 편하질 않는 것이다.

점심때쯤 되면 100여 평이 넘는 S생명 로비에는 우리 나이의 사람들로 항상 득시글거린다. 시내 중심 지하철 1, 2호선이 교차하는 위치에다가, 냉난방이 잘돼 있어 여름이면 시원하고 겨울이면 따뜻해서 우리 같은 주머니 사정이 넉넉지 못한 사람들이 만나는 곳으론 딱이다. 커피 자판기, 화장실, 조그만 전시실까지 하나 있어 혼자 기다려도 심심하지 않아 좋다.

마케팅기법에 보면 주변 사람들과 친화력을 쌓는 것도 기업경영의 수단이란 말이 나오는데, 아마 그런 차원에서 운영하는 것으로 알고 있다. 어쨌거나 우리에게는 그런 고마운 데가 없다.

회전문을 들어서는데 맞은쪽에서 남곡이 손을 번쩍 들어 먼저 와 있다는 신호를 보낸다. 그런데 옆자리에 웬 아주머니가 앉아 있다. 날 보는 눈이 눈치 없는 사람이 봐도 같이 온 사람이 분명하다

"우선 서로 인사나 하지. 자세한 건 이따가 얘기하고."

눈인사만 나누고 바로 지하철로 내려와 문양 방향 지하철에 오른다. 문양은 2호선 서북방향 종점이다. 역시 우리들에게는 만만한 곳이다. 교통비 절약, 매운탕이라는 별미에다 시외 바람까지 쐬니 어디 그런 곳이 흔한가.

언젠가 보험 하나 들어주고 알게 된 아주머니가 있다더니 이 여자가 그 여자냐고 슬쩍 물었더니 그렇다고 했다. 남곡은 한창 때도 그쪽으로는 호를 찼었는데, 이 나이에도 여전한 걸 걸 보면 수완은 알아줘야할 친구다. 한번뿐인 인생 즐겁게, 멋지게 보내는 것만은 분명한 사람이다.

언젠가 선배 한분이 내가 지공 나이라니까 무슨 생각으로 한 이야긴지는 모르지만, 야 이 사람아 한창 좋을 때다, 이제야말로 압박과 설움에서 해방된 민족이라며, 정말 내 나이가 부럽다는 듯한 표정을 지었는데, 오늘 남곡을 보자 문득 그 생각이 떠오른다.

그런데 여자를 만나면 저네들 둘이 만날 일이지 나는 왜 불러냈을까. 혹 점심먹자고 불러내어 보험 들어달라고 압력 넣는 건 아닐

까, 내가 알기로 그런 사람은 아니지만, 그러나 알 수 없는 일이고 해서 은근히 걱정도 좀 된다. 요즘 형편으로는 든 보험도 해약해서 쓰고 싶을 만큼 곳곳에서 마른 풀잎 비벼대는 소리가 나고 있으니 하는 말이다.

이날 매운탕은 얻어먹어 그런지 맛이 괜찮았다. 만에 하나 노심초사했던 보험 이야기도 나오지 않았다. 모르긴 해도 친구는 이 나이에도 이렇게 살고 있다는 걸 자랑삼아 여자를 달고 나온 건 아닌지 모르겠다. 나는 너하고 사는 방법이 다르다는 걸 구경이나 하라는 듯이 말이다.

백아절현(伯牙絶絃)이란 말이 언뜻 스친다. 백아라는 사람에게는 자기의 거문고 솜씨를 알아주는 이라곤 친구 종자기(鐘子期) 하나뿐인데, 그가 죽자 더는 거문고 만질 일이 없다면서 그 줄을 끊었다는 백아의 이야기.

오냐, 잘 먹었다. 자네의 그런 모습 내가 안 알아주면 누가 알아줄 것인가.

바보는 자기가 바보인 줄 모른다

"요새는 뭐 하노? 잘 안 보이게. 계절로 봐 아직 포도밭에 가 살 때는 아이지 싶은데."

친구 종만(申鍾晩)에게 인사삼아 묻는다. 자주 만나는 사람들은 일주일만 안 보여도 괜히 궁금하다. 그는 요즘 고향땅에 포도밭을 일궈놓고 종종 거길 드나든다. 작년에는 몇 송이 얻어먹기도 했다.

"아직 밭에는 안 가도 되고. 어제는 보훈병원에 가 종일 보냈구마."

"거긴 왜?"

병원이라면 얼른 떠오르는 게 자기 몸에 탈이 났거나, 누구 문병이다.

"치료하러 간 건 아이고. 한 달에 한 번씩 가는 거 안 있나, 그거 때문에."

"한 달에 한 번씩이라니?"

저쪽은 내가 알고 있으리라 믿고 이야기를 하는데 듣는 나는 도무지 연결이 안 된다.

"봉사…."

"아, 그거. 그런데 병원에 가서는 뭐 어떤 걸 도와주는데?"

내가 또 묻는다.

그는 요즘 한 달에 한 번씩 마지막 금요일에 봉사활동을 하고 있다. KT를 퇴직한 사람들 가운데 몇이 모여 〈들꽃회〉라는 모임을 만들어 보훈청에 일할 수 있는 시간과 인원을 등록해 두고 그쪽 요청에 따라 일을 봐주고 있는데, 그는 그쪽 회원이다.

장애인들이 있는 복지단체를 찾아 목욕도 시켜주고, 혼자 사는 노인네들을 방문 청소도 해준다는 이야기를 몇 번 들어 그들이 하는 일이 어떤 것이란 걸 대충 알고는 있지만 병원에 가서는 어떤 일을 하는지 그게 또 궁금해서다.

내 물음에 얼른 대답하기가 어줍었던지 히죽이 웃음부터 보이고는 말했다.

"종일 탁구공만 줘 나르다가 왔다이까."

"탁구공?"

"그래."

장애인들이 재활치료, 또는 여가선용으로 탁구를 치는데 그 옆에 지켜 서서 멀리 날아가는 공을 주워주는 일이란다.

"참, 봉사활동 한번 거창하게 했구만."

내 입에서 나온 말이다. 그리고는 같이 어중간한 웃음을 물었다. 농으로 하는 이야기로도 들렸고, 그런 것도 봉사활동이란 이름으로 가능한 것일까 싶은 생각도 들어서다.

좀 더 파고들었더니 그건 사실이었고, 또 생각해봤더니 그들에게는 그런 것도 꼭 필요한 것들이었다. 순간적으로 많은 것을 생각하게 되었다.

나는 친구 종만을 잘 안다. 30년 지기(知己)라 할 만큼 친구로, 같은 계원(契員)으로 같이 술자리도 많이 가졌고, 고스톱도 많이 쳤고, 요즘도 일주일이 멀다고 만나서는 그런 세월을 보내고 있다.

"당신이 그런 일을 한다카이, 난 도무지 이해가 안 된다."

언젠가 그날도 목에 잔뜩 힘이 들어가 있기에, 물었더니 전날 봉사활동으로 도배를 해주다 그렇게 되었다기에 내가 농반진반(弄半眞半)으로 던진 일이 한번 있었다.

그들이 〈들꽃회〉를 만들면서 나에게도 한번 참여해볼 의사가 없느냐며 타진해온 일이 있었다.

"한 달에 하루 내는 건데 어때?"

결국 나는 고개만 갸우뚱하다가 말았다. 솔직히 자신이 없다. 송구스런 이야기지만 그 시간에 차라리 잠을 자면 잤지 그런 일은 못할 것만 같다. 뒤퉁스런 짓, 낭비란 생각도 들었다.

일흔이 다 된 노인이 종일 장애인들 탁구 치는 뒷자리에서 서서 떨어진 공을 주어준다는 것, 그것 누구나 할 수 있는 일은 아니라고 본다. 적어도 내 생각은 그렇다. 안 할 말로, 일당을 쳐주면서 하라고 해도 못할 것만 같다.

"내가 아는 당신은 그런 사람이 아닌데, 아무리 찍어 봐도 그런 일은 못할 사람 같은데, 그런 쪽으로 나보다도 더 무딜 사람 같은데, 하여튼 대단하다. 존경한다."

친구 앞에서 내가 실토한 말이다.

많은 건 아니지만 행사 때마다 만원씩 회원들이 주머닛돈을 내어 당일 경비로 쓴다고 한다.

존경의 대상이 별 거 아니다. 내용도 잘 모르면서 굳이 멀리 있는 추상(抽象)을 존경한다는 건 보기엔 그럴싸할지 모르지만 아무것도 아니다. 하고는 싶지만 내 깜냥으로 못하는 일을 의젓하게 하는 사람이 있다면 나에게는 존경의 대상이 아닌가. "英雄見觀亦常人(영웅경관역상인: 영웅이라고 하지만 늘 옆에서 보면 그 또한 보통 사람이다)"이라고 한다. 혼자 생각이지만 나에게는 감동이다.

한 달에 한번 일하는 거, 사실 그거 별거 아니다. 아주 작은 일이다. 누가 알아주는 것도 아니고, 덕 볼 일은 더군다나 없다. 사람에 따라서는 '쇼'로, 사시(斜視)로 볼 수도 얼마든지 있다. 어리석은 짓이다.

언젠가 나는 등신(等神)을 사전에서 한번 만난 일이 있다. '어리

113

석은 사람을 얕잡아 이르는 말'로 나와 있다.

어떻게 저런 해석이 나왔을까. 한문은 뜻글이다. 가지런할 등
(等), 귀신 신(神), 귀신과 가지런하다는 건 귀신과 같다는 말이다.
그런데 어떻게 어리석다는 해석을 달아놓았을까.

우리는 항상 신을 절대자의 위치에 두고 두려워한다. 사람의 능
력이 미치지 못하는 곳을 신의 영역으로 두고 그곳에서 일어나는
일을 우리는 신화(神話)로 꾸민다. 단군신화(檀君神話)가 그러하고
구약(舊約)의 창세기 신화가 그러하다.

아무리 바둑을 잘 두는 최고수라도 입신(入神·9단)이란 명칭으
로 신의 입구에만 갖다놓았지 결코 신과 같이 두지는 않는다. 그런
데 어리석은 사람을 신과 같은 반열에 두고 등신이라 부르고 있으
니 이런 엉터리 해석이 있는가.

여기서 나는 역설적 해석을 한번 해본다. 어리석게 산다는 것이,
다시 말해 더러 속아가면서, 실수해가면서, 또 더러는 잘난 사람들
은 아예 거들떠보지도 않는 엉뚱한 일도 해가면서, 속칭 하류인생
으로 사는 것이 참으로 멋지게 사는 것이 아닌가 생각하고.

세상 사람들이 다 왕후장상으로 태어나, 고대광실(高臺廣室)에서
누린다면, 그리고 황천길까지 수백평의 땅을 차지해 묻힌다면, 후
세 사람들은 어떻게 될 것인가.

이 나라가 이만큼 유지되는 데에는 군림하는 사람들보다 어리석
은 사람들이, 다시 말해 영장이 나오면 마땅히 군대에 가고, 고지

서가 발부되면 세금을 꼬박꼬박 잘 내는, 등신으로 사는 사람이 많기 때문이다.

우리가 고등학교 다닐 때 "공민(公民)"이란 과목이 있었다. 요즘으로 "도덕윤리" 같은 내용인데 거기에 보면 이런 말이 나온다.

"사람이 사는 목적은 크게 두 가지로 나눈다. 하나는 자아실현 또는 성취이고, 다른 하나는 공동생활 영위이다."

친구의 말대로라면 아무것도 아닌 일인데 내가 너무 소란을 피운 건 아닌지 모르겠다. 내가 등신인지, 친구가 등신인지 누구든 하나는 등신이지 싶은데 나는 아직도 잘 모르겠다.

희수연(喜壽宴), 아무나 하나

임영두(林永斗) 씨의 희수(喜壽)잔치가 프린스호텔 별관 다이아몬
드 홀에서 있었다. 임씨는 직장에 있을 때 나의 상사다. 직장을 나
올 무렵 직위가 국장이었기 때문에 요즘도 나는 그를 '임 국장님'
으로 부른다. 언젠가 한번 나에게 이런 말을 했다.

"이자 국장님, 국장님, 카지마. 이자 국장도 아인데 듣기가 좀 그
러네. 호를 하나 맹글었으이 앞으론 부를 일이 생기믄 호를 부르라
고. 송정(松亭)이라고 하나 지었구면."

그래도 나는 여전히 그를 국장님이라고 부른다. 그렇다고 10년
도 더 연장인 사람에게, 지난 날 상사에게 '송정, 술 한 잔 들게나'
할 수는 없는 노릇 아닌가.

잔치 전날 전화가 왔다. 여러 날 전부터 희수연을 한다고 청첩장

을 내어 이미 소문은 듣고 있던 참이다.

"자네한테는 일부러 청첩장을 안 냈구마. 안 바쁘거등 저녁에 와서 소주 한잔 하고 가. 부담 갖지 말고. 가까운 사람들 몇만 불렀으이 그리알어."

시간 맞춰 나갔다. 그곳은 친구 자녀들 혼사로 가끔 들렸던 곳이다. 제 시간이 되자 8명이 둘러앉은 원탁 20여개가 꽉 찬다. 친척 몇 분을 제 하고는 모두 직장 선후배들이라, 흡사 지난날 직장생활할 때 한 회의장에 들린 기분이다.

동우회를 통해 자주 보는 이도 있지만 개중에는 10년, 20년 만에 보는 이도 있다. 이러쿵저러쿵 한참 설명을 해야 간신히 아하, 그래, 어이구, 하며 알아볼 만큼 변한 사람들도 보였다. 백발, 주름살, 균형을 잃은 몸집과 걸음걸이, 어눌한 말투, 아무리 좋은 세상이라지만 세월이 지나면서 밟아놓은 흔적은 어쩔 수가 없나보다.

올만한 사람들이 다 오자, 사회자도 없이 오늘의 주인공인 임영두 씨가 바로 나와서 인사를 한다.

"…오랜만에 모두 어떻게 지내시는가, 얼굴이 한번 보고 싶어 만나자고 한건데, 준비한 것도 없이 바쁜 사람들을 불러내 성가시게한 건 아닌지 모르겠습니다. 건강한 모습들을 보니까 참 반갑고 좋습니다. 아무것도 차린 게 없습니다. 몸은 자꾸 늙어 가는데, 이래라도 안 만나면 또 언제 만나겠어요. 서로 이야기 나누다가, 가라오케를 준비했으니 노래방에 온 요량하고 노래도 한 곡조씩 하고,

그래 만나자고 한 겁니다. 그러니까….”

　이어서 가족을 불러내 소개했다. 자식들도 모두 그만하면 됐다 싶을 정도로 자리를 잡고 있었다. 물론 그 정도 형편이 되니까 이런 자리가 마련되었겠지만. 다만 재직 시에 세상을 뜬 부인이 그 자리에 있었으면 참 좋겠다 싶은 생각이 든다.

　“아직 대구에서 KT 나와 가지고 이런 자리 마련한 사람은 아무도 없었제?”

　“아마 임 영감이 첨일 거야.”

　“이래 하이까 참 좋네. 보기도 좋고. 그런데 이런 거 한번 할라카믄 경비는 수월찮게 들어가겠는데.”

　“임자두 내년이면 회수 아냐, 한번 해보지 그래.”

　“그럴 형편이 돼야 말이지.”

　“임자 형편이 어때서, 맘만 묵으면 하고도 남지.”

　“하여튼 우리 임 영감이 대단해. 말이 그렇지 이게 잔친데, 안 양반도 안 기시문서 이런 맘을 먹었다는 게 아인 게 아이라 놀랍구면. 우리가 임 영감을 잘 알잖아. 임 영감이니까 하는 거지 돈 있다고 아무나 하는 건 아이여.”

　“맞아. 그것도 그래.”

　“오늘 참석한 사람들 두당 여비도 2만원씩 넣었다는구마. 타울한 장 하고.”

　“아이구야, 그게 크구면.”

"하여튼 멋있는 양반이야."

원탁에 둘러앉아 술잔을 건네면서 나눈 하객들의 이야기다.

저녁을 먹고 술이 한 순배씩 돌자 당의(唐衣)로 곱게 차려입고 족두리까지 쓴, 잔치마당과는 잘 어울리는 여자가 나와 빙글빙글 돌면서 〈성주풀이〉를 한곡 뽑아 흥을 돋운다. 그녀가 바로 사회자를 겸해 진행을 이끌었다.

"오늘 우리 임영두 님의 회수연을 축하하고 만수무강을 위한 자리에 이처럼 만장의 성황을 이루어주신데 대해 다시 한 번 감사의 인사말씀을 드리오며, 지금부터 신나는 잔치 한마당을 멋지게 만들어보겠습니다. 먼저 오늘의 주인공인 임영두 오빠를 이 앞으로 모시겠습니다."

사회자의 말을 따라 3인조 밴드가 쿵쿵 장내를 울리며 휘감는다. 한 시간쯤 진행되는 걸 보고 나는 슬그머니 나왔다. 마음 같아서는 막춤으로나마 같이 싸잡혀 한번 어우르고 싶었으나, 우리 자리가 아닌 것 같아 빠져나온 것이다.

로비에서는 친척인 듯한 진행요원이 봉투와 타월을 하나씩 건네준다.

"저녁 얻어먹었으면 됐지 뭐 또 이런 것까지…."

봉투 속에는 소문대로 깔깔이 만원 지폐 두 장이 들어 있다.

집으로 오는 버스 안에서 나도 저 나이에 저런 행사를 베풀 수 있을까 생각해본다. 꿈도 못 꿀 일이다. 경제적 능력도 그렇지만 혹 된다고 하더라도 내 마음이 허락하지 않지 싶다. 그 돈 반만 들여도 우리 내외 유럽을 한번 다녀오고도 남을 건데, 그런 돈을 왜 공으로 날릴까라고 말이다. 그 자리에서 나온 누구 말마따나 돈 있다고 아무나 하는 일은 아님이 분명하다.

여보, 김미숙한테는 그냥 팬일 뿐이야

정신없이 연속극에 빠져있는데 어느 틈에 왔던지 설거지를 마친 아내가 옆에 앉더니만 리모콘을 채어 쥔다.

"저 여자는 왜 저래 청승스러운지 몰라. 영 밥맛이야."

이 말과 함께 화면은 이미 다른 곳으로 돌아가 있다. 탤런트 김미숙을 보고 하는 이야기다.

지금까지 내가 보고 있던 연속극의 주인공은 김미숙이다. 채널 선택권이 아내에게 넘어간 건 이미 오래전 일. 닭 쫓던 개 지붕 쳐다보는 격이 따로 없다. 힐끔 한번 아내를 쳐다보곤 못 이긴 척 바뀐 화면을 그냥 지켜보는 수밖에.

방에 TV가 하나 더 있기 때문에 마음만 먹으면 보던 연속극을 계속해 볼 수도 있지만, 그냥 참는 것도 우리 가정을 건강하게 지키는 일 가운데 하나다, 생각하며 인내력을 발휘한다.

아내도 그 시간대에 시청할 것이 따로 있어서 돌린 것이 아님으로 순간적이나마 엉거주춤한 분위기가 형성된다.

"…."

"…."

새로운 화면이 제대로 파악될 때까지 서로가 말없이 화면만 지킨다. 비록 건네는 말은 없지만 우리 두 사람 사이에는 묘한 감정이 흐른다. 서로가 상대방 감정을 조율하는 시간이 된다. 서로가 상대를 잘 알고 있기 때문에 일어나는 현상이다. 내용을 모르는 사람이 보면 아리송한 팬터마임이다. 어쩌다가 가끔 두 사람 사이에는 이런 진풍경이 일어난다.

이 조그만 팬터마임의 발단원인은 이렇다.

언제가 아내와 같이 TV를 보면서 이런 이야기를 나눈 적이 있었다.

"김미숙이라캤나 나는 저 여자가 참 좋더라."

"…."

"배역을 그런 역만 맡아 그런지 모르지만 사람이 품위가 있어 보이잖아. 청순해 보이고, 사람을 홀리는 역을 맡아도 천박해보이지를 않고."

"…."

계속 말없이 듣고만 있던 아내가 한참 뒤에서야 무슨 생각을 했던지 이런 말로 받는 게 아닌가.

"우린 저런 여자 딱 질색이구마. 청승이 뚝뚝 떨어지더라 카이. 눈 꼬리가 처진 것도 좀 그렇고."

남자 눈, 여자 눈의 시각이 달라 그런 것일까. 아니면 다른 게 작용을 해서 그런지 모르지만 결과는 엄청 다르게 나타난다. 그날 이후로 이상하게 그만 아내는 김미숙이 나오는 극은 잘 보질 않았다. 나랑 같이 시청할 때만 그런 건지, 아니면 자기 말대로 그전부터 청승 때문에 안보는 건지, 그런 것 까진 다 알 수가 없지만 어쨌건 내 앞에서만은 보는 걸 피했다.

이상하다, 저렇게 예민한 사람은 아닌데, 그리고 화면 속 여자를 좋아한다고 해서 그게 뭐가 어떻다고 저런 반응을 보일까, 그렇게 속이 좁은 여자도 아닌데. 하여튼 결과는 그런 모양으로 나타났다.

모르긴 해도 그 이유가, 물론 이건 어디까지만 나 혼자 생각이지만, 내가 김미숙이 좋다고 하자 거기에 어떤 질투 같은 것이 작용한 건 아닌지 모른다는 생각이 언뜻 스친 것이다. 하긴 착각은 자유라고 나 혼자 오버센스로 그런 걸 염두에 두고 있는 건 아닌지 모르지만.

나는 탤런트 가운데 김미숙을 좋아한다. 시청자가 어떤 연기자를 좋아한다는 건 하나의 기호적(嗜好的) 차원일 뿐 당사자와는 하등의 관계가 없다. 이른바 팬이라는 게 모두 그런 관계 아닐까.

또 늙었다고 젊은 여자를 좋아하지 말라는 법도 없지 않은가. 작품을 즐기는 하나의 방법일 수도 있다. 고등학교 때 나는 엘리자베스 테일러를 되게 좋아했었는데 그것과 똑같은 이치일 뿐이다.

요즘도 내가 거울 앞에서 좀 오랫동안 넥타이 매듭을 매만지고 있거나, 면도 후 로션을 좀 진하게 바르면 아내는 지나가는 말로 한마디 툭 던진다.

"여자 만날 일이 있나 거울 앞에 서 있는 시간이 수태 기네."

물론 아내도 농으로, 그런 농도 없으면 심심하지 않느냐 해서 던져보는 심심풀이 땅콩에 지나지 않는다는 걸 알고는 있다. 그러나 전혀 무의미한 거라고는 생각하지 않는다.

말하자면 99.99%가 농이지만 0.01%의 진심은 섞여있다고 보는 게 내 생각이기 때문이다. 그게 없다면 그런 말이 나올 수가 없다고 본다.

지금 나 같은 사람 어디 내놓아도 조선 천지에는 관심가지고 보는 이가 없다. 그건 내가 더 잘 안다. 버스 안에서 내 옆자리가 비어 있어도 누구 하나 앉으려는 사람이 없는데 하물며 어떻게 그런 걸 바란단 말인가. 가끔 거울을 통해 내가 내 모습을 봐도 어처구니가 없는 꼴인데 누가 나에게 관심을 둘 것인가. 그런데 그런 나를 혼자만이 위인으로 알고 혹 탈선할까봐 걱정해주는 사람이 있으니 이런 걸 어떻게 설명해야 할지 모르겠다.

질투가 애정의 다른 표현이란 말도 있다. 질투는 사랑의 화신(化神)이란 말도 있다. 우리들의 삶이 마치 비포장 고갯길을 오르는 낡은 수레 같아, 삐걱거리는 소리를 내면서도 퍼지지 않고 올라가는 건 아내의 그런, 바로 내가 김미숙에게 빠질지 모를 위험을 방관하지 않는 노파심의 작용이라 본다.

이제 화면에서는 젊은 코미디언 너덧 명이 나와 저네들 신변잡담을 늘어놓으면서 신나게들 떠들고 있다. 아내도 그들과 함께 소리 내어 웃고 있다. 무척 편안한 얼굴이다. 아내의 편안한 얼굴을 힐끔 훔쳐보면서, 어느 틈에 나도 같이 따라 웃고 있음을 발견한다. 행복은 누가 주는 것이 아니며 서로가 힘을 합해 만들고, 찾고, 지킬 때에 거기서 피어나는 꽃 같은 것이 아닐까 생각해본다.

오래 살려면 나이를 많이 먹어라

　구청 문화회관에서 문화강좌가 있는 날이다. 강사는 의학박사
한정구 씨, 제목은 〈당신의 건강은 안녕하십니까〉. 올림픽 선수들
주치의에다가 서울 S병원 원장을 지낸 양반의 강의란다.

　"오래 사시려면 무엇을 많이 먹어야 하지요? 다른 거 없습니다.
나이를 많이 먹으면 되는 거예요. 그럼 누구든 오래 살게 돼 있습
니다." 이렇게 시작한 그는 우리나라 사람 남녀 평균수명을 일흔
중반까지 잡아놓고는 별도로 건강수명이란 걸 만들어 68세로 못
박는다. 다시 말해, 건강수명을 넘기면 살아도 수명만 연장하는 것
이지 사람구실을 못하게 돼 있다는 것이다.

　그러나 지금부터 자기가 하는 강의를 잘만 듣고 실천하면 130세
까지는 충분히 건강수명으로 누릴 수 있다며 기고만장을 펴놓는

다. 이런 이야기를 오늘 처음 듣는 건 아니다. 그리고 강의를 재미있게 긍정적으로 풀어나가기 위한 방법의 하나라는 것도 알고는 있지만, 들을 때마다 식상한 게 하나 있다.

나는 생물학, 의학을 모르는 사람이지만 모든 동물은 자기의 마지막 종자(種子)를 낳고 그 종자가 자생력을 갖추면 그 어미는 삶을 마친다고 보는 사람이다. 사람으로 볼 때 70세 전후가 된다. 이게 깨진다면 생태계가 위험하다. 이것도 정상적으로 아주 잘 된 모범적인 경우를 의미한다. 만에 하나 의학의 발달로 이 자연법칙을 깨진다면 더 많은 재앙을 불러들인다고 보는 사람이다. 지금까지 살아온 내 경험으로 얻은 지식이다.

내 경우 증조부가 61세, 조부가 64세, 아버지가 69세로 세상을 떠났다. 모두 건강하게 사신 분들이고 더군다나 아버지는 한의사다. 내 수명이란 건 대충 답이 나오게 되어 있다. 지금 올해 아흔인 숙부가 우리 대소가에서는 가장 장수한 어른으로 칭송을 받고 있지만, 이름이 칭송이지 몇 년 전부터 치매증세로 오락가락해 종제(從弟) 내외가 홍역을 치르고 있다. 안 할 말로 산에 있으나 집에 있으나 똑같은 신세다.

강사의 이야기는 무조건 오래만 살면 복을 누린다고 하는데 내 생각은 천만에 말씀이다. 이야기 가운데 돈을 잃으면 적은 것을 잃고, 명예를 잃으면 많은 것을 잃는 것이지만, 건강을 잃으면 모두를 잃는 것이라며 자꾸 장수 극찬론을 펴는데 이것도 엉터리다. 명

예를 어떻게 돈과 같은 반열에 놓을 수 있는가. 지조(志操) 같은 뜻한 바를 위해 목숨을 초개같이 버리는 사람들, 이 사람들이 들으면 웃을 일이다. 부도 마찬가지다. 물론 건강을 섬기다가보니 그런 말장난이 나왔겠지만 한번 생각해볼 일이다.

많이 웃으면 장수한다는 말도 그렇다. 둘러싼 여건이 자연스럽게 웃을 수 있는 상태가 되어야 하지 무조건 하하하 웃기만 하면 오래 산다고 자꾸 웃으라니 이런 엉터리도 없다. 유행가 가사에 '웃고 있어도 눈물이 난다'는 말이 있는데 과연 이런 웃음에도 엔돌핀이 분비될까. 그저 사는 날까지 건강하게 살자는 주문으로 받아들인다.

요즘 웰빙과 함께 웰다잉이 공개적으로 학문 비슷이 등장하게 된 건 참으로 다행한 일이다. 존엄사(尊嚴死)란 말도 한 번씩 오르내리는데 이도 마찬가지다. 부작용만 막을 수 있다면 꼭 필요한 것이라고 본다.

며칠 전 동우회에 나갔더니 게시판에 회원 김장호씨의 부고가 붙어 있다. 깜짝 놀랐다. 처음엔 교통사고쯤으로 알았다. 나보다 두세 살 아래인데다가 나보다 훨씬 건강한 사람이라 더 그랬다.

베드민턴 동호인들 모임이 있는데 그날 아침에 운동 나갔다가 갑자기 쓰러져 그렇게 되었다는 것이다. 사인은 심장마비라는데 내가 볼 땐 자연사가 아닌가 생각된다.

바둑이 나와 동수(同手)여서 만나면 곧잘 자장면 내기 바둑을 많이 두었다. 얼마 전 한국기원에 가서 프로기사와 대국을 해 정식 3급을 받았다며, 대국 장면 테이프를 여러 개 복사해와 하나를 내게 주며, 이젠 한국기원에서 인정하는 급수를 가졌다고 으스대던 모습이 선하다. 마누라가 아직 학교 교감으로 있어, 그 형편은 충분히 된다면서 나에게 점심도 자주 산 친구로 참 건강하던 사람이다. 적어도 내가 알기론 사고가 아닌 이상 아침에 운동하다가 세상을 떠날 그런 사람은 천만에 아니다.

"생감도 떨어지고, 익은 감도 떨어지고 그렇지 그걸 뭐 그렇게 심각하게 생각하고 있나. 좀 있으면 다 만날 사람들이데."

내가 친구의 부음에 좀 어리둥절해 있자 옆에서 한 친구가 어중간한 웃음을 보이며 던진 말이다.

중고등학교 동기생 가운데 상당수가 이미 세상을 등졌다. 그들이 건강을 안 챙겨서 떠난 게 아니다. 그쯤에서 떠나는 게 자연법칙이고 그걸 통섭(通涉)으로 보면 된다. 아무리 아름다운 꽃도 열매가 맺으면 떨어지게 되어 있고, 쪽으로 빚어 심은 씨감자도 새 감자가 달리면 썩기 마련이다. 거미는 아예 자기 몸을 먹이로 새끼를 세상에 내보낸다. 이렇게 모든 생물은 다음 세대가 생산되면 자연히 떠나게 되어 있는데, 이제 모두 그럴 나이가 되었는데, 그런데 어떻게 우리 인간만이 그 틀을 벗어나보겠다고 발버둥인가 말이다. 턱도 없는 소리다.

지금은 고인이 되었지만 영화배우 김진규(金振奎) 씨가 제주도에 살고 있을 때, 모처럼 TV 토크쇼에 나와 후배랑 나누는 이야기를 듣게 되었는데, 그 양반 이야기가 새삼스럽게 떠오른다.

"말은 참 좋지요. 자주 서울에 올라와 옛날 친구들도 만나보고, 후배들 격려도 해주고, 또 오늘처럼 TV에도 나와 살아온 이야기도 들려주고, 얼마나 좋은 이야깁니까. 그러나 막상 올라와보면 나를 반기는 사람은 아무도 없습니다. 어느 후배가 나를 맞아주겠습니까. 짐덩이지요. 이제 모두 가고, 친구도 별로 없지만 있다고 해도, 그들 역시 마찬가지고요. … 물레를 한번 돌린 물은, 뒤돌아볼 거 없어요, 강으로, 바다로 흘러가는 게 질서입니다. 그게 아름다운 거예요."

대충 이런 이야기로 기억된다. 아마 그때 그 양반 나이가 일흔 전후가 아닌가 싶다. 노인의 위치를 바로 보고 짚은 이야기라 생각된다.

한 박사는 박수를 쳐가면서, 가식으로 너털웃음을 허허 웃어가며, 신나게 강연을 하고 있는데, 내가 빠져들지 않아 그런지 그 이야기가 왠지 나에게는 낙엽을 굴리는 스산한 바람소리로만 들린다.

등기우편으로 날아온 청첩장

상조(相祚)란 친구에게서 청첩장이 날아왔다. 큰 아들 장가보낸다는 내용이다. 청첩장을 펴든 채 잠깐 생각에 잠겼는데 그럴 수밖에 없었다. 말이 친구지 10년도 더 전 직장에 있을 때 같이 근무한적이 있는, 나보다 여남은 살 가까이 처진 직장 후배다. 직장을 그만둔 뒤로는 상면한 적이 거의 없는 친구다. 그동안 나도 두어 번직계의 길흉사가 있었지만 그 친구에게는 연락을 하지 않았다. 그만큼 친밀한 관계도 아니고, 또 부조금이란 건 일종의 채권채무의의미도 전혀 없는 건 아니고 해서, 내가 안 받으면 나중에 부담도되지 않을 거라 생각하며 그렇게 지냈는데, 오늘 청첩장이 우편으로 온 것이다.

주변의 친구들 가운데는 청첩장이 돌아다니는 계절이 오면 앓는 소리를 하는 사람들이 더러 있다. 형편이 넉넉해 고지서(?)가 오는 데로 손부끄럽지 않게 보낼 수만 있다면 이쪽저쪽이 다 좋겠지만 그렇게 안 되니까 말썽이 생기는 것이다. 입장과 처지에 따라 이러쿵저러쿵 말들이 많다.

"무슨 놈으 자랑이라고 한번 받아먹었음 됐지 또 청첩을 낸단 말이고. 재혼시키는 주제에. 우리 같음사 창피해서라도 그 짓은 몬한다."

"그 친구는 무슨 속인지 받아 처묵을 줄만 안다카이. 내가 보냈을 땐 입을 싹 딱고 있더이만, 낯짝에다 철판을 깔았던지 또 보냈더라구."

"얌통머리 읍는 놈이 어데 한두 놈야. 나는 5만원을 했는데 저는 3만원을 보냈더구마. 아마, 저는 점심을 안 묵고 인편에 보낸다고 그랜 것 같은데 그거와 그거는 다르제."

"어, 이건 지 동생 청첩장이네. 아직도 출가 안한 동생이 있는강. 지가 혼주라고 보낸 모양이지."

"기껏해야 3만원하는 부조, 점심 값 때고나문 만원 보탬도 될락말락하는데, 거기 왕복 교통비 들어가야지, 또 아는 놈 만나믄 차 한잔 해야지. 잘못 하믄 배보다 뱃구멍이 더 크다카이."

"그 친구는 봉투에 만 원짜리 한 장을 딱 넣어 보냈더라고. 아마 축의금 장부를 들여다봤겠지. 내가 만원을 했으니까 저도 만원만한다 이건데, 20년 전에 만원하고 지금 만원하고 가치가 같나 말여. 가치로 따지면 저는 이자까지 달아 10만원을 보내도 남는 장사를 한 거라고. 나쁜 놈으새끼."

"그런데 그 양반은 청첩장도 내지 않았는데 어떻게 알았던지 알고는 봉투를 보냈더라구. 난 한 번도 안 했걸랑. 하여튼 미안해 죽겠구만. 언제 한번 만나가지고 술이나 한잔 대접해야겠어."

"나는 그 양반한테 거짓말 하나 안 보태고 여섯 번 했다. 애들 결혼한다고 청첩장 보낸 건 좋다 이거야. 그런데 맹장염 수술했다면서 병원에서 전화가 왔더라고, 한번 찾아오라 이거지. 직급 낮은 죄로 안 갔다나, 봉투 하나 맹글어가지고. 그런데 우리 아이 장가보낼 때 청첩장 한번 냈더이만 입 싹 닦고 모른 척 하대. 이제 내거 다 받아먹었으니까 그만이다 이건데, 인간이 그러만 몬 쓴다고."

"또 이런 거도 있더구만. 새로 들어온 부인한테 딸린 애가 있었던 모양이야. 그 아이 결혼한다고 청첩장을 보냈더라이까. 자기 딸인 척 아무개 3녀 결혼식이니 참석해달고는. 하여튼 재미있는 일이 많더구만."

"김상길이 있잖어. 그 친구는 청첩장을 보냈는데 등기로 보냈더라고. 왜 그래 보냈는지 짐작 가는 구석은 있는데, 그렇더라도 꼭 그래까지 보내야 하는 건지, 글쎄 그건 사람마다 생각이 다르이까 알 수야 없지만. 하여튼 그런 사람도 있더구마."

부조(扶助)는 상부상조(相扶相助)의 줄인 말이라고 한다. 우리에게는 미풍양속 가운데 하나다. 우리네 부모들은 마을에 잔치가 있을 때 식혜, 묵, 막걸리, 두부 등 이런 걸 직접 집에서 담아 도와주었다. 잔치를 치르는 집에서는 일손도 바쁘고 시설도 충분하지 못해 이웃에서 그런 식으로 도와 준 것이다. 그것도 자기네 마음대로 해주는 게 아니라 잔치 집과 상의해서 균배(均配)를 지켰다.

바로 그런 게 부조인데 이게 어긋난 길로 발달이 돼 이제는 고지서니, 수금이니, 하는 말까지 해가며 장사 속으로 주고받는 거래로 변해버렸다. 청첩장에다 은행구좌번호까지 찍어서는, 이게 서로가 좋겠더라는 말까지 스스럼없이 하는 세상이 됐다.

그 사람 이번에 제 아버지 장례 치르고 돈 좀 남겼는 모양이더라, 이런 이야기가 공공연하게 떠돌아다닐 만큼 보편화되었다. 아리송한 세태가 아닐 수 없다. 이것도 이 시대가 만든 하나의 문화인데 적당히 따르는 수밖에 어쩔 방도가 없다.

얼마 전에 동우회 회원인 친구 한 사람이 죽었다. 직장에 있을 때는 서로 떨어져 근무했기 때문에 잘 모르고 지냈는데, 퇴직하고 난 뒤에 새로 가깝게 지낸 친구다. 고스톱이 새로운 중신아비가 된 셈이다.

어쨌건 가깝게 지내던 사람이 죽었는데 개 닭 보듯 할 수만은 없는 일이 아닌가. 그런데 누구도 먼저 나서서 상문 가자는 사람이 없다. 분위기가 모두 부의금 내기가 좀 어정쩡한 듯한, 다시 말해 그냥 넘어갔으면 싶은 표정들이다. 고인밖에 모르는데 고인이 없으니 해봐야 절도 모르고 시주하는 격이 되고, 일테면 현실적으로 돈이 아깝다는 생각이다. 물론 그 가운데에는 나도 당연히 들어 있다. 혹 남은 어떻게 하는가싶어 좀 가깝다 싶은 사람에게 한번 물어보았다.

"한형, 그 친구 상가 한번 들여다봤습니까?"

"안 갔습니다. 거게 내가 뭐하러 갑니까, 난 그런 데 안 갑니다. 댁이 아다시피 그 양반하고는 집이 같은 방향이라 술도 같이 많이 마셨고, 누구보다 가까이 지냈지만, 그것으로 다 끝나는 거지 구태여 빈소까지 갈 건 뭐 있어요. 또 간다고 해도 누구 하나 아는 사람도 없고요."

"…"

"남 눈치 볼 거 뭐 있어요. 그런 데는 갈 필요가 없습니다."

나는 이런 질문에 이처럼 당당하게 자신 있게 대답하는 사람은 처음이다. 내가 어떤 생각을 가지고 묻는지 조금도 상관하지 않고 소신 있게 말했다. 내가 기대한 대답은 고인의 빈소를 다녀왔다거나, 다녀오지 않았더라도 최소한 부의금은 전해줬다는 건데 전혀 예상 밖 대답이다.

나는 그날 그에게 멋진 걸 하나 배웠다. 남 눈 볼 것 없이 그의 이야기는 나에게도 정답으로 들렸기 때문이다. 남이야 뭐라 건 적어도 내가 보기엔 그랬다. 오늘 상조가 보낸 청첩장만 해도 그렇다. 저쪽에서 내 나이를 생판 모르는 건 아닐 텐데, 이 나이가 되도록 조용했다면 거래(?) 없이 지내는 걸 원하는구나, 최소한 그 눈치는 있어야 한다고 보는 게 내 생각이다. 요즘 3만원은 나에게 큰돈이다. 하루 만원으로, 아니 하루 한 푼도 안 쓰고 지낸 일도 더러 있다.

성의 표시를 해야 하나 말아야 하나, 황실을 따르자니 사랑이 울고, 사랑을 따르자니 황실이 운다더니만 아닌 게 아니라 난감하다. 나는 처음부터 안 보냈으니 모르지만, 같은 시내에 살면서 나중에라도, 아니 이제 그 친구도 퇴직을 했으니 동우회에 들어올 터인데, 부닥뜨린다면 서로가 모양 같잖게 될 건 뻔하다.

심사숙고 끝에 결정을 내린다. 모른 척, 안 받은 척 하는 수밖에 없다고. 현실을 따른다.

선배님, 무조건 죄송합니다

고스톱을 치다 짬을 이용 화장실에 들러 나오다가, 청사 모퉁이에 의자를 내놓고 앉아 담배를 피우고 있는 장(張) 선배와 마주친다. 가끔 동우회에 나가면 고스톱은 한 번씩 치게 되어 있고, 보통한번 앉으면 서너 시간은 그렇게 보내니까 그 사이에 화장실도 여러 번 드나들게 되어 있는데다, 또 실내에서는 금연임으로 누구든담배를 피우자면 밖으로 나와야 하기 때문에 그런 부닥뜨림은 다반사로 돼 있다.

내가 막 옆을 지나치려는데 장 선배가 손으로 나를 좀 보자고 한다.

"이 과장, 좀 쉬었다 들어가지."

재직 시 내가 과장직에 있을 때 그는 부장으로 있었다.

"…."

"부탁 하나 하자."

"뭔데요?"

가끔 주고받는 일들이라 대수롭잖게 생각한다.

"어려운 거는 아이고…."

"…?"

평소 농을 잘하기 때문에 오늘은 또 무슨 이야기로 나를 혼란스럽게 하려나 생각하면서 옆자리에 앉는다. 얼마 전에도 그는 TV를 보다가 나에게 하나 물어보자며, 이런 난감한 질문을 한 적이 있었다. 그날은 광복절이다.

"저기 단상에 대통령부인은 왜 나와 앉아있는공. 다른 사람들은 다 혼자 나와 있는데 말야. 나는 그게 늘 궁금하더라고. 도지사들도 저런 행사에 자기 부인을 옆에다 갖다 앉히는강 몰라. 부인은 아무런 직위도 없잖아."

"…."

당황스러울 수밖에 없다.

"옛날에는 부인들한테도 정경부인이니 숙부인이니 해서 직위가 있었다는데 요새도 그런 게 있능강."

듣기에 때라 정말 궁금해서 묻는 것 같기도 하고 세상 돌아가는 걸 패러디해서 은유적으로 꼬집는 것처럼 들리기도 한다.

"그렇게 어려운 걸 저한테 물으면 어떡해요. 바로 청와대에다 물어보시지."

나도 농반진반으로 받을 수밖에 없다.

이런 식으로 우리는 곧잘 높은 차원의 선문선답(禪問禪答)(?)을 한 번씩 던져놓고는 히히덕거리는 예가 있기 때문에 오늘도 그런 질문이 나올 줄 알았다. 그런데 오늘은 그게 아니다.

"부탁할 거는 다른 게 아이고, 나한테 담배 피우지마라는 말 그거 이제 고만했으믄 좋겠어. 이 과장이 아무리 캐봐야 내가 들어줄 수도 없고 하이까 서로 안 하고, 안 듣는 게 좋잖아. 나는 또 그 소리 나올까봐 이 과장만 보면 겁이 덜컹 나는 거 있지. 부탁한다 알았제."

"…."

할 말이 없다. 순간 느끼는 게 있다면 내가 평소 말을 함부로 하는구나 하는 뉘우침 같은 것이다.

"아직도 담배를 피우십니까", "야, 이 사람아. 제발 좀 끊어라. 간접흡연이란 말 못 들었어. 자네들 때문에 우리까지 만수무강에 지장이 있단말여". 평소 나는 주변 애연가들에게 이런 말을 곧잘 한다. 인사삼아, 권고삼아 하는 거라곤 하지만 때에 따라서는 약간의 빈정거림이 들어가는 경우도 없지 않다. 그때마다 반응이 여러 가지로 나온다.

"알았다이까. 그렇지 않아도 곧 끊을 거야", "집에 가면 마누라 닦달이지, 밖에 나오니 친구들 족쳐대지, 자유민주주의 사회에 담배하나 맘도 못 피운다 해서야 말이 돼. 좀 봐주라", 그런가하면 어떤 이는 노골적으로 대항이다.

"왜, 그라노. 내가 담배 피우는데 뭐 하나 보태준 거 있어. 존 소리도 한두 번이지 이건 원. 난 담배 피우고 일찍 갈테이까 내 몫까지 보태 천년만년 살라구."

아마 이런 소리까지 뱉자면 속이 상할 건 빤한 일일 게다. 그런데 지금 장 선배의 이야기를 듣고 나니, 헤프고 어설픈 참견이 상대방에게 어떤 피해를 주었는지 서글픈 자책감으로 안긴다. 왜 내가 그런 말을 했을까. 꼭 필요하다면 한번으로 족하다. 두 번, 세 번, 되풀이한다는 건 상대방을 놀리는 격밖에 안 된다. 삼사일언(三思一言)이라고 했는데, 자신을 모처럼 나무란다.

그러고 보니 장 선배에게도 여러 번 그런 말을 한 것 같다. 물론 그만한 걸 믿고 한 이야기지만 그렇더라도 좀 심했다 싶은 생각이 새삼스럽게 든다.

"죄송합니다. 무조건 죄송합니다."

내가 잘못되었음을 솔직히 시인하고 사과한다.

"죄송할 거 까진 없고…. 이 과장이 안 캐도 여러 번 끊을라고 시도해봤거든. 그런데 그게 잘 안 대더라카이. 외려 스트레스는 더 받는데. 올해 내가 일흔 여섯이잖아. 이런 걸 우째 들을런지 모르겠다만 난 그 스트레스가 담배 피우는 거보다 더 하더라고. 다른 사람들한테 피해 안 가도록 노력할게."

"…."

"추운 날 문밖에서, 비 오는 날 처마 밑에서, 그리고 내 옷 이거 한번 바라카이 한 군데도 성한 게 없다아이라. 왜 내가 그 생각을 안 했겠노. 구처 없어 피우는 거니까 이해해주라."

"…."

할 말이 없다. 죄송스러울 수밖에 없다. 내가 담배 안 피운다고, 담배 피우는 사람들을 적대시한 것 자체가 큰 잘못이다. 그리고 그런 걸 이 나이가 되도록 스스로 터득하질 못하고 결국 한소리 듣고서야 알았다는 것 거기에도 문제가 있다고 봐야 한다.

그러고 보니 문득 생각나는 게 하나 있다. 집도의(執刀醫)들이 힘든 수술 뒤에는 담배를 피운다는데, 그게 사실인지 모르지만 충분히 이해가 가는 대목이다. 그 사람들이 담배가 어떤 것이란 걸 몰라 피우는 건 분명히 아닐 것이다.

담배라고 하면 또 생각나는 사람들이 많다. 공초(空超) 오상순(吳相淳) 시인. 너무 애연(愛煙)한 나머지 아호마저 담배 '꽁초'에서 따왔다고 한다. 가정도 가지지 않은 채 평생을 담배와 더불어 세상을 노래한 이런 시인에게 담배는 하나의 반려자이며 영혼일수도 있다.

우리가 너무 잘 알고 있는 애연가, 잠자리에 들지 않는 이상 그의 손에서 시거가 떠나지 않았다는 대영제국의 처칠 수상, 그리고 인천상륙을 승리로 이끈 맥아더장군의 파이프 담배도 우리는 너무 잘 알고 있다. 이들에게도 담배는 잠시도 떨어져서는 살 수 없는 파트너이며 생활이라고 본다. 그 밖에도 담배 이야기는 수없이 많다.

이들에게 담배가 건강에 좋지 않다는 이야기가 어떻게 들릴까. 모르긴 하지만 한번 웃어주는 것밖에 아무런 의미가 없지 싶다. 그렇다고 어린 아이들이 담배 피는 것 까지 묵과하라는 것과는 다른 이야기다.

내 생각만이 항상 옳은 게 아니라는 것, 내가 무심코 던진 돌인데도 맞는 개구리에게는 치명상이 된다는 것, 헤픈 동정은 오히려 상대방을 욕되게 한다는 것, 오늘 또 하나를 배운다. 바로 과유불급(過猶不及) 그것이다.

"선배님, 한 번 더 말씀드리지만 죄송합니다."

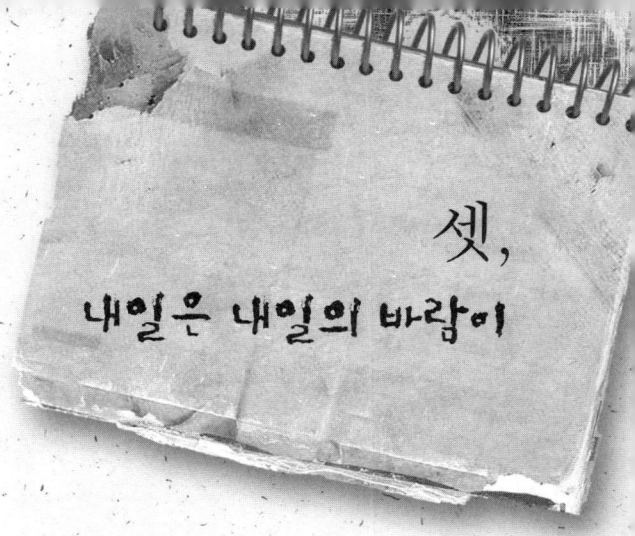

셋,
내일은 내일의 바람이

문화(文化)는 내가 양복점에 가서 찾아 입는 한 벌 맞춤양복이다. 그 옷은 나에게는 잘 아울리
지만 남에게는 아니다. 크기, 색감, 유행 등 모두 내가 고른 것이니 그럴 수밖에 없다.

그러나 맞춤양복도 세월이 가면 다르다. 몸뚱이가 자라거나 줄어들면 맞지 않아 못 입는다. 거
기에다 유행이란 바람이 불면 간사스런 마음의 작용도 무시 못 한다. 문화는 맞춤양복과 같은
일과성(一過性) 바람이다. 오늘은 하늬바람이 불었지만 내일은 높새바람이 불지 모른다.

예절도 하나의 문화다. 나에게 어울린다고 같은 옷을 남에게 권한다는 건 큰 결례다.

양반, 그리고 노블리스 오블리주(noblesse oblige)

친구 문병을 갔다가 거기서 만난 다른 친구들과 어울려 병원부근 한 식당에서 점심을 먹게 되었다. 모처럼 만났는데 그냥 헤어지기가 좀 그래서 만들어진 자리다.

이런저런 이야기 끝에 한 친구 입에서 나온 말.

"병호시비(屛虎是非), 그거 아즉 안 끝난 거여. 일전에 신문에 보니까 이제 끝났다고 났던데 어떻게 해결이 났는공?"

친구 가운데 병호시비의 중심에 있는 풍산 류 씨가 있어 그를 힐끔 보며 문득 생각난 듯 묻는다. 이제 나이도 나이지만 그런 쪽으로 관심 있는 사람들의 만남이다 보니 자연스럽게 이야기가 그렇게 흐른다.

이 나라 유림(儒林)들에게 병호시비는 낯설지 않는 이야기이고,

그들 가운데서도 영남 사람들에게는 모른다면 이상할 정도로 널리 알려진 이야기다. 전해오는 말에 따르면 내용은 이렇다.

퇴계(退溪) 문하에는 3백여 명의 학자가 있는데 서애(西厓·柳成龍)와 학봉(鶴峰·金誠一)이 빼어났으며, 이들은 인품이나 학문에서 우열을 가리기가 힘들만큼 출중한 두 봉우리다.

풍산 류 씨와 의성 김 씨 가문의 출신. 두 사람 다 추로지향(鄒魯之鄕, 공자와 맹자의 고향으로 학문이 빼어난 사람이 태어난 곳의 대명사)이라 불리는 안동에서 태어난 사람으로 이 지방에서는 양대 학맥을 이루고 있으며 두 문하에는 많은 후학들이 따르고 있다.

학문하는 사람들 모임이라 이론에 시비가 생기는 건 지극히 당연한 일, 양쪽이 라이벌 관계로 주장에 각축(角逐)이 따르는 것도 어쩔 수 없는 일이다. 사화(士禍)라는 게 바로 이런 데에 뿌리를 두고 있다.

시비의 발단은 퇴계를 모시는 호계서원(虎溪書院)에서 이들 두 분도 함께 배향을 하는데 '누구를 상석(上席)에 두느냐' 가 등장하면서부터다. 퇴계를 중심으로 왼쪽이 상석이고 오른쪽이 차석인데 두 문하에서 서로가 자기 스승을 상석에 모시겠다는 것.

서애 쪽에서는 영의정을 지냈다는 벼슬(학봉은 관찰사)의 우위를 내세웠고, 학봉 쪽에서는 네 살 위인 나이와 학문을 내세웠다. 이 문제가 등장하자 당시 영남학파를 이끌었던 정경세(鄭經世)가 서애 쪽의 손을 들어주어 일단 마무리가 되었다. 말하자면 어른이 큰소리 안 나게 다독거린 셈이다. 그게 광해군 때 일이다.

그런데 그 뒤 순조 때 와서 다시 그 일이 불거졌다. 영남 유생들이 서애와 학봉은 물론 한강(寒岡·鄭逑)과 여헌(旅軒·張顯光)의 신주를 서울 문묘에 모시게 해달라고 청원 올리는 상소문을 쓰게 되었다. 이들의 서열을 나이순으로 하자고 합의를 해놓곤 서애 쪽에서 이에 불복, 따로 상소를 올리게 된 것이 화근이다. 그러자 조정에서는 이들을 모두 기각해버렸다. 속된 말로 골치가 아프다는 이야기다.

이에 불만을 품은 한강과 여헌 쪽에서 다시 이번엔 자기네들끼리 상소문을 올린다면서 그 내용을 영남일원 유생들에게 통보했다. 이를 안동에서 모를 턱이 없다.

한강과 여헌의 자기들만의 상소는 도저히 묵과할 수 없는 일, 새삼스레 서애와 학봉 쪽에서 손을 잡고는 저쪽 규탄에 나섰다. 유회문(柳晦文)으로 하여금 그 사실을 통문으로 쓰게 했다. 그런데 여기에서 또 문제가 생겼다. 이 통문에서 학봉-서애의 순으로 기록한 것이 또 말썽을 만들었다. 병호시비 제 3라운드가 시작된 것이다. 그때부터 서애 쪽에서는 지금까지 드나들었던 호계서원의 출입을 끊고 병산서원(屛山書院)에 따로 모이기 시작한 것.

그날 이후로 안동 유림은 두 파로 나뉘어 오다가 최근에 와서 학봉 쪽에서 양보, 양쪽이 다시 잡게 되었다는 것이다. 결론은 새로 복원할 호계서원에는 퇴계 왼편에 서애, 오른편에 학봉의 위폐를 모시도록 했다는 것이다. 이를 두고 세상 사람들은 그들이 출입하는 서원의 이름을 따 병호시비라 부른다.

얼마 전 그 사실이 〈학봉-서애 집안의 400년 자존심대결의 본질은〉, 〈누가 퇴계의 정통 계승자인가〉 등으로 신문에 났었고, 나도 잠깐 본 일이 있다. 그래서 오늘 그쪽 사람들을 만난 김에 한번 물어본 것이다.

"서로 손은 잡았다고 하는데 나는 뭐가 뭔지 잘 모르겠구먼."

같은 류 씨고, 그쪽 출신이지만 친구는 고개를 젓는다. 결코 좋은 일만이 아닌 이야기에 말려들고 싶지 않은 느낌을 준다.

"하나 물어보자. 이젠 정통 후학들도 드물 텐데 저런 일은 누가 중심이 돼서 결정하노?"

"그 양반들이 살았을 때도 저런 식으로 아웅다웅 했었능강?"

"후손들이 되려 어른들 욕보이는 건 아인지 모르지."

이런저런 이야기가 안 나올 수가 없다. 이야기 가운데는 시대가 자꾸 변하는데, 그런 쪽으로 너무 매달려 세상을 시끄럽게 한다는 약간의 빈정거림도 들어 있다고 봐야 한다.

"이야기 들어 보니까 두 분 사이는 참 좋았던 모양이던데."

나도 한 마디 끼어들며 신문에서 본 일화를 꺼낸다.

임진왜란이 일어난 뒤, 그 전에 일본 특사로 간 학봉의 잘못 파악한 정보로 조정이 곤궁에 빠졌다는 건 우리가 너무 잘 아는 이야기 가운데 하나다. 당시 상황으로 봐서 그를 탄핵하려 한 것도 얼마든지 있을 수 있는 일이다. 하지만 서애만은 이를 변호, '학봉 역시 전란의 조짐을 파악하고 있음을 고했다' 고 징비록에 그 내용이 소상하게 기록 되어 있다는 것이다. 그 사실 하나만으로도 두 분의 교감은 충분히 짐작된다.

"종손들끼리 그렇게 합의를 본 것 같더라고."

그쪽 문중 친구의 대답이다.

선비와 양반의 생명은 명분, 체면, 자존심이다. 이들 세 가지를 빼고 나면 무너진다. 상놈과 다를 게 없다는 말이다. 나이와 계급, 지위와 품격, 이것이 비례하면 더 이상 좋은 것이 없겠지만 세상살이가 어디 그런가. 지위는 하늘인데 품격은 개차반인 사람도 많다. 나이와 계급에서도 마찬가지다. 세상은 계급이 지배하는 것도 아니고 나이가 지배하는 것도 아니다. 군대에서 별이 교육계에 와서도 별이 될 수는 없다. 계급은 그 조직의 서열은 될 수 있지만, 인간 사회 전체의 서열은 아니다.

명분이나 자존심 때문에 생명을 지푸라기처럼 버리는 사람도 있다. 그 사람에게는 자존심이 곧 생명이다. 그러나 그게 꼭 옳다고 보지 않는 사람도 적지 않다. 오히려 '못난 이' 로 보는 이도 있다. 한마디로 이런 일들에는 정답이 없다. 저마다 다른 답이 있을 뿐이다. 병호시비도 결국 가각 다른 답을 내놓고 자기네들 답만이 맞다고 우기니 결과는 빤한 것 아닌가.

세상 사람들이 다 아는 일이지만, 요즘 김(金文起) 씨 집안과 유(兪

應孚) 씨 집안의 사육신(死六臣) 논쟁이 한창이다. 5백 년 전 일을 두고 왜 지금 와서 야단들인지 모르겠다. 심심찮게 나오는, 양쪽에서 서로 되받아치는 시비(광고문안)를 보고 아는 일이지만, 그리고 그런 일에 제3자가 이러쿵저러쿵 할 일은 천만에 아니지만, 여간 보기가 딱하지 않다. 서울시장에게, 대통령에게 바뤄달라고 간청하는 호소문도 보았는데 그 일에 누가 어떻게 개입할 것인가. 참으로 안타까운 노릇이다.

완결편이라는 병호시비는 정말 완결된 건지, 전력(轉歷)으로 미루어 불씨는 그대로 묻어둔 채 겉만 덮어놓았는지 우리로선 알 바가 없지만, 이번 화해로 아름다운 마무리를 기대해본다. 정작 당사자들은 한 스승 밑에서 관포지교로 잘 지냈다고 하는데 후학들이 아옹다옹해서 갈라놓는다면 아마 그런 결례도 없을 것이다.

그리고 연전 서애의 탄생 400주기를 맞아 추모사업 준비위원회에서 우리 이순신장군의 후손은 물론, 조선침략의 선봉장인 고니시 유키나가(小西行長)의 후손, 명나라 지원군을 이끌었던 이여송(李如松)의 후손을 초청 화해의 장을 마련했다는 기사를 어디선가 읽은 기억이 나는데, 병호의 화해가 이런 일들보다 뒤에 이루어졌다는 건, 나 같은 필부가 보아도 마음을 무겁게 한다.

역사학자 E. H. 카는 『역사란 무엇인가』에서 "역사에는 미래란 당연히 예측할 수 없는 것이지만 과거도 예측할 수가 없다"고 했다. 후손이 잘나면 못난 선조도 얼마든지 잘나게 바꿀 수 있다는 게 대

149

표적인 예다.

나이가 그런 나이어서 그럴까. 이 문중(門中), 저 문중 기웃거리다가 들어보면 아직도 곳곳에서 '병호시비'며, '예송논쟁(禮訟論爭)'의 아류(亞類)를 심심찮게 만날 수가 있다. 재미로 보면 그런 재미도 없지만 또한 그런 안타까움도 없다.

양반은 선비의 다른 말이기도 하다. 선비(士)의 마음(心)이 곧 뜻(志)이다. 뜻은 의지이며 지조를 말한다. 이들이 갖는 의미를 다시 한 번 새겨본다.

남의 이야기, 더군다나 문중이야기는 선을 지키는 게 좋을 것 같아 농반진반으로 몇 마디 더 주고받다가 끝낸다. 친구 사이지만 얼마든지 자존심을 건드릴 수 있기 때문에.

예절인가, 폭력인가

토요일 오후. 예절교육이 있는 날이다.

오늘은 또 누가 무슨 이야기를 주워섬기고 있을까, 그런 생각을 하며 꽤 여러 날 만에 담수회(淡水會) 강의실을 찾는다.

우리나라 노인네들이 결성한 가장 큰 단체는 대한노인회다. 노인의 권익신장과 복지향상을 위해 노력한다는 슬로건을 내걸고 있지만, 지방에 사는 우리에게는 그런 게 있다는 것만 어슴푸레 알뿐 그림의 떡이다.

그리고 친목단체로는 내가 가입되어 있는 담수회와 박약회(博約會)가 있다. 담수회는 장자(莊子)에 나오는 "君子之交淡如水, 小人之交甘若醴(군지지교 담여수, 소인지교감약례)"에서 따온 말로 인간관계를 흐르는 물처럼 담백한 교우형성에 뜻이 담겨 있고, 박약회는 논어(論語)의 "博文約禮(박문약례)"에서 따온 말로 배운 지식을 예절로 생활화하자는 뜻을 품고 있다.

두 모임 다 이 나라의 어른들로서 도덕 윤리의 바탕위에 충효와 숭조(崇祖)의 전통과 덕목을 지녀 세상을 바로 지켜가자는 취지로 모인 사단법인체다. 양쪽 다 4~5천명의 회원들로 구성되어 있으며, 박약회는 서울에 본회가 있고, 담수회는 내가 사는 대구에 본회가 있다.

오늘 강의는 관혼상제 가운데 제례(祭禮)에 대한 교육이다. 벌써 여러 번째 되풀이 되는 교육으로 알고 있다. 나는 이런 교육을 접할 때마다 많은 회의를 품는데 그것은 오늘도 마찬가지다. 한마디로 말해서 가가례(家家禮)란 말이 전해진 걸보면 예절이란 예부터 그 집안 문중에 따라 편리하게 지내도록 권하고, 또 그걸 인정하자는 것으로 돼 있는데 굳이 통일된 전통예법을 주창해서 이어나가자는 논리가 왜 필요하냐는 것이 그것이다.

동두서미(東豆西尾), 좌포우혜(左脯右醯), 홍동백서(紅東白西), 조율시이(棗栗枾梨) 등에다가 공수(拱手)에도 남자는 이렇게 여자는 저렇게, 절을 해도 남자와 여자는 달라야 하며, 그 순서 같은 것에도 구속이 많다. 네 집 내 집이 모두 나서서 자기 것을 주장한다면 그 방법이 수백 가지가 된다. 서로 자기네들 것이 사리(事理)에 근접한다고 주장을 한다. 문제는 아직도 이 전통을 그대로 이어나가자고, 이것이 무너지면 전통이 무너지고, 따라서 도덕윤리가 흔들린다는 사고방식이다.

1970년대를 전후해서 새마을 운동이 한창이던 때에 가정의례준칙이라는 게 나왔다. 한마디로 요약하면 관혼상제의 전통예절을 간소하게 줄이자는 내용이다. 대표적인 예로 4대 봉제사를 2대로 하고 조화 같은 것도 영정 앞에 한두 개 갖다놓는 것으로, 굴건제복이나 만장 같은 것은 아예 없애는 것으로 해서 '없는 집에 제사 돌아오듯 하는' 가난의 질곡에서 벗어나자는 상제(喪祭)의 개혁안을 규칙으로 만들어놓고 강제한 것이다.

유림(儒林)과 여러 종단(宗團)의 불평불만이 있었지만 힘으로 밀어붙여 큰 성과를 거두기는 했다. 그러나 힘으로 밀어붙인 일이 대개 그렇듯 약 기운이 떨어지자 설날이 음력으로 돌아오듯 복귀한 것도 있고, 그대로 유지된 것도 있어 저마다 편리하게 지내는 것으로 알고 있다.

예절로서 서로가 자기 것이 옳다고 우기는 것을 보면 예송논쟁(禮訟論爭)을 한번 돌아보게 된다. 효종과 효종 비에 대한 자의대비(慈懿大妃)의 복상기간을 두고 효종의 체이부정(體而不正, 대통은 이었으나 결코 장자는 아님)을 내세워 상복기간이 3년이 옳으니 1년이 옳으니 내세워 다툰 게 그것이다. 물론 그 이면에는 서인과 남인이 서로 살아남기 위한 붕당(朋黨)정치의 산물이라는 배경이 있긴 하지만 지금 생각해보면 웃음거리로밖에 생각되지 않는다. 대의확립을 위한 명분이라고는 하나 그게 사람을 죽이고 살리고 할 만큼 그렇게 중요한 것은 아닌 것이다. 예절이 지나치게 아전인수(我田引水)격 규범이 되어서는 곤란하다. 예절도 자기의 시대가 있다. 자기의 시대를 잃어버린 예절에게는 그만큼 허망한 것이 없다.

어렸을 적 나는, 설이 되면 마을 어른들을 찾아 나를 모르는 어른이 있으면 아무개 아들이라는 걸 밝혀가며, 또 설날 못 만나면 다음 날에 다시 찾아가 몇날 며칠을 두고 세배를 다녔다. 그때는 그게 사람행세다. 그런데 요새는 어떤가. 한 뼘 벽을 사이에 둔 이웃끼리도 개 닭 보듯 지낸다. 옳고 그름을 떠나 세상이 그렇게 돌아가고 있다.

직장은 위계사회라 나름대로 질서라는 게 있다. 한번은 직상급 상사가 나에게 술잔을 권했다. 저쪽은 한 손으로, 나는 두 손으로 정중히 받는다. 저쪽은 흐트러진 자세지만 나는 공손한 자세다. 거기까지는 있쑤 있는 일이라 대수롭잖게 진행됐다.

그런데 그가 주는 술잔을 나는 비우고 옆자리 사람에게 돌렸다. 상사에게는 술잔이 겹쳐 있고, 옆자리에는 술잔이 없었다. 그때 상사가 내게 말했다.

"이 과장은 주법을 전혀 모르는구먼. 술잔을 그렇게 돌리는 사람이 어디 있나. 나한테 불만이 있어."

그러면서 왜 잔이 자신에게 안 오고 그쪽으로 빠지느냐, 난데없는 주법을 내세워 나를 몰아 부치는 게 아닌가. 전혀 예상 못했던 일이다. 세상에 주도, 주법이 어디 있느냐, 예의에 크게 안 벗어나면 되는 거지, 그게 평소 내 생각이어서 하극상(下剋上)이 안 되는 범주 내에서 한 소리 하긴 했으나, 기분이 개운하지 못한 건 말로 다 못할 판이다.

나이 순과 위계 순이 상충되는 일도 있고, 왼손잡이와 오른손잡이가 부닥뜨린 경우도 있다. 서로 한발만 불러서면 아무것도 아닌데 그걸 꼬투리로 잡고는 진흙탕 싸움을 하는 것이다.

내가 아는 사람 가운데는 아버지와 맞담배를 피우는 이도 있다. 들은 바에 의하면 미국에서는 쌍둥이 가운데 나중에 나온 녀석이 형이고, 고상함의 대명사인 학이 프랑스에서는 그놈이 바람을 잘 피워 창녀의 대명사란다.

우리가 배운 예절, 다시 말해 지나치게 어른 위주의 예절, 어른 말씀이 곧 예법전서가 되어야 한다는 틀에서는 하루속히 벗어나야 한다. 틀을 지켜서 어른대접을 받을 게 아니라, 틀을 벗어나서 대접을 받는 방법도 한번 생각해볼 일이다. 더군다나 이제는 단일민족도 아니고, 다민족이 어우러져 사는 다문화시대에 살고 있다. 새 시대에 맞는 잣대로 눈금을 찾아야 한다.

담배 피우는 젊은이들 옆을 지나가면서 그들이 담뱃불 꺼주기를 바라지 말고, 우리가 피해줌으로써 서로가 불편하지 않는 관계임을 한번 설정해보는 것도 어떨까. 물론 건강과는 별개의 문제다.

나는 컴맹이면서도 '요즘은 대학졸업한 놈이 지방(紙榜) 한 장도 못 쓴다' 고 탓만 해서는 곤란하다는 말이다. 예절교육도 그런 식으로 변해나가야 하리라고 본다. 문화적 충돌을 최소화 시키는 것도 우리 어른들의 책임이라고 본다. 윤리도 상황에 다라 적당히 변할 줄 알아야 한다는 상황윤리(狀況倫理)라는 말이 재미있다.

문화가 사멸해서 박물관에 가 있는 게 문명(文明)이다. 우리들 전통문화 가운데서도 문명으로 자리를 옮겨야 할 고리타분한 것은 없는지, 그리고 그것도 우리 어른들의 챙겨야할 몫은 아닌지 생각해본다.

새마을운동이 한창이던 때에 나는 직장의 교관요원으로 차출되어 교육을 받은 일이 있었는데, 그때 교관으로 나온 한글학자 한갑수(韓甲洙) 선생의 이야기가 마음에 들어 가끔 한 번씩 써먹은 일이 있다.

"…예의범절의 기준은 산 사람이 중심이 되어야합니다. 우리가 4대 봉제사를 하고 있는데, 이런 건 우리가 무작정 따라하고 있는 건 아닌지 모르겠어요. 5대 할아버지 제사는 왜 안 지냅니까. 그분도 지내야지요. 이러다보면 끝이 없습니다. 그러니까 우리는 이제 그 한계를 만들자 이겁니다. 어떻게 만드느냐, 나를 직접 키워준, 그래서 내 기억에 남아있는 조상한테까지만 예의를 표시하는 게 어떻겠느냐 이거죠. 그리고 제사든, 기도든 추모행사를 할 땐 꼭 자녀들을 데리고 하자는 것도 잊지 말아야합니다. 왜냐면 나를 키워준 부모한테는 돌아가시더라도 공경의 대상이 된다, 그러니까 너희들도 부모한테 그 공은 잊지말아야 한다, 이런 걸 직간접적으로 가르친다고나 할까, 예절이란 게 바로 그런 거 아니겠습니까."

어떤 교수는 '도덕의 파시즘'을 내세워 윗사람에 대한 예의는 깍듯이 찾으면서도 아랫사람에 대한 예의는 아예 무시하더라는 요즘 풍토를 꼬집은 일이 있다. 이제는 예의도 절대적이 아닌 상대적인 규범으로 바뀌고 있음을 말해주는 것이리라.

군대에서 콩나물 길이가 곧 위엄(威嚴)이라는 농담 아닌 농담이 유행한 적이 있었는데 밥그릇 계산으로 어른이 되던 일도 이제 '아, 옛날이여!'가 됐다.

이상하게도 강의실의 피교육자 수가 자꾸 줄어드는 것 같다. 예절교육이 너무 먼 곳에 있어 그런 건 아닌지 모르겠다. 그리고 피교육자 층이 너무 나이가 높은 것도 모양이 안 좋다.

아가야, 불초(不肖)의 뜻을 아느냐?

오늘 둘째 내외와 우리 내외가 해인사 경내를 돌면서 하루를 보내고 돌아왔다. 먼 거리는 아니지만 해인사 길도 수태 여러 해 만인데다가 생일을 맞아 새로 본 며느리와 같이 한 구경이라 여러 가지로 의미가 깊은 관광이 되었다.

아이들 셋이 상의를 한 모양이다. 오늘 아버지 생일이고 하니 같이 식사도하고 성의 표시해야 되지 않겠느냐고. 거기서 나온 안이 둘째가 하루를 쉬고 우리 내외랑 같이 지내주기로 한 것 같았다. 아마 큰 아이가 자기는 아직 미혼이니까 버젓하게 나서기가 뭣해 둘째에게 그렇게 당부한 것으로 보인다.

저녁에 집에 들어와서 보니 휴대폰에 자부(子婦)의 문자편지가 들어와 있었다. 오늘 우리랑 만나기 전에 보냈던 모양인데 미처 알질 못해 보지 않았다가 그때서야 본 것이다.

"아버님, 생신을 축하드립니다. 그리고 사랑합니다."

절로 웃음이 나온다. 이런 문자편지를 받아본 것도 처음이지만 자식들로부터 사랑한다는 말을 들으니 묘한 감흥이 일었고, 그 감흥이 그런 웃음을 만들어낸 것이다.

읽고 또 읽어보았다. 읽을수록 웃음이 더 나온다. 어떻게 보면 철 없는 아이들에게서나 볼 수 있는 장난질 같기도 하고, 또 어떻게 보면 시대가 참 많이 변했구나 싶기도 하다. 아마 내가 저 나이에 저런 쪽지를 아버지에게 날렸다면 아버지는 어떻게 받아들였을까. 답장을 안 보낼 수가 없다. 안 보낸다면 그것도 구세대의 흉물이 될지도 모르니까 말이다.

이메일로 보내기 위해 PC 자판을 차고앉는다. 마음 같아서는 펜으로 써서 시아버지의 무게를 좀 실어 보내고 싶었지만 상응하는 방법을 택한 것이다.

아가, 읽어보아라.

너희들이 다녀간 뒤 휴대폰을 열어보았더니 너의 문자편지가 들어와 있더구나. 고맙다. 진작 보았더라면 너희들을 만났을 때 구두 답장이라도 했을 터인데, 좀 늦은 건 아닌지 모르겠다.

문자를 보내놓고도, 따로 문자를 보냈다는 전화를 받아야만 열어보는 이 아버지의 굼뜬 행동이 좀 답답하긴 하다만, 그래도 너희들에게

159

사랑한다는 말을 들었다는 사실이 가슴을 울렁거리게 하는구나.

요즘 사랑한다는 말보다 흔한 말이 없지만, 그래서 나는 공해라고까지 생각해본 적조차 있었는데 오늘 너희들에게 내가 직접 들어보니 그런 기분과는 다르게 느껴지는구나.

우리 내외는 40년 가까운 세월을 같이 살았지만 아직 서로 사랑한다는 말을 입에 한번 담아보지 못했다. 말은 못했지만 세상에 사랑 없이 그렇게 사는 부부가 어디 있겠니. 아마 우리들 세대는 다 그런 줄 안다. 그걸 어찌 생각해보면 너무 소중한 것이기 때문에 함부로 내뱉기가 뭣해 눈빛으로, 또는 처신으로 그렇게 해오지 않았을까 생각해본다.

대신불약(大信不約)이란 말을 들어보았는지 모르겠다. 자고로 큰 믿음이란 사랑하느니, 지키겠느니 하는 그런 가벼운 수작으로 나타내는 게 아니라 말없는 생활 속에 그게 다 들어 있다는 말이다.

오늘 나는 너희들 밥 먹는 모습을, 몇 번인가 너희들 모르게 네 어머니와 눈을 맞춰가면서 훔쳐보았다. 남 눈치 안보고 서로가 쌈을 싸 먹여준다든지, 생선가시를 발라놓는 모습이, 내 눈엔 놀랍기도 하고 신기하기도 해서다. 이것 역시 우리로선 상상도 할 수 없는 일이다.

참 좋은 시절을 살고 있구나, 제 생각을 저렇게 솔직히 표현할 수 있다는 게 얼마나 신선하고, 아름다운가. 우린들 왜 그러고픈 생각이 없겠니. 우리도 다 그러고 싶었다. 그러나 우리 때에는 그런 걸 지금처럼 그렇게 봐주질 않았으니까 어쩔 수가 없었을 뿐이지 마음은 똑같다는 것을 이야기로 해주고 싶구나.

오늘 내 생일을 맞아 너희가 나에게 보낸 문자편지를 읽으면서 나는 지난날 내가 아버지께 보냈던 편지와 한번 비교해보았다. 구세대의 고리타분한 냄새가 나겠지만 이 또한 그냥 이야기로 한번 들어주길 바란다.

먼저 글머리에는 언제나 "父主前 上書"란 말을 내세웠다. 아버지를 어른으로, 그 어른께 글을 올린다는 뜻으로 자식들이 부모님께 쓰는 편지에는 서두에 모두 그런 제목을 달았다.

이어서 "氣體侯 一向 萬康(기체후 일향만강)"과 "家內 大小諸節의 均安(가내대소제절의 균안)"으로 부모님과 가족들의 안부를 같이 물었고, 다음으로 "客地眠食이 無故(객지면식이 무고)"하다는 내 소식을 전했다. 그때에는 누구든 부모님께 쓰는 편지라면 이런 내용이 들어가야 했다.

그리고 편지를 마칠 즈음에 가서는 "不備上書(불비상서)"로 예의를 다 갖추면서도 항상 모자람을 밝혔으며, 끝에는 꼭 "不肖 아무개 올림"이란 말을 썼다. 여기에 불초란 아버지의 초상(肖像)을 닮지 못했다는 것으로, 다시 말해 부모가 자식들한테 쏟은 그 가없는 사랑을 자식으로서 보답하지 못해 늘 송구스럽다는 뜻이 담긴 말로 생각하면 될 줄 안다.

지금 생각해보면, 안부편지란 편지 자체가 없으니까 말할 필요도 없다만, 있다고 하더라도 너무 형식적인 면에 치우친 글이지만, 부모자식 간의 내리사랑과 치사랑이 고즈넉이 담긴 내용이 아닌가 본다.

그리고 봉투에는 자기 이름을 써서 "本第入納(본제입납)"이라고 했다. 아버지 이름을 아무렇게나 쓰기가 송구스럽다는 뜻이 들어 있다고 보면 된다.

　내가 왜 이런 이야기를 꺼내는가 하면 아무리 시대가 변했다지만 부모자식간의 인간적 기본 심성이야 달라질 수 있겠나 해서, 지난날 우리 때 일을 이야기삼아 한번 해본 거니, 그렇게만 알아주길 바란다. 세상은 바쁘게 변하고, 그 변화를 재빠르게 적응할 줄 아는 사람이 지혜로운 삶이라는 걸 우리라고 왜 모르겠니.

　얼마 전 나는 우리 아파트 경로당에 나갔다가 이런 이야기를 하나 들었다. 며느리에게 김장을 해주는데 일등 부모는 통장구좌를 물어 돈으로 계산해 부쳐주는 어머니고, 이등 부모는 담근 김치를 아파트 수위실에 맡겨놓고 가는 어머니, 그리고 외출한 며느리가 귀가할 때까지 기다렸다가 같이 들어가 저녁을 얻어먹고 오는 어머니는 삼등 어머니라는 이야기다. 너희들도 한번 쯤 들었을 줄 안다.

　세상 사람들이 다 그렇게 생각하더라도 우리 며느리인 아가, 너만은 그런 며느리가 아니길 나는 바란다. 언젠가 내가 친구들에게 나는 며느리를 딸처럼 생각하면서 지낸다고 했더니 그들 이야기가, 세상에 그런 어리석은 착각이 없다는 구나. 며느리는 어디까지나 며느리일 뿐 딸은 아니라는 거다.

　네가 알다시피 우리한테는 사내 녀석만 셋뿐이라 나는 충분히 그게 가능하다고 보는데, 주변에서 그런 입방아들이니 혹 모르겠구나, 내가 정말 착각을 하고 있는 건 아닌지. 다만 나는 그게 착각이 아니길 바랄 뿐이다.

나는 오늘 너희가 나에게 보낸 편지, "아버님, 생신을 축하드립니다. 그리고 사랑합니다"를 몇 번 읽어보았는데 읽을 때마다 좋아서 웃음이 나오는구나. 지우지 않고 그대로 오래 저장해두었다가 마음이 무겁고 할 적에 한 번씩 꺼내 읽어보도록 하마.

그리고 너희들이 이 아비를 사랑하는 것 이상으로 나도 너희들을 너무 사랑하고 있다는 말로 답장을 대신할게. 그렇게 알려무나.

내 이야기가 너무 길어진 건 아닌지, 너무 내 생각만 늘어놓은 건 아닌지 모르겠구나. 웃는 날이 많도록 신나게, 재미있게 잘 살길 바란다.

예순여섯 번째 생일날 아버지가 쓴다.

어릴 적 우리 칠남매가 자랄 때에는 모두가 어려웠던 시절이라, 생일날 달걀 반찬 하나 얻어먹으면 잘 얻어먹는 생일상을 받는 셈이고, 그나마 모르고 지나갈 때가 허다했다.

어느 해인지 모르지만 바로 밑에 동생 생일을 그냥 넘긴 일이 있는데 그때 동생이 서운해 하자 아버지가 이런 말을 한 걸 나는 기억하고 있다.

"생일은 애들 애미가 저거를 놓는다고 애묵은 날인데, 실제 고생한 당사자는 온데 간데 읍고 우째 댄 셈인지 자식놈들이 저거가 대접을 받을라고 카이 참 희한한 일인기라."

생각해보면 아버지 이야기가 옳다는 생각도 든다. 이런 이야기를 나도 아이들에게 한번쯤 하고 싶지만, 나 자신은 그렇게 하지

163

못하면서도 자식들만 다그치는 일 같아 안 듯, 모른 듯 그냥 넘어
가는 수밖에 없다.

손자 그 녀석, 그냥 같은 동포일 뿐이야

여러 날 만에 동우회를 들렀더니 친구들의 설왕설래, 갑론을박으로 한창 논쟁이 벌어졌다. 여기에만 나오면 곧잘 이런 이야기들이 홍수를 이룬다. 같이 앉아 들어본다. 솔직담백한 이야기여서 그런지 모르지만 구수하고 재미있다.

"말이 좋아 손자보는 거지, 그거 시운거 아이다. 난 무조건 안 봐주겠다 이거야. 난 내 자식이 여섯이나 되지만 모두 우리가 키웠다 이까. 부모한테는 아예 손을 안 내밀었응께. 왜 저거들은 손이 없어, 발이 없어. 지 자슥 지가 키우지 어데 손을 내밀어. 택도 없는 소리지."

"이 사람이, 아주 간이 배밖에 나왔구먼. 나중에 밥은 우째 얻어묵을라고 그러나."

"말도 말 같은 소리를 해라. 난 부자지연을 끊으면 끊었지 그거만은 몬한다. 내가 우째 살았는데. 한 평생 아 새끼 똥걸레만 갈아주다 죽으란 말야. 몬하고 말고."

"과연 그래가지구 가정이 편할까. 집집마다 형편이 다 다르이까 모르긴 하겠다만서도."

"어데 애를 봐주믄 공으로 봐주나, 기브앤테이크 아냐. 상부상조하는 건데 그걸 와 마다카는지 모르겠네."

"억만금을 준대도 난 안바 준다니께."

"하긴 지 새끼 볼 때하곤 다르제. 맘대로 울릴 수가 있나, 그렇다고 손을 댈 수가 있나."

"다르고 말고지, 어쩌다가 생채기나 하나 내보래. 백번 잘해도 말짱 헛거라 카이."

"말이 돈 몇 푼 넣어 주이 그거 때매 본다지만, 그거 계산 한번 해보라카이. 다 그놈 밑에 들어가지, 하나 떨어지는 기 있는강."

"하긴 언제 영태가 그카는데, 이런 얘길 한번 하더구마. 매월 애 봐주는 보답으로 40만원을 통장에 넣어주는데, 한번은 외국 여행 간다고 한 이레 못 봐 줬더이 아 글씨, 그 달에는 30만원밖에 안 들어왔데."

"야, 그건 좀 심했다. 아주 싸가지가 아이구먼."

"아이 그런데, 하나 물어보자. 아이를 봐 주믄 친손자를 봐준다는 거여, 아이믄 이쪽저쪽 안 가리고 닥치는 대로 돈만 되믄 다 봐준다는 거여."

"영감태기 지금 무신 소리여. 요새 친손자 외손자가 어데 있다고 그런 소릴 다 하노. 또 손자 손녀는 어데 있고, 똑같제."

"할망구 지가 좋아서 봐주겠다는데 내가 머라카겠노, 난 기냥 구경만 하는 기지."

"그거도 하루 이틀 말이지, 안 식구가 애 본다고 꼼짝 못하고 징역살이를 하고 있는데, 안 거들어주고 나 혼자만 빈둥빈둥 놀 수가 있냔 말이지. 하긴 그럴 군기만 잡혀 있다믄야 더 할 말이 없다만서도. 우리 같으믄 택도 없는 소리다."

"언지 한번 라디오에서 들었는데, 어떤 꾀조조한 할매가 이런 말을 하더구면. 며느리 보는 앞에서 밥을 입으로 식혀 손자한테 먹이라는 거야. 그럼 질겁을 하고 그 자리에서 애들 데려간데. 일테면 비위생적이란 거지."

"그래도 난 안 그렇던데. 내 피가 흘러 그런지 모르지만, 손자 보는 기 자식 키우는 자미보다 더 낫더라이까."

"다 시끄럽다. 그놈들 키워놔 봐야 이름만 조손(祖孫)간이지 같은 동포일 뿐이다. 그놈들 중학교에 들기도 전에 우린 다 저승에 가 있는데 멀."

"그렇더라도 종족보존의 본능은 어쩔 수 읍는 거 아녀. 어디 사자가 지 새끼 덕 볼라고 먹여 키우능강. 나중에 지 새끼한테 잡아먹히기도 하는데."

오고가는 이야기가 끝을 모른다. 모두 경험에서 나온 진솔한 것이라 나름대로 다 일리가 있고, 소신이 들어 있다.

들어보니 오늘 이야기는, 동우회에 출근하다시피 나오는 춘호가 며칠째 안보여 전화를 해 봤더니, 외손녀 본다고 매여 있다고 하자, 그게 씨가 돼 말잔치가 벌어진 것이다.

그것도 지금까지는 부인이 잘 봐 왔는데, 얼마 전 놀이터에서 놀던 손자가 갑자기 도로로 뛰어드는 걸 붙잡는다고 쫓아가다가 넘어지는 바람에 다리에 깁스를 할 정도로 큰 부상을 입어, 어쩔 수 없이 대타로 들어앉게 되었다고 한다.

동우회에만 나오면 이런 이야기들로 왈가왈부 소일하는 경우가 허다하다. 이제 살만큼 살아 그런지 안 하는 이야기, 못 하는 이야기가 없다. 또 어떤 때는 대통령을 불러다 놓고, 생선 뼈다귀 추려내듯 처신과 언행을 조목조목 따져 성토를 하다가, 난도질까지 해서 날려버리기도 한다.

나이 탓일까, 직장에 붙어 있을 때는 그 팔팔한 혈기에도 자기네 직장 상사 이름만 등장해도 오금을 못 펴던 사람들이, 무슨 간으로 국가원수를 저렇게 매도하는지 모르겠지만 나이가 드니 그런 거 하나는 좋다.

이런 이야기들 속에는 그동안 살아온 경험이 바탕에 깔린 그럴싸한 훈육적 질타가 있는가하면, 시정잡배들 입에서나 나올 육두문자로 싸서 뭉개는 천박한 말들도 등장한다. 좋게 보면 답답한 일

이것만은 남기고 가야지

상의 카타르시스요, 할 일 없는 사람들의 심심풀이 땅콩이지만, 나쁘게 보면 일종의 공해로밖에 볼 수 없는 낭비이기도 하다.

잡담 논쟁이 대개 그렇듯 이런 이야기들의 끝은 늘 흐지부지하게 종말을 고한다.

"아이구 모르겠다. 나는 제사를 안 얻어먹었으면 먹었지 손자는 못 봐준다. 모두 그쪽으로다 지극정성을 다하라구. 나는 먼저 가능구마."

한사람이 자리에서 슬그머니 뜨자, 하나 둘 같이 따라 일어난다.

"나도 갈라는구마. 지 시간에 들어가야 밥술이나 지대로 얻어먹을 거 아닌가베."

나오는데 총무가 스티커 하나를 주면서 필요하다면 승용차 뒷유리창에 붙이라고 했다. 회원 중에 달서구청 노인회에서 일보는 친구가 있는데 그가 주고 갔다는 것이다. 경찰청과 대한노인회 명의로 된 노란딱지다. 거기에는 이렇게 적혀 있다.

"이 차는 어르신이 운전하고 있습니다."

가뜩 서글퍼지는 사람들을 더 서글프게 만든다.

학술대회, 개발의 편자인가

　제 33차 학술대회가 있는 날이다. 이번 대회는 주제는 〈퇴계(退溪)사상의 유학자적 좌표〉로 돼 있다. 참석해달라는 안내장은 받았으나 깜박하고 있었는데 어제 저녁에 운재(雲齋)에게서 전화가 왔다. 운재는 직장 선배인 류시호(柳時浩) 씨의 아호로 같은 동고회(東古會) 회원이다. 태생은 상주(尙州)지만 하회(河回) 서애(西涯)의 후손으로 좋게는 유학자적 냄새를 풍기는 사람이고, 속되게는 고리타분한 것을 많이 찾는 사람이다.

　나도 이 양반 덕에 그런 쪽을 더러 기웃거리게 되었다. 언젠가 무슨 이야기를 하면서 '아버지의 이종(姨從)되는 분'과 어떤 일이 있었다고 이야기했더니 이 양반이 옆에서 듣고는 '존이종(尊姨從)이란 좋은 말이 있는데 배울 만큼 배운 사람이 말을 그렇게 하느냐'

며 일깨워준 사람이다. 그밖에도 그는 '분정(分定, 향사 등에서 분담을 사전 지정하는 일)'이며, '시도(時到, 행사의 참석자들 기록부)' 등을 알게 해주었다. 이런 단어는 국어사전이나 자전(字典)에도 안 나오는 말들이다.

"낼 뭐해? 저기 가야지."

"저기라니, 어디?"

"경대, 학술대회. 끝나면 저녁도 주고 차비도 주는 갑더라."

"깜박했구마. 다른 거 할 거 없는데, 그럼 같이 갑시다."

장소는 경북대학교 정보전산원 4층 국제회의실. 의례적인 경북대총장의 인사말씀이 있고 바로 발표로 들어간다.

첫 번째로 등장한 사람은 임종진(경북대학교 철학과) 교수로 주제는 〈朱子와 퇴계의 性理思想 비교〉였다. 전에도 두어 번 참석해본 일이 있지만 이런 강론만큼 재미없는 강좌는 잘 없다. 교수들의 딱딱한 강의 방법에도 문제가 없는 건 아니지만 이젠 머리도 굳었고, 몸뚱이도 세속에 흠씬 젖어, 연구해서 발표하는 교수들에게는 송구스런 이야기지만 졸음밖에 오질 않는다. 그러나 이왕에 온 것, 분위기도 있고 해서 주변 눈치를 봐가면서 인내력으로 한 시간을 버틴다.

다음은 최제목(영남대학교 철학과) 교수의 〈퇴계의 "敬의 心學"과 陽明의 "良知心學"〉이라는 제목의 학술발표다. 주제는 퇴계선생의 언행록과 전습록(傳習錄)의 언행을 비교해 보고 거기서 나오는

171

사상적 차이를 찾아본다는 내용이다.

이 항목 역시 재미없기는 마찬가지다. 그쪽으로 깊이 빠져 같이 심취해 파고 들어가면 분명히 재미있는 구석도 없지는 않을 것이다. 학문이란 게 다 그런 것 아닌가. 그러나 내 인내로는 도무지 빠져들 수가 없다.

가끔 보면 문중에서 집안 어른들의 문집 같은 것을 학교, 또는 전문업체에다 의뢰해서 상재(上梓)하는 예가 있다. 모양도 모양이지만 요즘 한자투성이 책으로는 누구도 펼쳐볼 사람이 없으므로, 한글세대와도 어울리게 하려고 주석(註釋)을 붙여내는 경우가 있는데, 그러나 대개는 오십보백보다.

이런 모임에도 여러 번 가 보았지만. 그때마다 만감이 엉킨다. 무엇보다 글을 아는 사람이 거의 없다는 사실이 그렇다. 심지어는 직계 후손들도 무슨 내용인지 모르는 이가 대부분이다. 그 가운데는 물론 나도 들어 있다.

참석할 때마다 권유에 못 이겨, 분위기 때문에 참석해서 배포한 서적을 받아 오긴 하나, 서가(書架)에만 그냥 꽂아 놓을 뿐 그 속에 무슨 내용이 들어 있는지 우리 실력으로선 엄두를 못 낸다. 그야말로 검은 건 글씨요, 흰 건 종이라는 말밖에 안 나온다.

나에게도 아버지가 한의사 생활을 하면서 틈틈이 지어 모았다는 시문, 행장(行狀), 만장(輓章) 따위로 초를 해놓은 서책이 한 권 있지만, 그리고 나중에 형편이 되면 몇 권 제본을 해서 우리 형제들이

랑 친구들에게 나눠보라는 유언을 남겼지만, 아직 그냥 모른 척 두고 있다. 남을 무시해서가 아니라 나도 못 읽고 안 보는 책, 누구에게 줘 읽게 할 것인가. 그 서책의 운명 같은 것이 눈앞에 보이기 때문이다. 오늘 강좌도 물론 경우는 다르지만 나 같은 사람과는 거리가 있다. 남이 장에 가니까 거름지고 장에 가는 꼴 밖에 안 된다.

언젠가 문예회관 전시실을 한번 들린 일이 있었다. 무슨 서예대전에 입선한 친구의 작품이 전시되어 있다고 자랑삼아 연락이 왔기에, 얼굴을 내놓았던 것이다.

전시된 글씨가 대개 한문투성이다. 밑천이 짧아 그렇겠지만 거기 걸린 작품 하나를 완전하게 읽고 해석할 수가 없다. 초서 같은 건 근접할 수도 없다. 서예는 원래 글씨를 감상하는 예술이라곤 하지만 최소한 글자가 무슨 자라는 건 알아야 하는데 그게 안 된다. 글씨도 모르고 내용도 모르고 감상한다는 건, 남의 눈엔 그럴싸하게 비칠지 모르지만 당사자로서는 사실 고통이다.

관람자 가운데 저걸 제대로 읽을 수 있는 사람이 몇이나 될까. 남을 들먹이는 게 송구스럽지만 한 사람도 없지 싶은 게 내 생각이다. 그러면 그들은 뭔가. 나처럼 누구의 작품이 거기 걸려 있더라는 걸 확인하는 차원 정도란 말인가.

전시실을 나오면서 같이 간 친구에게 농반진반으로 한마디 던져본다.

"저런 전시회 저거 꼭 필요한 건지 몰라. 한문을 좀 배웠다는 우리도 먹통인데 요즘 사람들이 보면 알겠어. 이젠 저런 거도 좀 바뀌어야 한다고 보는데 임자 생각은 어때?"

"하긴 나도 그래. 그러나 또 이래도 한번 생각해 봐야제. 우리가 피카소 그림을 제대로 알어? 모르잖아. 그렇다고 피카소를 이러쿵 저러쿵 해서는 안 될 거 아냐. 아는 것만큼 보인다는 게 다 그런 거 아니겠어. 그러니까 우린 그저 그러려니 하고 보고만 오면 되는 거야."

"…"

머쓱할 수밖에 없다. 입이 너무 촉빠른 것도 문제다. 세상에는 나 같은 사람만 있는 게 아니라, 나와 다른 사람도 얼마든지 있다는 걸 생각하면 아무것도 아닌데 그런 사나운 꼴을 드러내고 난 것이다.

오늘 학술발표회도 그런 게 아닌가 싶다. 들어봐야 나에게는 아무런 보탬이 되지 않는 걸 남의 눈 때문에 무작정 죽치고 앉아 시간을 낭비한다는 것도 나에게는 무리다. 아무래도 끝까지 자리를 지킬 자신이 없다.

운재에게 "안 보이면 간 줄 아세요"라는 내용의 쪽지를 남겨 놓고 나와 버린다. 학회를 마치고 나면 주최 측에서 저녁도 대접하고, 차비도 준다지만, 토론이 다 끝나도록 기다린다면 저녁 7시가 넘는데, 아무리 재어 봐도 나에게는 어울리지 않는다. 애초에 저녁과 차비에 무게를 둔 발상에 잘못이 있었다.

일흔이 영상(榮喪)이면 여든은 소상(笑喪)인가

당숙모(堂叔母)가 돌아가셨다는 전갈이다.

당숙모를 생각하자 언뜻 떠오르는 일이 하나 있다. 20여 년 전 일이다. 당숙모댁을 들리면서 음료수를 들고 갔더니, 그걸 차반 받았다고는 빈손으로 보내기가 뭣했던지, 밥 위에 놓아먹으면 좋다면서 검은콩 한 됫박을 쥐어주었는데, 그걸 그만 타고 온 버스 안에 그냥 두고 내렸던 일이 그것이다.

아래 동서이지만 올해 미수(米壽)인 어머니보다 한해 위다. 우리 윗대의 종동서간으로는 어머니와 두 분 뿐이었는데 몇 년 전부터 치매증세로 고생하다가 돌아가신 것이다.

장례 하루 전날 고향 홈실(檜谷)을 들른다. 성주군 초전면 명곡동은 우리 벽진이씨(碧珍李氏)들 집성촌이다. 이젠 이름만 집성촌이지

타성(他姓)이 반 넘으며, 그나마 모두 자기네들 말을 그대로 인용하면 〈산송장〉뿐인, 노인 중에서도 상노인만 사는 곳이 됐다. 거기에다 또 반 이상이 빈 집이다.

상주인 재종제(再從弟)는 올해 63세로 동장(洞長) 일을 보고 있다. 동장 정년이 60인데 동네 일볼 사람이 없어, 초임을 60전에 했으면 지속해서 근무 할 수 있도록 조례로 고쳐 맡고 있다고 했다. 그만큼 젊은이가 귀한 곳이다.

치매로 당신은 물론 가족까지 고생시키다가 돌아가신 끝이라 그런지 상가에는 곡소리보다 웃음소리가 더 많았다.

오래전에 집안 어른들께 들은 이야기가 생각난다.

"예로부터 회갑을 넘겨 작고를 하면 좋을 호자를 써서 호상(好喪)이라 카고, 고희를 넘기면 영화영자를 써서 영상(榮喪)이라 칸다."

그럼 아흔이 다 돼 돌아가신 분께는 어떤 말을 붙여야할까, 억지같지만 소상(笑喪)이란 말을 하나 만들어 붙여본다. 지금 웃음소리가 바로 그렇게 만들고 있는 것 아닌가.

모두 뭐가 그리 바쁜지 모처럼 만난 친인척들도 인사나누기가 바쁘게 달아난다. 결국 남는 건 퇴물(退物)들 몇 뿐이다. 이날 저녁을 큰집 재실에서 보낸다. 그동안 비워놓았던 집이라 그렇겠지만 곳곳에서 곰팡이 냄새가 등천을 한다.

종손인 큰집 형님은 정년을 마치고 나면 다시 이곳에 들어와 허물어진 곳을 복원하고 거처를 편리하게 바꿔 지난날 큰할아버지가 품었던 유지(遺志)를 이어나가겠다는 포부였다. 그러나 모든 건 꿈으로 끝나고 말았다.

정년 뒤에도 차일피일 하고 지내다가 그만 세상을 뜬 것이다. 이를테면 실기(失機)를 한 셈인데, 다른 말로하면 도시생활에 익숙해진 몸이 진작 먹은 마음을 저버리도록 한 것 같다.

시골의 농사짓는 사람들의 주류가 일흔 고령에 든 사람들로, 배운 도둑질이라곤 하지만 그들이 떠나고 나면 농촌은 더 황폐해질지 모른다. 모두 같은 맥락으로 본다.

내가 들은 것만 해도 세 번이나 도둑이 드나들어 언제부턴가는 아예 문이란 문은 다 열어놓은 큰집 재실 제강서당(齊岡書堂), 낡은 현판마저 잃어버려 탁본으로 보관하고 있던 창호지 당호가 거기 붙어 있고, 풍마우세(風磨雨洗)로 세월이 짓이긴 발자국에 어느 곳 하나 성한 데가 없다. 사람 손이 가질 않아 잡초더미가 무성한 마당 구석구석으로는 야생 고양이들이 사람 겁도 안내고 어슬렁어슬렁 돌아다닌다.

국민(초등)학교도 들어가기 전 이곳에서 대소가의 숙질(叔姪), 형제들이 큰집 할아버지 밑에서 천자문이며, 동몽선습(童蒙先習), 명심보감(明心寶鑑)을 배웠던 곳이다.

자왈 위선자는 천이 보지이복하고 위 불선자는 천이 보지이화이니라…. 책상다리를 하고 눈을 지그시 감은 채 몸을 좌우로 흔들며 큰집 할아버지를 따라 명심보감을 외우던 일들이 어제 일처럼 눈에 선하다.

그때 배운 삼희성(三喜聲), 삼악성(三惡聲)을 요즘도 나는 곧잘 써 먹는다. 세상에서 듣기 좋은 소리 세 가지는 갓난아기들 울음소리, 아이들 글 읽는 소리, 부녀자들의 다듬이질 소리이며, 듣기 싫은 소리 세 가지는 초혼(招魂)외치는 소리, 도둑이야 고함 소리, 불났다고 울부짖는 소리라고 했는데, 이제는 가끔 삼악성만 한 번씩 들릴 뿐, 삼희성은 약에 쓰려도 들을 수 없는 마을이 돼버렸다.

"예기(禮記)에 보면 교학상장(敎學相長)이란 말이 나온다. 나는 너희들을 가르치기만 하는 거 같지만 너희들에게 배우기도 하는 거다. 서로 같이 커가는 거야."

정자관을 쓴 할아버지의 흰 수염이 눈에 선하다. 할아버지는 또 이런 이야기도 했다.

"재실에 키우는 매화는 열매가 달리도록 키우는 게 아니다. 꽃 지고 나거든 가지를 잘라라. 음자호산(淫者好酸)이라 했거든. 공부하는 사람들한테 음탕한 생각이 베어가지곤 공부가 제대로 될 턱이 없다 말이다."

뒷산의 뻐꾸기 울음소리도 가슴을 울렁이게 한다. 뻐꾸기가 울면 스무날 만에 햇보리 풋바심을 먹을 수 있다고 해서, 보릿고개에 얹힐 때마다 뒷산 마루로 눈을 보내곤 하던 어머니의 모습도 잊을 수가 없다.

지금 생각하면 불과 5, 60년 전 내가 직접 겪은 일인데도 남에게

들은 이야기로만 아득하게만 느껴진다. 하긴 어느 틈에 내가 당시 큰집 할아버지 연세보다 더 많은 나이에 올라있으니 그런 생각이 드는 것도 당연하리라. 누구 글인지 모르지만 우리 세대가 고향을 가진 마지막 세대라고 했는데 문득 그 사람 이야기가 설득력을 가지고 안긴다.

이튿날 장례를 치르고 나오면서 고향과는 조금 떨어져서 거처하고 있는 어머니께 잠깐 들린다.

죽을 때 죽더라도 내 힘으로 움직일 수 있는 한 혼자 지낼 거다. 너희들 아파트에 가봐야 까막소(교도소) 생활하는 거 하고 똑같은데, 여기에는 그래도 아는 사람이라도 있지 않느냐며 시골생활을 고집하고 있는 어머니. 다행히 이웃한 동네에 동생이 있어 한시름 놓고는 있지만, 세상에 모르는 게 노인네들 죽음이라 언제 어떨지 항상 걱정이다.

"나는 일부러 거기 안 갔다. 고만할 때 잘 죽었제. 나도 그만 그래 갔으문 얼매나 조켓노."

당숙모의 부음을 듣고 하는 말씀이다.

회갑 무렵에 유방암 수술을 한 뒤로 지금까지 약으로 살아온 어머니다. 입으로는 노상 죽음을 찾으면서도, 일주일만 관심을 보이지 않으면 곧잘 우리 남매들에게 비상을 건다. 삶에 대한 애착은, 물론 본능이겠지만 우리보다 더할 때가 많다.

할 이야기는 아니지만, 그리고 세상에 이런 불효가 없겠지만, 굳이 색난(色難)이란 말을 내세우지 않더라도, 나는 지금쯤 어머니가 돌아가셨으면 좋겠다는 생각을 한 번씩 해본다.

주머니를 열어 지전 몇 푼을 어머니 앞에다 내놓고 자리에서 일어난다.

"너도 이자 나이가 있는데 차 잘 몰고 댕기라이."

아무리 내리사랑이라곤 하지만 어머니 생각과 내 생각이 만든 차이에서 '안갚음' 이란 아름다운 단어의 어원이 된 반포지효(反哺之孝)를 송구스럽게 떠올려본다.

고무신 한번 신어 보셨습니까

불교 신자는 아니지만 나는 시간이 생기면 김천 수도산 아래 있는 청암사를 한 번씩 찾는다. 비구니들만이 있는 절이다. 까닭은 별 거 아니다. 내 기준으로 절간은 무엇보다 우선 절간다워야 하는데, 그곳이 내가 다녀본 절 가운데서는 가장 절답고, 고향 쪽에 있기 때문이다.

거기 곳곳에 숨어 살고 있는 고요함이 나에게는 그렇게 좋을 수가 없다. 노송(老松) 등걸을 휘감아 도는 바람소리도 조용하고 목탁이며, 풍탁(風鐸)이며, 경내를 흐르는 개울물 소리도 그곳에서는 마냥 고요할 뿐이다.

또 하나는 스님들이 공부하는 방 육화료(六和寮) 뜰 섬돌위에 가지런히 놓인 고무신들이다. 나는 고무신이 저렇게 아름다울 수 있나 하는 걸 그곳에서 처음 보았다. 4, 50켤레의 고무신이 뒤꿈치를 일직선으로 놓인 모습은 아름다움을 넘어 섬뜩하기조차 하다. 그것 하나만으로도 그 안의 스님들의 심성과 자세가 다 보인다. 아마 조고각하(照顧脚下)란 말이 그래서 생긴 말 같다.

이런 말이 있는지 모르지만 나는 명실 공히 '고무신세대' 다. 아마 해방을 전후해서 태어난 우리 나이의 사람들은 다 같으리라 본다.

중학교 졸업하던 해에 나는 처음으로 운동화를 신어보았다. 그때 그 기분은 하늘을 나는 기분이었는데, 당시 사람들이 아니고는 잘 이해가 안 될 것으로 본다. 말이 신는 거지 그것도 아무 때나 신는 게 아니고 행사(?)때나 한 번씩 신었으니까. 아마 '신주처럼 모신다' 는 말이 그런 데 쓰는 말일 게다.

고무신을 신어본 사람들은 잘 알겠지만 장단점이 많다. 신고 벗는데, 비 오는 날, 발 씻을 때는 좋지만 일할 때와 운동할 때는 불편하기 짝이 없다. 공을 차면 신발이 공보다 더 멀리 날아가는 경우가 허다하다. 달리기에는 차라리 맨발이 훨씬 낫다. 오히려 훼방꾼이다.

십리길이 넘는 등하교 길을 고무신을 양말도 없이 신고 다니노라면 땀이 나서 연방 삐끗거린다. 산에 나무를 하러갈 땐 위험해서 고무신 대신 짚신을 삼아 신는 게 훨씬 편했다.

고무신은 바닥에 구멍이 나거나 찢어지면 때우거나 기워 신는다. 닷새마다 돌아오는 시골 장터에는 신발 땜질하는 이른바 신기료장수가 한둘은 꼭 있다. 때우기도 깁지도 못할 지경에 이르면 그때는 엿장수에게 가져간다. 군것질이 어려웠던 시절 남의 신발을 슬쩍해 엿과 바꿔먹는다는 건 당시에는 자주 들을 수 있는 이야기 가운데 하나다. 그런 고무신이 요즘은 드라마 같은 데서나 한 번씩 볼 수 있을 만큼 구경하기가 힘든 세상이 됐다.

내가 군대 있을 때 일이다. 하루는 기지극장에서 영내 장병들을 상대로 한 정훈교육이 있었다. 흰 두루마기에다 흰 고무신을 신은 강사 한 분이 이날 초청인사로 나타났다. 교육 들어가기 전 정훈감으로부터 간단한 강사소개가 있었다. 가나안 농군(農軍)학교 교장 김용기(金容基) 선생이라면서 아시아의 노벨상이라고 부르는 제1회 막사이사이상 사회봉사부문 수상자라고 했다. 작달막하고 다부지게 생겼다는 인상을 주는 것 외엔 평범한 시골 아저씨 차림이었다.

바로 강의로 들어갔다.

"… 일본에서 대학을 다녔습니다. 요즘도 유학한다는 게 쉽지 않은데 해방직후 일본 들어가서 대학공부 한다는 건 어느 정도 재력도 뒷받침되어야 하지만 당사자의 굳은 의지 없이는 어렵다고 봅니다. 내가 대학을 졸업하던 그해 여름방학 땝니다. 우리 집은 산골마을인데 집에 다니러왔습니다. 한껏 멋을 냈지요. 우리나라에서 대학을 다녀도 뻐길 판인데 일본 유학생이라 충분했었죠. 고드반 구두를 하나 빼 신었습니다. 고드반이란 말의 엉덩이 가죽을 말하는데 아마 구두 가운데는 그 이상이 없을 겁니다. 그런데 귀국해서 고향 역에 막 내려서는데 하필이면 이날 비가 주룩주룩 쏟아지고 있잖아요. 폼을 완전히 구기게 되었습니다. 비싼 구두를 망가뜨릴 판이지요. 요즘같이 포장이나 되어 있다면 덜하지만 당시는 진흙탕길이라 물속을 걷는 것하고 같았습니다. 할 수없이 구두를 벗어 싸서 들었습니다. 그게 어떤 구둔데 아무렇게나 신을 수가 없는 거잖아요. 시오리가 되는 길을 맨발로 걸었습니다. 집에 떡억 들어와서 보니 구두는 멀쩡한데 발은 부르트고, 피가 나고 엉망이었습니다. 터져서 만신창이가 된 발을 내려다보면서 조용히 한번 생각해보았습니다. 이건, 구두가 나를 위해 있는 건지, 내가 구두를 위해 있는 건지 모르겠더라고요. 존재가치가 바뀌어져 있더란 말입니다. 여러분들도 한번 생각해보십시오, 세상에 이런 놈의 꼬락서니가 있나요. 그날부터 나는 이날 이때까지 고무신만 신었습니다. 신어보니까 이 세상에 고무신보다 더 좋은 신발이 없더구면요. 특히 우리나라 시골 농사꾼들한테는 그렇게 좋을 수가 없더란 말입니다. 이번에 필리핀에 상받으러가면서도 나는 이 차림 이대로 두루마기에다, 이 고무신을 신고 갔습니다. 비행기 안에서 고무신 신은 사람은 나 하나뿐입디다. 신고 벗기 편리하고….”

김 교장의 이날 강의의 핵심은 한마디로 고무신 예찬론이었다. 그는 몇 번인가 다리를 번쩍 들어 신고 있는 고무신을 내보이기도 했다.

우리 집 현관에는 흰 고무신 한 켤레가 있다. 집 앞 매점을 찾거나 간단한 용무로 나들이할 때 나는 이 고무신을 신는다. 언젠가 샌들을 신고 계단을 급하게 내려가다가 삐끗해서 한번 뒹굴고 난 뒤 재발방지책으로 마련해둔 것이다. 샌들은 신고 다닌다기보다 아무래도 끌고 다니는 쪽이다 보니 그런 일이 생긴 것 같아서다.

그런데 다른 식구들은 하나같이 고무신이 거기 있는 걸 못마땅하게 생각하고 있다. 아마 아파트와 고풍스런 고무신과는 어울리지 않는다고 본 것으로 안다. 거기다 가끔 오는 손님들이 '어, 이 집엔 웬 고무신이 있네' 하는 소리가 듣기 그런 모양이다.

집에는 나 혼자만 사는 것도 아니고, 더군다나 집에 오래 붙어 있는 사람은 아내인지라, 그래서 서로가 좋도록 이렇게 했다. 꺼내 신기 좋게 신발장안 입구에다 넣어두었다.

늙는 것도 서러운데

아침 7시, 시각을 놓치지 않기 위해 서둘러 신세계예식장 앞으로 나간다. 오늘, 여수 해양박람회가 들어서는 오동도 부근과 부대시설을 구경하기 위한 관광을 가는데 출발지가 그곳이다. 공짜 여행이라 그런지 모두 시간을 잘 지켜 약속한 시간에 출발할 수가 있었다. 관광버스도 그만하면 훌륭했다.

열흘쯤 전이다. 동우회에 나갔더니 여수 해양박람회가 발송한 문서 비슷한 팸플릿이 여기저기 돌아다녔다. 여비도, 점심도, 구경도 모두 공짜라면서 관광회원을 모집하고 있으니 많이 참여해 달라는 내용이었다.

문서 발송처에다 전화를 걸어 확인을 해보았다. 모두 사실이라는 것이다. 4년 뒤에는 박람회를 개최하는데 이를 사전에 홍보하기 위해, 그 비용의 일부를 이런 초청행사로 대신한다는 설명이다.

"백 푸로 공짜는 아일 긴데, 한 번 더 확실히 알아보고 하지."

"속고만 살았나. 지난번에 우리 포항에도 공짜로 갔다 왔잖아. 공짜가 없다캐도 잘만 찾아보믄 더러 있는 기라."

얼마 전에 우리는 포항 죽도시장을 다녀왔다. 개인으로는 구경하기 힘든 포항제철도 구경했다. 물론 모두 공짜였다. 알고 봤더니 포항 죽도시장 번영회가 포항시와 협의해서 '시장 살리기 운동'의 일환으로 기치를 든 지방자치제 활동의 한 방편으로 그런 활동을 전개한 것이다. 말하자면 그곳에 와서 상품의 질과 가격을 직접 보고 다른 곳보다 좋으면 이용하고 선전해달라는 홍보활동이었다. 이번 여수 관광도 그런 차원인 듯 보였다. 해양박람회가 어디 보통 행사인가. 모두 좋다고는 동참을 해 이날 출발한 것이다.

버스가 구마고속도로에 오르고 현풍휴게소를 지나자 버스에 따라온 안내원이 마이크를 잡는다.

"안녕하세요. 저는 여수 해양박람회 홍보팀에서 나온 김송아라고 합니다. 정말 반갑습니다. 오늘 우리가 이렇게 만나게 된 것도 아름다운 인연 가운데 하나로 봐야 하겠지요. … 그럼 잠시 뒤 오늘 우리 행사를 협조, 후원해준 XX약품에 들리도록 하겠습니다. 아저씨 여러분들의 많은 성원과 협조를 부탁드립니다."

안내원이 이야기 떨어지기가 무섭게 이게 어떻게 된 일이냐며 모두 왕방울 눈을 만든다. 그때서야 안내원이라는 여자가 자초지

종을 털어놓는다.

"…약속한대로 어르신들한테 구경만 시켜드리면 될 것 아닙니까. 자꾸 약장사라고 그러는데 약은 안 사서도 됩니다. 모두 연만하신 분들이니까 혹 필요한 분이 계실까 해서 잠깐 들리는 건데…."

해양박람회 초청이라는 건 그네들이 내세운 들러리고, 우리에게 약을 팔아 그 이익금의 일부로 오늘 구경을 시켜준다는 계획을 세워놓고, 우리를 그 틀 안으로 밀어 넣고 있었다.

우리가 엉뚱한 상혼에 놀아난다는 걸 알고 이러쿵저러쿵 말이 나왔을 땐 이미 관광버스는 어느 산비탈에 세운 가건물 같은 공장 마당으로 들어서고 있었다.

괘씸하다며 그냥 돌아가자는 사람, 이왕 이렇게 된 것 우리가 사지 않으면 될 것 아니냐며 그대로 따르자는 사람, 설왕설래 말이 많았으나 결국 일은 저쪽 사람들 의도대로 움직일 수밖에 없게 되었다. 그곳에서는 솔잎을 가공축출해서 만들었다는 당의정을 팔고 있었다.

"아버님들, 어머님들 오늘 정말 잘 오셨습니다. 여기오신 어르신들은 앞으로 만수무강에 대해서는 걱정하실 필요가 없습니다. 여기는 약 파는 곳이 아닙니다. 우리들 몸을 자연상태로 유지시켜…."

의사모양 하얀 가운을 입은 무슨 박사라는 사람이 숙달된 솜씨로 우리를 대고 구슬린다. 자기네들 말을 다 믿으면 고혈압, 당뇨, 지방간, 전립선 비대증, 심지어 방사(房事)에 이르기까지 그 약만 복용하면 다 젊은 날로 돌아가게 되어 있다는 것이다. 만약에 이 약을 먹지 않으면 내일쯤 무슨 일이 일어날지 모른다는 협박성 교언영색(巧言令色)으로 몰아대기도 했다. 약값도 다 받는 것이 아니라 반액에, 그것도 지금 당장 달라는 것이 아니라 약을 가지고 가써본 뒤에 효험이 있다고 생각이 들면, 거기에다 분납으로 입금해도 좋다는 각종 혜택도 베푼다. 거기 온 사람에게만 주는 특혜라는데 누구든지 빠져들지 않고는 못 배길 판이다.

우리 나이의 사람치고 그들이 주워섬기는 병 한두 가지 안 가진 사람이 어디 있는가. 없다. 사람들 가운데는 거기 등장한 병을 다 가졌다는 사람도 있다. 이러니 약이 안 팔릴 수가 없고 안 살 수가 없다. 안 사도 괜찮다고 해서, 무슨 일이 있더라도 안 산다고 작심하고 들어간 사람들인데 나올 때 보니 태반이 하나씩 들고 나온다.

중소도시 공터에 진을 치고 있는 약장수들도 마찬가지다. 이젠 상술도 교묘해서 곡마단이니, 노래자랑이니 해서 약 이야기는 한마디도 없이 시작해선 약을 판다. 얄궂은 그림으로 도배를 한 버스로 여기저기 다니면서 손님을 모은다. 무슨 약이, 마진이 얼마나 남기에 따라오는 부속물이 그렇게 많은지 모르겠다. 한번은 아내가 동네 계모임에 나갔다가 약을 사왔는데 부속물이 6가지나 되었다. 밥상, 베개, 찬합, 돗자리, 슬리퍼, 화장지 등.

"당신 병 고치려고 약을 샀구마. 이 벼개 베고 자믄 코를 안 곤다 카는데, 오늘 저녁부터 한번 베고 자보래요."

이날 아내가 약을 사게 된 변명이다. 이젠 안 속는다, 안 속는다, 하면서도 또 속고는 사와 나에게 하는 소리다.

약장수가 노리는 건 주로 노인네들이다. 어수룩하고, 판단이 조금은 흐린, 그리고 아직은 인정이 두터운 노인네들을 붙들어야만 장사가 되기 때문이다. 노인들은 공으로 화장지 하나만 얻어도 그냥 못 있는데 그 점을 이용하는 것이다.

약뿐이 아니다. 얼마 전 무슨 곡마단 같은 데서 무료로 공연한다기에 들렀다는 친구는 이런 말을 늘어놓는다.

"나 이제 죽는 거는 걱정할 필요 없다. 여게다 연락만하면 그 사람들이 와서 제수, 상복, 수의, 염습(殮襲), 운구, 이런 거 모두 다해준다 그랬다. 솔직히 나는 화장이 싫거든. 자식 놈들 한 놈도 안와도 개안타 아이가."

그가 내민 명함과 계약서에는 어느 상조회사의 이름이 적혀 있었다. 무슨 내용인지 충분히 알만했다. 할인해서 190만 원, 거기에 특혜도 받았다는 것이다.

이제 그들은 약만 파는 것이 아니라 천당길 가는 것까지 걱정 없이 가게 도와주고 있다. 아직 우리 세대로서는 관혼상제를 사례(四禮)라 해서 현세와 내세의 통과의례로 알고 있는데 거기에다 비중을 두고, 상혼을 투입시킨 것이다. 이 나라 대한민국 노인네들 치고 이런 경험 한번 없는 이는 아마 없을 것이다. 내가 알기로 내 친구들은, 거짓말 하나 안 보태고 다 있다.

30만원이 넘는 약값을 마치 공으로 주는 듯 이리저리 덤으로 포장을 해주는 것도 그렇지만, 외상이면 소도 잡는다는 우리네 취약한 심성에다 그것도 월부로 풀어놓자, 결국 살만한 사람들은 다 사는 데야 어쩌랴.

여수까지 가면서 다른 한곳을 더 들렀는데 이번엔 녹용을 파는 사슴농장이었다. 여기에서도 여러 사람들이 빠져버린다. 참 희한한 일이다. 너희들이 아무리 흔들어 봐라 나는 꿈쩍 않는다는 초심은 온데간데없고 거의 모두가 한 꾸러미씩 약봉투를 들고 차에 오른다. 네가 사는데 나라고 왜 못 사겠느냐, 그네들 상술에 우리끼리 경쟁하듯 달라고 했는데, 그들은 우리들의 이런 심리를 진작부터 꿰뚫고 있었던 것이고, 우리는 속수무책으로 당한 꼴이 되었다.

각종 공모전(公募展)에도 그런 일이 더러 있는 모양이다. 한 예로 전국적으로는 연간 크고 작은 서예 공모전이 100여개가 넘는데 거기에 한번 응모를 하는 데에도 사전에 출품료를 내야 하고, 입선이 돼 전시를 하게 되면 별도로 족자, 또는 액자 값을 내야 하며, 입선작이 게재된 책자도 여남은 권은 사줘야 한다고 했다.

입선작 한편을 탄생시키는데, 준비과정에 드는 경비는 두고라도 출품 뒤 소요경비가 최소 30만원이 든다는 이야기로, 주최한 사람들은 그것으로 장사를 한다는 것이다.

심지어는 서로 경쟁이 돼 각 서실로 찾아다니며 응모자를 권유하는 일까지 있다고 했다. 그렇다보니 최근에 와선 입선자들이 너무 많아 입선은 아예 이야기꺼리도 안 되고 대상, 우수상을 받더라도 대수롭잖게 생각한다는 게 그쪽 풍토라는 이야기다.

그런 이야기가 나오자 옆에서 누가 또 이런 말을 한다. 서예전에만 그런 것이 있는 게 아니라 문예작품 공모에도 그런 게 있다고 투덜거린다.

"무슨 월간진지 모르겠다. 당선됐다고 전화연락이 왔길래 받아보이, 노골적으로 돈을 달래. 참 황당하더구먼. 그러이까 이게 뭐여. 이름만 거창하지 등용문이지 그쪽 돈벌이 해주는 거 밖에 더 돼. 한번 해보고 싶은 일이고해서 내어 봤더이만 일이 그 모양이더라고. 속으로 등용문 조아한다 캤지."

이날 여행은 이름만 공짜 여행이지 결국은 우리 주머니에서 나온 돈으로 한 셈이다. 남 다 사는데 나 혼자만 안 사기가 뭣해, 그래도 내 딴엔 그중 가장 싼 것을 하나 골라 샀는데, 집에 들어서자마자 아내의 면막이다.

"당신도 참, 그 병은 몬 고치는구마, 오늘 아침에도 분명히 내가 분명히 얘기 했제, 지발 그런 거 좀 사지 말라고."

자식은 더 이상 보험이 아니다

결혼식에 들렀다가 동환을 만났다. 6년 만이다. 정년을 다 채우고 퇴직한 친구여서 한동안 나와는 좀 소원했지만 재직 시에는, 같이 출장 다니며 엉뚱한 짓도 많이 했던 무척 가깝게 지냈던 친구다. 식사를 마친 뒤, 그냥 헤어지기가 좀 그래서 부근 다방에서 이미 식당에서 마신 커피를 또 한잔 시켜놓고 마주 앉았다.

"야, 이 친구야 앞으론 소식 좀 알리고 살아라. 동우회만 나오면 언제든지 우리들 근황은 알 수 있잖아."

"내 형편이 그래 됐다. 미안하다."

"임자 형편이 어때서?"

평교(平交)에 '자네'란 호칭을 많이 쓰는 편인데 나이가 들고, 거리감이 생겨 그런지 요샌 '임자'가 나도 모르게 한 번씩 나온다.

"죽을 고비를 안 넘겼나. 지금도 끝난 건 아니지만."

"무슨 소리여?"

"자식 얘기라, 맘 놓고 할 수도 없고…."

말꼬리가 계속 흐린다. 내가 아는 그는 경제력도 나보다 월등히 낮고, 건강도 좋고, 넉살도 상대가 안 된다. 미국 유학 가 있는 큰 아이가 그곳에서 결혼한다며 다녀온 것까지 내가 알고 있다. 내 친구 가운데서는 유일하게 자녀를 미국에 유학 보낸 사람이다.

"왜? 곧 학위 받는다고 우리한테 자랑했잖어."

그때 학위는 받아놓은 당상이라며, 손가락에 불을 켜고 하늘을 오르는 사람이 있다면 나와보라는 식의 당당한 표정을 기억하고 있다.

"학위 좋아하네. 내가 하나만 얘기할게. 재작년이다. 이놈들이 우째 사는가 보고 싶기도 하고 해서 내가 한번 안 들어가 봤더나. 며느리가 직장생활 하거든. 시아비가 방에 있다는 걸 뻔히 알고 있으면서도, 그리고 내가 어디 늘 보는 사람이야, 그런데 이 작자가 들어와 마루에 턱 걸치고 앉더니만, 여보 나왔어, 신발 좀 어쩌구 하자, 이놈이 나랑 얘기하다가 말고 얼른 뛰어나가더이만 지 마누라 부츠 빗겨준다고 발광을 하잖어. 그게 어디 사람새끼여. 하나를 보면 열을 안다고, 고만 눈앞이 캄캄하더라 카이."

"며느리가 한국사람 아냐?"

"왜 아이라. 차라리 미국놈 같으면 미국놈이라 그렇다고나 하지.

이건….”

“….”

“자네가 내 입장이라 캐봐라. 그 꼬라지를 두 눈 달고 볼 수 있겠어. 자네 같으믄 그 자리서 졸도했을 기다. 이튿날 바로 안 나왔더나.”

푹푹 한숨을 내쉬면서 뱉는 말투가 속이 되게 상한 모양이다.

“내가 그놈 밑에 돈 처넣은 걸 생각하면, 할 소리는 아이다만 억, 억, 이가 다 갈린다.”

“아이 이 사람아 쓸데없는 걱정 말고 좀 기다려 봐라, 아직 모른다. 내가 낳은 자식인데 그 자식이 어데 가겠어.”

위로삼아 한마디 거든다. 그런 말밖에 할 말이 없다.

“기다리긴 뭘 기다려, 이자 다 끝난 건데. 내가 투룸에 전세 산다 그래봐, 누가 믿겠노. 시방 내 처지가 그렇다. 자식 놈은 돈에 쪼들려 죽는다고 전화통에 불이 나는데 부모 돼 가꼬 모른 척 할 수 없제. 모르겠구먼, 이자 겨우 지네들 입 건사는 하는가본데….”

“학위 받았다면 이제 괜찮다.”

“몰라 그렇지. 학위가 밥 먹여주는 것도 아인갑더라.”

“그래도 미국 학위는 다르다아이라.”

“아이구, 몰라. 명절이 되니 무슨 연락이 있나, 지 아비 생일을 아나. 한 열흘마다 지 엄마랑 전화 한 번씩 하는 기 모두잉게. 그러니까 호적에 자식이 하나 올라있다는 거 뿐 있으나마나여. 무슨 용이나 뺄 줄 알고 기다렸더니만, 내가 너무 요량부득이지. 요즘 내 사는 기 그렇다. 그런데 어째 얼굴 내놓고 다니겠노 말이다."

"정말 애 먹는다."

"그런데 그건 그렇고, 요새 상수는 어데 있노?"

"갑자기 그 친구는 왜?"

"뭐 부탁 하나 해보면 싶어서."

"동우회 나오면 만날 수 있다. 그런데 요샌 잘 안 보이더라."

"그 사람 동생인가 조칸강 모르겠다, 주택회사 상무로 있잖어. 경비원자리 하나 부탁 해보면 싶어 그런다. 목구멍이 포도청인데 이제 물, 불 가릴 게 머 있노. 얼마 전 유통단지에서 노인들 일자리 준다카기에 가서 뭘 하나 써놓고 왔는데 아직 감감 소식인 걸 보이 신통찮은가 바. 이 나이 갖고 아무 데도 줄 서볼 데가 없더라. 참, 거기서 기만(基萬)이 봤다. 그 친구도 좀 그런 모양이지. 그런데, 그런 데서 만나니까 부끄럽더구만."

"알았네. 내가 한번 알아보지."

실은 나도 지금 기다리는 게 하나 있다. 얼마 전에 시(市)에서 2개월간 교육을 마치고 시장이 주는 대구시문화해설사 자격증을 받았다. 이 나이에, 내 능력으로, 또 누가 보더라도 쪽팔리지 않는 일로는 그런 것 밖에 없고 해서 그쪽으로 신청을 해놓고 기다리고 있는 참이다. 수당이 회당 2만 원으로 최고 월 20만 원까지 준다고 한다.

한때는 참, 방석 깔고 마시는 술값도 서로 내가 먼저 낸다고 다투

어가며 여기저기 쏘다녔는데, 이젠 모두 어깨가 축 처져서 커피 한
잔을 앞에 놓고도 주머니 사정을 셈하며 우물우물하고 있으니, 좋
은 시절은 다 간 모양이다.

아버지 연세에도 노래방에 가십니까?

기분도 꿀꿀하고 해서 친구들과 어울린 김에 노래방을 들러 좀 주접을 떨다가 왔다. 물론 술의 힘을 빌려 간 것이다. 10시쯤 됐으니까 아직 초저녁이다.

아내에게 사실 그대로를 털어놓았더니 그렇고 그런 표정이다.

"이제 연세가 기신데 좀 자중하시죠."

말투에 어처구니없음과 빈정거림이 들어 있다. 아내는 또 그렇다 치고라도 옆에 있던 막내 이야기가 가관이다.

"아버지 연세에도 노래방에 가십니까?"

들으려니 정말 맥이 탁 풀어진다. 이 녀석에게는 어떻게 대답을 해야 두 번 다시 이런 소리가 안 나오도록 할까, 그리고 우리들 세계를 조금이나마 이해시킬 수 있을까 생각하다가 나오는 대로 뱉

었다.

"야 이놈아, 아버지는 밥도 자시는가 한번 물어봐라. 흥흥하며 키워놨더이 이제 별놈의 소릴 다 듣겠네."

나도 모르게 원색적 불만이 가담된 말투가 되고 만다.

그러자 녀석은 얼른 제 방으로 들어가 버리고 만다. 잘못함을 뉘우친 건지, 아니면 상대가 난공불락(難攻不落)의 아버지니까 문제가 더 비화되기 전에 물러서주는 건지는 모르지만.

"저 녀석 말도 참 희한하네. 어디 내가 못갈 데를 갔는강."

술 기분에 한 번 더 아내에게 걸어 던져본다.

"누가 몬 갈 데를 갔대요. 그만 들어가 옷이나 갈아 입구랴."

"어허 참."

"기분 좋게 노래방 갔다 왔으문 왔지, 괘니 평지풍파를 일으키고 있네. 어데 우리도 다 자기 기분인 줄 아는강."

"…."

이야기는 거기에 더 진전 없이 끝난다.

그러고 보니 금년 들어와서 노래방에 들린 건 오늘이 처음인 것 같다. 지금이 유월인데 이런 식으로 들린다면 일 년에 두 번쯤 들리는 셈이 나온다. 여기에도 퇴행성이 있는지 모르지만 그만해도 이미 전성기는 지난 상태다.

전에는 계모임을 하거나 작당이 돼 속에 술만 한잔 들어갔다 하면 2차는 어김없이 노래방행이다. 그게 수십 년 전 일이 아니라 불과 5, 6년 전 일이다.

나이 67세에 노래방. 내가 들어가 마이크를 쥐고 흥청망청 할 때는 내 신명에 내가 빠져 그런지 모르지만 충분히 그럴 수 있는 일이거니 생각했는데, 한발 물러서서 생각해보니 좀 그렇다는 생각이 드는 것도 사실이다.

오늘도 노래방에 들어서자마자 먼저 찾은 건 돋보기다. 카운터에 돋보기가 준비되어 있는걸 보면 우리 나이에도 더러 찾는 사람들이 있긴 있는 모양이다.

내가 부르는 노래는 거의 〈홍도야 우자마라〉류다. 오늘도 나는 〈금박댕기〉, 〈꼬집힌 풋사랑〉, 〈낙화유수〉, 〈여인우정〉 따위를 흥얼대다가 나왔다. 나에게 최신 노래라야 조용필의 〈허공〉정도인데 누가 먼저 부르면 아나 마나다.

요즘 〈동방신기〉니, 〈빅뱅〉이니, 〈소녀시대〉가 부르는 노래들이 뜬다는 건 이미 매스컴을 통해 잘 알고 있는 일이다. 가사야 당연히 모르지만 제목도 모른다.

물론 시류를 제대로 탈줄 몰라서 그렇겠지만 그게 어디 노래냐, 국어책 읽는 거지, 그리고 무슨 놈의 노래가 길기는 왜 그리 기냐, 거기에다 사이사이에 영어는 왜 들어가는지, 다 불러도 끝났는지 진행 중인지를 모르겠으니 이런 답답함이 있는가. 요새는 아는 노래도 가사가 모니터에 뜨지 않으면 이 노래 저 노래가 혼방으로 나올 판인데 언감생심 엄두도 못 낸다.

한번은 '나는 간다, 나는 간다, 황진이 너를 두고…'로 시작되는 〈황진이〉를 한번 뽑았더니 젊은 친구가 듣고는 요즘 주현미가 부른 최신곡인데 어떻게 아느냐는 것이다. 내가 중학교 3학년 때, 그러니까 1957년도에 이미 나온 노래라고 얘기했더니만 그때서야 재탕으로 나온 걸 알고 고개를 끄덕인다.

노래도 시류를 탈 줄 알아야 한다면서 직장에 있을 때부터 젊은 친구들에게 제발 〈홍도야 우지마라〉류(類)에서 벗어나라고 여러 번 충고를 들었지만 그게 잘 안 된다.

다른 사람들은 어떤지 모르지만 나는 아직 노래가 좋아서, 노래를 부를 목적으로 노래방을 들린 일은 한 번도 없다. 술 때문에, 분위기에 휘말려 간 거지 맑은 정신으로는 가지 않았다는 이야기다.

술을 마시고 정신이 얼떨떨해지면 왜 노래가 부르고 싶을까. 아니 그 보다는 술은 어떤 경우에 마시는가부터 한번 생각해본다. 기분이 좋거나 상할 경우가 대부분이며 그 가운데서도 후자에 더 비중이 간다. 영화 같은 데 보면 혼자 술병을 기울이고 있는 사람들은 대개 그런 처지에 놓인 사람들이다. 상한 기분을 술로 달래거나 위로해보는 것이리라.

노래방 찾는 것도 같은 선상에서 생각해볼 수밖에 없다. 노래로 고단한 인생살이의 스트레스를 푼다고나 할까, 이것 때문에 나도 모르게 노래방을 찾는 것이 아닐까.

전해오는 민요의 대부분이 시름을 달래는 노래들이다. 논밭을

201

메며, 물레를 돌리며, 우리의 어버이들은 노랫가락을 옆에다 두고 살았다. 한(恨)과 원(怨)으로 얼룩진 힘든 아리랑고개를 지방마다 만들어놓고 그 고개를 노래로 달래가며, 또 더러는 잊어가며 넘곤 했던 것이다.

국문학자 조윤제(趙潤濟) 선생은 우리 민족성의 바탕을 '은근과 끈기'에 두었는가 하면 최근 노벨문학상을 받은 프랑스 작가 르 클레지오는 '보람과 정'이라는 말에 특별한 관심을 두고 있으며, 부정과 긍정의 양면성을 갖고 있기 때문에 프랑스말로는 번역하기가 힘 든다고 한 말을 신문에서 본 일이 있다. 그러나 차원은 다르지만 우리들 심성에 뿌리내린 '한과 원'에는 이르지 못할 것이라고 본다. 아마 오늘의 노래방도 모양새만 다를 뿐 그런 것들과 무관하지 않으리라 본다.

어느 시대치고 그 시대가 만들어낸 고통과 불만, 이를 타개하기 위한 갈등은 다 있을 텐데 이들과의 불화를 마찰 없이 타개하기 위한 인공치유의 한 방법으로 등장한 것이 노래가 아닌지 생각해 본다.

요즘은 가요교실이니, 문화교실이니 해서 아예 가르치는 곳도 많은데, 그래서 그런지 요새는 노래 못 부르는 이가 잘 없다. 우리 나이에도 신곡이 나오면 테이프를 사서 지극정성으로 배우는 이도 있다. 시류에 적응하려니까 어쩔 수가 없나보다. 친구 가운데는 내년이 칠순이라면서, 칠순잔치를 위해 새로운 노래를 익히는 이도

있다. 최소한 음치란 소리는 듣지 않아야 될 것 아니냐는 게 그 이유인데, 우리 시대가 만들어낸 또 하나의 대중문화가 아닌가 생각된다.

그 양반은 영도(影島) 이씨 시조공(始祖公)

서기관으로 공직생활을 했던 친구가 내게 묻는다. 가끔 향교에도 나가고, 남의 향사(享祀) 같은 데에도 얼굴을 내놓는다는 걸 알고는 그쪽으로 들은 풍월이라도 있는가 싶어 묻는 것 같았다.

"자네한테 하나 물어보자. 나중에 우리가 죽어 지방을 쓸 때 말야, 나는 서기관 아무개라고 쓰면 되는데 부인은 뭐라고 써야 좋을지 몰라 그래 전화를 했다. 자네는 좀 들은 거라도 있을 거 아이가?"

"글쎄, 그걸 우째 쓰는 기 좋겠노."

초야에서 살아온 우리네 부모들은 대개 벼슬 없이 지냈고, 잘해야 선비 소리 듣는 게 고작이어서 학생이니, 처사(處士)니 해, 그 밑에다 부군(府君)을 붙여 신주로 삼는다. 바깥양반은 그렇지만 안양

반들은 대부분 유인(孺人) 아무개(관향) 이씨, 김씨로 쓴다. 여기에서 유인이란 외명부(外命婦)의 가장 낮은 품계, 즉 정·종 구품(九品)의 부인에게 주는 품위를 변칙적으로 이용해서 붙인 것으로 알고 있다.

그러니까 지금 이 친구의 질문은 자기가 서기관을 지냈음으로, 조선조의 벼슬아치로는 사품(四品)에 해당되니 자기 부인도 거기 부응되는 외명부의 품위인 영인(令人) 쯤으로 써는 게 옳지 않느냐는 이야기 같았다.

관습, 관행이란 것이 하루아침에 없어지는 것이 아니다보니 지금도 여전히 쓰고는 있지만 이런 것들은 이미 갑오경장 때에 없어진 일들이다.

새마을운동이 한창일 때 가정의례준칙이란 게 나왔다. 거기에는 '아버님 신위', '어머님 아무개 김씨 신위', 이렇게 쓰도록 돼 있다. 문화라는 게 구성원들의 공감대 없이는 뿌리 내리기가 힘든 일이므로 유야무야로 끝나기는 했지만.

친구가 원하는 대로라면 지금도 총리급이면 정경부인(貞敬夫人)을 써야 하고 장차관급을 지냈다면 정부인(貞夫人), 숙부인(淑夫人) 아무개라고 써야 한다는 이야기가 된다. 그럼 전직 장차관을 자기 밑에 두고 지내는 대기업 회장님들 부인에는 뭐라고 써야할까. 그리고 공직이 아닌 유명 기능인, 예술가, 체육인, 이들 부인은 어떻게 써야할 것인가. 국위선양에도, 돈벌이에도, 유명세를 물어도,

후세에 이름을 남겨도 장차관급에 못할 사람이 하나둘이 아니다.

그전에도 누군가와 한번 이러쿵저러쿵 논란을 폈던 일도 있고 해서, 이런저런 이야기를 무질서하게 주워섬기다가 이런 말을 한 적이 있다.

"우째 하는 게 좋을지 모르겠다. 자신이 없네. 가가례(家家禮)라 고 했는데, 남의 집 제사에 내가 밤 놔라, 대추 놔라, 한다는 게 좀 그렇잖아."

"뭐라고 해도 공직하고는 다르잖아. 우리는 대통령, 말하자면 임 금의 임명장이 있걸랑. 그러니까 일반 기업체하고 비교해서는 안 되지."

친구는 자꾸 공직만이 유일한 위계(位階)라고 내세운다. 묻는 까 닭도 거기 기준을 두고 있는 것 같다.

"그때는 위계가 그쪽 하나뿐이라서 그런 거 아니겠어. 예를 들면 국회의원은 장관급인데 대통령 임명장 없다고 학생이라고 쓴다는 것도 좀 그렇잖아. 안 그런가?"

"그것도 그렇긴 하다만…."

이야기는 엉뚱한 곳만 헤매다가 끝나고 말았지만 모든 게 흔들 리고 있다. 지금 우리는 다문화시대를 살고 있다. 호주제가 없어지 고, 아침저녁으로 성(姓)이 왔다, 갔다 하고, 얼마 전까지만 해도 '성을 바꿀 놈' 세상에 없는 욕으로 알았는데, 우리나라 여자와 혼 인해 귀화한 어느 외국인 남자는 부산 영도다리 부근에 산다고 영도이씨(影島李氏) 시조공이라며 우쭐대는 판인데, 이 난국(?)을 어떻게 해결하는 게 좋을까. 답이 얼른 안 나온다.

문화도 하나의 인문학인데 인문학은 수학이나 과학과는 달라 정답이 하나로 나올 수가 없다. 공유할 수 있다면 그게 모두 정답이다. 어느 것도 다른 답일 뿐 틀린 답은 아니기에 말이다.

얼마 전 속리산 화양계곡을 다녀오면서, 인근에 있는 우암(尤菴) 송시열(宋時烈) 선생의 묘소를 들린 일이 있다.

有明朝鮮左議政文正公尤菴宋先生墓貞敬夫人李氏祔右
(유명조선좌의정문정공우암송선생묘정경부인이씨부우)

묘소 앞 비석에는 이렇게 새겨져 있었다.

비문 머리에 유명(有明)이란 말이 왜 들어가 있는지 이해가 안 돼, 같이 온 일행에게 물어보았다. 기억은 희미하지만 그 전에도 어느 분 묘소에서 한번 본 듯한 기억도 있고 해서.

"명나라가 있음으로 해서 우리 조선이 있다, 다시 말해 명나라가 우리 조선의 대국이란 그런 뜻으로 해석하면 되지 싶구만요."

우암의 후손이라는 양반의 대답이었다.

제대로 한 해석인지는 모르지만 그게 사실이라면 그런 딱할 일이 없다. 그러잖아도 동북공정이니 어쩌니 해서 중국의 시선이 곱지 않은데, 앞으로 저런 유적이 여기저기에 있다는 걸 안다면 그들은 더 기고만장할 것이 아닌가. 개뿔도 모르는 한 필부의 망상이긴 하지만, 어쩐지 불안한 생각이 안 떠난다.

조선조의 좌의정 부인은 당연히 정경부인이지만, 오늘날 총리부인도 정경부인으로 쓸 수 있는지 이건 어디까지나 '글쎄'로 남을 뿐이다. 그럼에도 불구하고 지금 우리는 여전히 어머니를, 그리고 부인까지 유인이라 쓰고 있는데, 그럼 이것은 무엇인가 말이다. 오늘 친구의 질문이 안타깝고, 혹 무슨 시원한 소리라도 들을까 싶어 한 모양인데 못하는 나는 더 안타까울 뿐이다.

이제 곧 미망인(未亡人) 같은 말도 사라질 날이 올 것이다. '남편 따라 죽지 못한 사람'이라니 이치에도 맞지 않고 시대적 감각으로는 더군다나 형평이 아니잖은가 말이다. 아마 이런 문화적 충돌, 문화적 고통도 이 시대 우리들 샌드위치 세대가 안고 살아야 할 숙명적 과제가 아닐까.

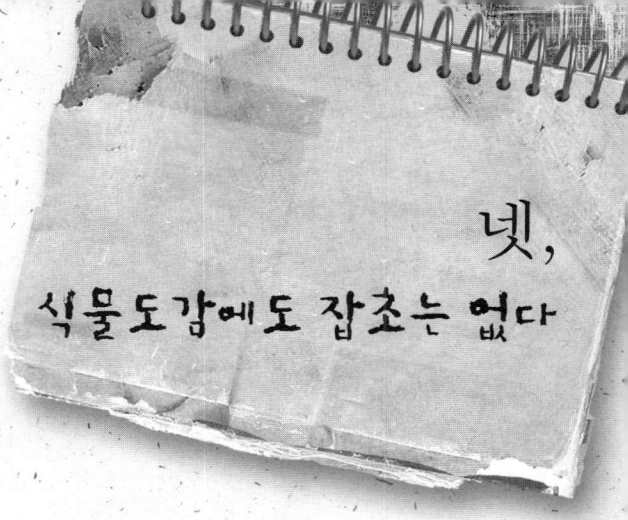

넷,
식물도감에도 잡초는 없다

풀이 사람에게 말한다.

"나를 '잡초'라 부르지 말라. 나에게도 이름이 있다. 내 이름을 모르는 건 너희들이 무식하기
때문인데, 왜 그 무식으로 나를 매도하느냐. 역지사지(易地思之)해서, 내가 너희들 이름을 모른
다고 해서 '잡놈'이라 부른다면 듣기가 좋겠느냐."

인삼밭에 가보면 무가 잡초지만 무밭에 가면 인삼이 잡초이다. 세상에 가장 할 짓이 아닌 것
은, 자기 저울 눈금(문화, 지식, 예절)으로 상대방을 달아보겠다는 아둔함이다. 첼로 메고 다니는
아이에게 명심보감의 잣대를 들이대지 말지어다.

전직 장관은 이제 장관이 아닙니다

언제부터인가 예식장이 만남의 장이 돼버렸다. 특히 우리같이 사회생활 일선에서 물러난 사람들에게는 더욱 그렇다. 목적은 그게 아닌데도 그곳에 가면 한동안 모르고 지냈던 친구들도 모처럼 만나고 친인척들도 만난다. 일부러 불러내어 만나기는 뭣하고, 그러나 한 번씩 보고 싶은 사람들의 근황을 안다는 건 좋은 일이라, 예식장에 한번 갈 때마다 오늘은 어떤 사람들이 나타날지 궁금해지기도 한다.

그런데 그리운 얼굴을 만난다고 그게 다 좋은 것만이 아닌 것 같다. 오늘 그런 일이 하나 일어난 것이다. 옛 직장동료의 자녀혼사가 있어 나갔는데 생각했던 대로 한번 봤으면 하는 친구들이 얼굴이 여럿 보였다.

"안 죽고 사니까 만나기는 만나는 구나."

"세월을 피해 다니는가, 어째 자네는 하나도 안 늙는다. 여전한데?"

"아따 이 사람아, 얼굴 좀 구경시켜라. 이게 얼마만이여."

여기저기서 저마다 특유의 인사방법으로 탄성들을 지르며 손을 내밀어 잡고는 인사를 나눈다.

바로 옆자리에서 또 한 사람이 누군가의 어깨를 소리가 나도록 툭 치며 파안대소를 짓는다.

"여, 이거. 조(曹) 기사 아냐. 그래 그간 어찌 지냈누?"

"…."

"아따 이 사람아, 이젠 자네두 늙는다. 동안이라 안 늙을 줄 알았는데."

"세월에 이기는 장사 있습니꺼. 도리 웁는 게지요."

조씨의 대답이 좀 심드렁하다 했더니만 상대가 돌아서기가 무섭게 한소리 해 붙인다.

"니기미, 아직도 내가 저네 기산 줄 아나보지."

되게 못마땅한 말투였다. 두 사람 관계를 아는 사람이라면 무슨 내용인지, 왜 그런 말이 나왔는지 쉽게 알 수 있다.

거기엔, 직장생활 할 때는 비록 당신 밑에서 핸들이나 쥐고 있었지만 지금은 다르지 않느냐, 나이가 일흔인데 여러 사람들 앞에서 꼭 그런 말을 해야 속이 시원하냐, 지금도 너는 '국장'이고 나는 네 밑에 있는 '기사'로 아느냐가 들어 있다.

옆에서 내가 보기엔 저쪽도 이쪽을 비하시키려 그런 게 아니고, 반가운 나머지 지난 관행이 몸에 배어 부지불식간에 그렇게 나온 것으로 짐작된다. 그런데 듣는 사람은 그게 아닌 모양이다. 기분이 상한 것이다. 그 자리에는 지난날 두 사람 관계를 모르는 사람들도 얼마든지 있을 수 있으니까 말이다. 먹은 맘은 없다지만 조금만 생각했더라면 좋았을 걸 싶은 생각이 드는 대목이다.

직장에 몸담고 있을 때 일이다. 당시 기업문화에 대해 직장마다 열을 올리고 있을 때라 그쪽으로 해박한, 초대 문화부장관을 지낸 이어령(李御寧) 씨를 초청해서 강의를 한번 들은 일이 있었다.

사전 준비로 마땅한 장소가 없어 부근 예식장을 빌렸다. 연단 위에 행사 제목을 하나 써 붙여야 하는데 이어령 씨의 호칭을 어떻게 하는 것이 좋을까가 문제로 등장한 것이다.

〈전 문화부장관 이어령 교수 초청 강연회〉란 안을 만들어놓고 이사람 저사람 물어보았다. 그만하면 됐다는 사람, 굳이 장관이 들어갈 필요가 있느냐는 사람, 교수보다 박사가 낫지 않느냐는 사람, 요즘 어느 신문사 논설위원으로 돼 있던데 차라리 그게 좋지 않겠느냐는 사람, 그야말로 백가쟁명(百家爭鳴)이다. 또 본인은 어떻게 생각할 것인가 그것도 찜찜했다. 실무담당자인 나로서는 고민이 안 될 수가 없다. 최소한 결례는 해서 안 될 일이기에 말이다. 생각 끝에 본인에게 바로 물어보기로 하고 전화를 했다. 그게 가장 좋을 것 같아서다.

건국초기 어느 장관이 지나치게 예의를 갖춘 나머지 〈이 나라 국부이신 이승만 박사 각하 대통령께서〉라고 호칭을 해 뭇 사람들의 입에 오르내린 일이 언뜻 떠오르기도 했다.

내 이야기를 듣고는 한참 웃고 난 뒤 그의 대답이다.

"지금 내가 하는 일은 학교에 나가는 일뿐이니까 교수가 좋겠네. 그렇게 해주세요. 뭐 그런 거 안 붙여도 괜찮고."

"전 문화부장관 이어령 교수라고 하면 어떻겠습니까?"

내가 한 번 더 물었다. 속물이라 그런지 내 생각엔 '장관'이란 말이 안 들어가면 결례가 될 것 같아 자꾸 그쪽에다 초점을 맞춘 것이다.

"지금은 장관이 아니고 하니까 그건 두고, 꼭 필요하다면 그냥 교수라고 붙여주세요."

"알겠습니다."

본인의 뜻대로 〈이어령 교수 초청 기업문화 강연회〉로 만들어 붙였다.

행사 당일, 같이 저녁식사를 하면서도 우리는 그 이야기를 이러쿵저러쿵 꺼내놓고는 한바탕 웃고는 말았지만, 별 거 아닌 것 같은데에도 호칭은 인격과 직결되는 일이라 그때마다 신경을 안 쓸 수가 없다.

요즘 우리네들 사이의 호칭문제가 그렇다. 만만한 사이일수록 그게 더 어렵다. 앞서 이야기 한 게 그 대표적 예다. 자기 마음만 여기고 함부로 뱉었다가 그런 실수를 저지른 것이다.

가장 좋은 방법은 현재 직위가 있어 그 직함을 쓰면 그만한 것이 없겠지만 이미 일선에서 물러난 사람들이라 그 차선책으로 지난날의 직함을 쓰는 경우가 많다. 김 과장, 이 부장, 박 국장, 오 사장 등이 그 대표적인 예다.

그러나 거기에도 문제가 없는 건 아니다. 같은 '과장' 직 출신의 경우를 한번 보자. 공직의 중앙부서의 과장(서기관급)은 나이나 경륜으로 봐 상당한 비중을 갖는다. 지금은 선출직이지만 얼마 전까지만 해도 고을 원이라는 군수 직급이다.

그런가하면 구멍가게 같은 회사는 입사와 동시에 과장직을 주는 경우도 있는데 어떻게 같은 반열에 둘 수 있느냐가 그것이다. 모든 직함이 다 그 모양이라 여간 혼란스럽지가 않다.

사장님, 하고 불렀더니 앞에 가는 열사람 가운데 아홉이 돌아보고, 한 사람이 안 돌아보기에 그 사람은 전무더라는 내용의 유행가가 나온 게 벌써 30년도 더 전 일이다. 그러니까 '사장'의 이미지는 이제 혼탁(?)할대로 혼탁해져 더 말할 것도 없다. 오늘날 사장 아닌 사람이 어디 있느냐.

요즘은 회장도 흔해빠졌다. 계모임의 회장에서부터 각종 동호회, 동문 동창회, 종친회, 부녀회, 노인회 등 여기에 대표자가 회장이니, 의정동우회나 전경련의 회장과 바둑회의 회장이 또 그 모양이다.

교장, 면장은 영원한 교장, 면장이며, 시골에서는 대를 물려가면서도 교장 댁, 면장 댁으로 통했던 시절이 있었다. 아니 지금도 그게 통한다. 선생, 주사(主事)도 쉽게 얻는 자리가 아니다. 선생은 교수도 선생일 수 있으며, 주사는 6급 공무원으로 군(郡)단위에서는 계장급이다. 그런데 청소하는 사람도 선생이요, 심부름하는 사람도 주사로 통하는 게 현실이다.

나에게 붙여진 호칭만도 과장에서부터 실장, 사무국장, 회장 등이 수두룩하며 거기에 감사, 위원까지 있어, 따지고 보면 아무것도 아닌데 처음 들으면 조선 천지에 좋은 자리에는 다 섭렵한 듯한 인상을 주기 십상이다.

드문 일이지만 어떤 이는 날 보고 턱도 없는 '이 박사'로 불러 당황하게 만든 일도 있다. 엉거주춤한 사이고 보니 마땅한 호칭이 생각 안 나 자기 딴엔 실수 없이 한다고 그렇게 불러본 것 같은데, 이런 경우는 듣는 사람이 또 놀란다.

이왕 말이 나온 김에 하나 더 얘기해보자. 연전에 동기회 모임에서 있었던 일이다. 상대는 중학교 시절 같은 반의 심용진(沈龍鎭).

"여, 이 친구 정말 오랜만이다. 이름을 안 대면 얼굴만 봐가지곤 잘 모르겠는데."

"서로 안 본 지가 4,5십년 세월이 흘렀는데 많이 변했지."

"서울 물을 먹어 그런지 자네는 그래도 신수가 훤하다."

그는 이름 있는 회사 이사직에 있다가 나온 친구로, 요즘도 그 회사에서 각 시도에 깔아놓은 지사에 이름을 얹어놓고 약간의 활동비를 받아쓰고 있는 능력 있는 친구다.

"예끼 이 사람아. 모처럼 만나는 친구한테 자네가 뭐여. 듣기가 좀 그렇구먼."

웃음기를 걷고 정색을 한다. 영 기분 안 좋은 표정이다. '자네' 란 말에 수가 틀어진 것 같았다. 내 딴엔 오랜만에 만나는 친구들이어서 조심스레 한다고 골라 한 말인데 상대편의 심기를 건드린 모양이다.

"아니, 내가 말을 잘 못했는가?"

"잘 못했지. 그래, 자네가 뭐야. 나한테."

"그라믄?"

"차라리 너라고 해. 그게 나아."

"어데가 잘못됐는데? 난 도무지 이해가 안 된다."

사실이 그렇다.

"나보고 자네라 했잖어. 그래도 모르겠어."

"이상하다. 친구한테 자네라고 했는데 그게 뭐가 잘못됐다고…."

그만 분위기가 이상하게 돌아간다. 40여년 만에 만난 친구끼리 엉뚱하게도 말꼬리를 잡고 늘어지는 묘하고도 흉물스런 꼴이 되고 말았다. 처음 나는 자기는 나보다 잘났고 하니까 존댓말을 써달라는 줄 알았다. 그런데 알고 봤더니 자네란 말은 아랫것들에게 하는 낮춤말인데 왜 그런 말투를 자기에게 쓰냐는 거다. 자기가 부하들에게 자네라고 한다는 예까지 들었다. 그러면서 서울 와서 그런 말을 쓴다면 따귀 맞기 딱 알맞다는 수치심까지 안기는 게 아닌가.

　참 사람 미치고 환장할 노릇이다. 여기 우리는, 우리의 범위가 너무 넓다면 내 주위에서는 평교(平交)에 모두 '하게'를 쓰고 있다. 당연히 상대편 호칭은 '자네'가 된다. 문제의 해결이 어렵게 되었다. 판정관이 있는 것도 아니고 서로가 자기주장이 옳다고 하니 어쩔 수가 없다. 이런 경우 주변 친구들이 나서서 자기네 생각들을 펴주었으면 좋으련만 그들은 꿀 먹은 벙어리다. 남의 이야기에 끼어들어 욕먹을 필요가 없다는 표정들이다.

　사전이 만병통치약은 아니지만 이날 저녁 나는 평소 잘 하는 식으로 국어사전을 뒤적거려 '자네'를 찾아보았다. 나에게 해결방법은 그것뿐이니까.

　'하게할 자리에 상대를 가리켜 일컫는 말'로 나와 있다. 이번엔 '하게하다'를 찾아본다. '서로 대등한 관계이거나 또는 손윗사람과 장성한 손아랫사람에게 쓰는 하게체의 말씨'로 돼 있고, '하게체'는 '상대편을 예사 낮추는 뜻을 나타내는 높임말의 한 가지'로 돼 있다. 나에게 큰 잘못은 없는 것 같다. 유일한 원군(援軍)이다.

　나는 당장 용진에게 전화를 걸었다. 낮에 있었던 일을 해결 짓고 싶어서다.

"세상을 잘못 살았구먼. 세상을 교과서대로 사는 사람이 어디 있냐. 그건 어디까지나 낱말풀이야. 지금 이 나이에 우리가 낱말풀이로 살아서야 되겠어. 그러니까 나하고 이야기가 안 되잖아."

자초지종을 들은 용진의 대답이다. 일언지하에 묵살해버린다.

"그럼 일흔 밑자리 깔아놓은 사람한테 너라고 부르기도 그렇고. 자네는 당연히 안 되고, 그럼 내가 그쪽을 어르신이라고 부를까. 안 그럼 이사님이라 그럴까."

"됐어, 이 사람아. 사회생활은 그렇게 하는 게 아냐."

"…."

이야기는 더 나아가지 않았다. 더 나아갈 수가 없다. 그냥 그렇게 너는 너대로, 나는 나대로 지내는 수밖에. 만날 일이 별로 없다는 게 그런 다행이 없다. 지금도 우리는 그 일로 인해 불편하게 지내고 있다.

인문학(人文學)이 대개 그렇듯 여기에서도 '이것이다'라는 정답은 찾기가 어렵다. 다만 피해자(?)는 상대방이기 때문에 최소한 그 사람에게 귀에 거슬리는 말은 피해하는 것이 옳지 않을까 생각해 본다. 그러고 보면 그날 나도 큰 실수를 한 셈이다.

내리사랑과 치사랑

"자네 집 앞에 앉아있는 할머니는 누구여. 지난번에도 지키고 있더니만 오늘 또 지키고 있대. 담 밑으로 자리가 비어 있길래 차를 밀어 넣었더니만 턱도 없는 거야."

수성구에 있는 친구 집을 들렀다. 버스 코스가 마뜩찮아 차를 가지고 갔더니, 주택가여서 주차하기가 여간 불편하지 않았다. 더군다나 할머니 한분이 지키고 있어 더했다. 내 이야기를 들은 친구가 재미있다는 듯 허허 웃더니만 대답이다.

"나도 맘대로 못 댈 때가 있는데, 자네야 당연히 댈 수가 없지."

"그 할머니가 누구신데?"

"우리 위층에 사는 할매야."

"곧 간다고, 30분만 하면 된다고 해도 무조건 안 된다는 거야."

"그래서?"

"저어 쪽에다 갔다 놨지. 별 수 있어, 죽어도 안 된다는데."

"그럴 일이 있지. 허허허허."

친구는 또 한 번 재미있다는 듯 웃는다.

그 할머니는, 자기 집 2층에 옥탑방이 하나 있어 세를 놓았는데, 거기 세 들어 사는 이라고 했다.

이웃에 사는 어떤 사람이 그 방을 얻어 자기 홀어머니를 거기에다 모셔놓았다. 사는 집이 좁아서 그런 건지, 고부간의 갈등을 비롯한 집안의 불협화음 때문인지, 그들이 이산가족으로 사는 원인은 친구도 짐작만 할 뿐이지 잘 모른다지만, 뉘앙스로 보아 후자에 무게가 더 실려 있는 것 같다.

그러던 어느 날 그 할머니는 자기 아들이 퇴근해서 귀가할 때마다 승용차를 길가에다 대는 걸 알고는, 그때부터 오후 나절만 되면 담 밑을 독점해 차지하고는, 자기 아들 차가 대기 전에는 누구도 그곳에다 주차를 못하게 했다.

집 앞으로 2차선 도로가 간신히 나 있기 때문에 한쪽으로만 주차 공간이 허용돼 있어, 저녁시간만 되면 인근 사람들이 주차전쟁으로 난리를 치르는 판인데, 그 양반은 어머니 덕분에 고생 없이 주차를 한다는 것이다.

"내 집 앞이지만, 할머니 아들 차가 먼저 대면 몰라도 안 그런 이상 나도 맘대로 못 댄다니까. 지팡이로 차 범퍼를 탕탕 두들기며

나가라는데 누가 무슨 재주로다 댄다 말여."

"그럼, 그 사람은 자네 집 앞에 주차하기 위해 일부러 자기 모친을 따로 모셔놨단 말야?"

"아니지. 어쩌다 그런 모양새가 돼 그렇지, 그런 건 아니구."

친구의 이야기를 종합해보면 그런 것과는 무관하지만, 어쨌건 결과는 그런 꼴이 돼 있다는 것이다.

친구는 이야기 끝에, 조석으로 끼니때마다 며느리가 밥을 해 나른다는 이야기며, 할머니는 노인을 혼자 두기가 뭣해 마련해준 듯한 강아지 한 마리를 키우고 있는데, 가끔 그 놈이 마당으로 내려와 돌아다니는 바람에 식구들이 한 번씩 놀란다는 이야기를 더 붙인다.

"참 소설 같은 이야기구만."

다 듣고 난 뒤 내 입에서 한숨과 같이 나온 말이다.

"그 양반은 모친 덕분에 주차걱정 하나는 안 해도 되겠네."

"말도 마이소. 비 오는 날은 우산을 쓰고 지킨다 아이라요. 하루는 밤이 열시가 넘었지 싶은데 그때까지 안 주무시고 지키고 있더라니까요. 참 대단한 노인이시지."

친구 부인이 보탠 이야기다.

자식은 어머니랑 한 지붕 밑에서 같이 살기가 귀찮아서 방을 얻어 내놓았는데, 그 어머니는 그래도 지극정성이니 부모자식간의 '내리사랑'과 '치사랑'이 어떤 의미를 갖는지 한번 심각하게 생각해볼 수밖에 없는 대목이기도 했다.

그리고 보니 우리 아파트 경로당에도 그와 유사한 일이 하나있다. 회원 가운데 한분이 단지 밖 주택에서 드나들기에, 처음엔 그 동네 사람인줄 알았더니, 아파트의 자식가족과 그런 식으로 이산가족이 되어 살고 있었다. 그러나 그때는 아파트라는 주택구조가 다세대가 함께 살기엔 곤란해 그런가 보다고는 대수롭잖게 생각했었는데, 다시 생각해보니 그거나 하나 다를 게 없는 일이다.

저녁때가 다 돼 친구 집을 나오면서 보니, 할머니는 여전히 그 자리에서 요지부동으로 자리를 지키고 있었다.

나는 할머니를 다시 한 번 봐야했다. 그 자세, 그 표정이 가부좌를 틀고 앉은 여래상(如來像)이 다른 게 아님을 말해준다. 자식이 귀가할 때까지 충분히 그러고도 남을 모습이다.

돌아오는 차 안에서 이런 걸 생각해보았다. 옛날에 어머니가 너무 오래 살아 자식이 고려장을 하기 위해 어머니를 지게에다 지고 산을 찾아간다. 그러나 어머니는 당신을 생매장하는 데 대한 섭섭함은 고사하고 자식이 나를 묻고 돌아오는데 혹 길을 잃을까봐, 업혀가면서도 소나무 가지를 하나씩 꺾어 던져두어, 길을 잃어버리지 않게 표시해놓는다는 이야기.

이런 일이 실제 있었는지 없었는지 그건 둘째 문제다. 이런 이야기가 만들어지자면 그동안 얼마나 많은 갈등이 이들 사이에 있었는지 짐작이 가기 때문이다.

그리고 또 하나 문득 자화상을 보고 있는 듯한 느낌을 받았는데 왜 갑자기 그런 생각을 하게 되었는지 그건 나도 잘 모르겠다. 괜한 감정의 낭비인지는 모르겠지만, 봉양과는 무관하게 주차를 도와준다는 빌미로 자식의 얼굴이나마 자주 볼 수 있다는 마지막 자애(慈愛)도 한번 생각해볼 수도 있다. 그런 일이 없다면야 상황으로 봐서 모자의 만남이 쉬운 것만은 아닐 것 같기에 해보는 말이다.

달성공원 고목 그늘에 나와 앉아 있는 수많은 노인네들, 그들 누구도 젊었을 때는 자기가 거기 나와 초점 잃은 시선을 하늘자락에다 걸어놓고, 죽는 날만 기다려 하루, 이틀 보내고 있으리라고는 생각하지 않았을 게 아니겠는가.

우리는 곧잘 자기 자식에게 하는 관심의 1/10만이라도 부모에게 쏟는다면, 그리고 직장생활을 할 땐 상사에게 하는 정성 1/10만 보여도 주변에서 효자비 세워줄 것이라는 말을 해왔고, 지금도 하고 있다. 그런데 그게 잘 안 된다. 물론 내가 안 되니까, 못 하니까 하는 이야기다.

우리는 자연법칙, 즉 자연현상을 외면할 수 없다. 이는 밀림에서 가장 적나라하게 나타난다. 여기에 사는 동물들이 제 어미에게 하는 걸 보면 비유가 된다. 크게 보면 인간도 하나의 동물이고, 동물인 이상 본능과 영역에서는 자유롭지 못함을 좀 구차하지만 한번 생각해본다. '내리사랑' 과 '치사랑' 이 여기에 뿌리가 있는 건 아닌지 모르겠다고.

하지만 우리는, 우리 스스로 만든 말이지만 만물의 영장인 인간이 아니냐고, 인간의 탈을 쓴 이상 동물과는 달라야 할 것이 아니냐로 자승자박(自繩自縛)의 매듭을 만지작거리며, '효' 와 '불효' 를 넘나들고 있다.

만날까, 말까, 그것이 문제로다

아내가 안 듣던 목소리라며 내게 바꿔주는 전화 한통을 받았다.

"예. 전화바꿨습니다."

"이응수 씨?"

"예 내가 이응순데요."

"나 문명호(文明浩)야. 알겠어?"

"문명호?"

동명이인(同名異人)이 아니라면 나랑 고등학교 동기생이다. 그러나 안 본 지가 40년도 더 돼 목소리를 들어도 감이 안 잡히나 이름 하나는 생생하다.

"그래. 김천고등학교…. 우리 동기 아냐."

"알지, 내가 왜 문명호를 몰라. 아따 이사람 정말 오랜만이다. 안 죽고 사니까 만나기는 한번 만나는구나."

솔직히 그 사이 한 번씩 이 친구가 어떻게 지내나 해서 궁금하기도 했던 친구다. 연간 한두 번씩 만나는 동기생들 모임이 있지만, 거기에도 생활이 번듯하고 윤기가 흐르는 친구들이나 자주 나오지 우리 같은 백성들은 그 축에도 못 들어 귀동냥으로 그쪽 소식을 듣는 편인데, 그 친구 얼굴도 잘 안 보이더라는 소문이고 보면, 모르긴 해도 나와 비슷한 처지는 아닌지. 그래서 근황도 잘 모를 뿐만 아니라 까맣게 잊고 있었는데 오늘 뜻밖에 전화가 온 것이다.

그러나 이상하게도 반가운 인사와는 달리 머리는 혼란스럽기 시작한다. 까맣게 잊고 지냈던 친군데 이 친구가 왜 전화를 했을까가 문제로 등장한 것이다. 혹 보험 하나 들어달라고, 다단계에 가입해 달라고, 또는 유사종교에 나를 끌어들이려고 찾은 건 아닐까.

좋은 일이 생겨 그걸 나랑 나누기 위해 찾은 건 분명히 아닐 것이다. 지금까지 내 경험으로 미루어, 모처럼 찾는 전화가 어떠했다는 걸 잘 알고 있는 나로서는 그런 생각밖에 할 수가 없다. 거기에다가 옛날 일이 하나 떠올라 인간적으로 미안함까지 보태진다.

내가 직장에 팀장으로 있을 때니까 한 25년 전 쯤 일이다. 옆자리 동료가 수위실에 친구가 면회 왔다면서 메모지를 내놓는데 보니 문명호였다. 지금 자리에 없으니까 전화번호를 남겨놓으면 나중에 전화하겠다는 말을 전해 돌려보낸 일이 있었는데, 문득 그 일이 또 전과(前過)로 남아 사람을 엉거주춤하게 만든다.

받아둔 전화번호는 오래도록 비망록에 적어두었다가 얼마 전에 정리하면서 없애버렸다. 한동안 번호를 볼 때마다 전화정도는 한 번 하는 게 도리라는 생각이 몇 번 들었지만 결국은 못하고 오늘에 이른 것이다. 이유는 딴 거 없다. 속물적인 내 판단으로, 좋은 일로 나를 찾아올 일은 천만에 없을 테니까, 만나봐야 나에게 득 될 게 없다는 선입견 때문이다.

또 떠오르는 게 하나 있다. 특별활동으로 같은 문예반에 있었는 데 반장선거에서 내가 한 표 차이로 떨어진 일이 그것이다. 그날 참석한 반원이 모두 20여명 남짓 되는 걸로 기억하는데, 그날 뒤로 내가 조금 마뜩찮은 내색을 하자 지도교사가 달래주던 일이 새삼스럽다.

"신경 쓸 거 하나 없다. 실력이 중요한 거지 감투 그거 뭐 대단한 거라고. 김천문화제(제4회)에서 늬가 장원을 해주이 얼매나 좋노. 하교 빛은 늬가 다 안내나. 그럼 됐지 머,"

당시 지도교사인 배병창(裵秉昌, 시조시인, 동아일보 신춘문예 시조〈旗〉당선)이 다독거려주던 일도 떠오른다.

어쨌거나 고운 정 미운 정이 엉켜있어, 마음먹기에 따라 형제 이 상으로 가깝게 지낼 수도 있었는데, 그동안 세상이 만들어놓은 염 량(炎凉) 관념에 사로잡혀 엉뚱한 생각들을 하고 있었던 것이다.

"더 여러 말 할 거 없고 내일 시간 어떠노. 중앙통 미도다방으로 나오게나. 더 늙기 전에 얼굴이나 한번 보자."

"좋아. 다른 이야기는 그때 만나 얘기하지."

하지만 그때까지도 이 친구가 갑자기 나타나 만나자는 이유가 도대체 뭘까, 자꾸만 본능적 경계심이 쉽게 풀리질 않는다.

이튿날 다방으로 나갔다. 40여년 만에 만난 친구, 흔히 하는 이야기로 그 사이 강산이 네 번 변했다. 순수한 옛날 정의(情誼) 하나로만 본다면 그 자리에서 끌어안고 뒹굴어도 괜찮을 그런 상대다.

수인사 끝에 그는 책을 한권 내밀었다. 생활 일선에서 물러난 뒤로 해외여행을 하면서 보고 느낀 걸, 우리 것과 비교하면서 기록했다는 일종의 여행 문화기록이었다. 친구의 지명도나 내용으로 봐서, 책에 가격은 표시돼 있으나 시판할 목적으로 간행한 것은 아닌 것 같고, 자비로 만들어 이왕 만든 것 친구들이나 지인들에게 한 권씩 나눠주는 듯했다.

"대수롭잖은 거다만 자네한테만은 꼭 한번 보여주고 싶어 그래 만나자고 했네. 내 딴엔 골몰해서 쓴 건데, 다 만들어놓고 보이 좀 그러네. 한번 읽어보래."

"어쨌거나 용하구만. 축하하네."

생활일선에 뛰어들고 나서는 모든 걸 다 버린 줄 알았는데, 내 마음 짚어 상대를 헤아린다고, 배운 도둑질이라 어쩔 수가 없나보다는 생각을 해본다.

알고 봤더니 오늘 날 만나자는 목적이 그것이었고, 그게 전부였다. 그만 맥이 탁 풀어진다. 어쩌다가 내가 이렇게 옹졸하고 얄팍한 사람이 되었는가. 가끔 농으로 회갑 전엔 사람 되기 틀렸다는 말을 하는데 이건 죽기 전엔 사람 되기가 텄는, 인간말짜가 따로 없구나 싶은 생각마저 든다.

직장선배 가운데 한 사람이 '직장을 나온 뒤 소주 한 병 들고 찾아오는 후배 한 사람만 두었다면 그 사람은 직장인으로 성공한 사람'이라고 실토한 적이 있는데, 문득 그 생각이 떠오른다. 그때도 나는 그건 사실이겠구나 싶은 생각을 했었다. 누구보다 내가 먼저 당사자로 떠오른다. 나 역시 직장을 그만둔 지 십수 년 지났지만 아직 그런 동료 한사람을 만나지 못했으니 말이다.

크게 잘한 것도 없지만 크게 못한 것도 없이 평범한 직장생활을 해왔다. 물론 그건 내 생각이다. 30년이 넘도록 한 직장에 있으면서 나름대로는 원만한 교우관계를 유지했고, 모나지 않는 처신에다 크게 욕 얻어먹을 짓은 안했다고 자부한다. 하긴 그것도 어디까지나 혼자 생각일 뿐이지 남들이 어떻게 보는지 알 수가 없다.

직장동료들과 어울려 술자리도 많이 만들었고, 여기저기 찾아다니며 놀기도 많이 놀았으며, 경우에 따라서는 의협심을 내세워 조직을 위해서라면 못할 게 없다는 식의 호방(豪放)을 내세우기도 했다. 당시에는 모두 네 것, 내 것 없이 평생 동료라며 두터운 인간관계를 유지하며 지냈던 사람들이다. 그런데도 만나자는 후배가 한 사람도 없다.

역지사지(易地思之)로 나를 한번 생각해본다. 나 역시 먼저 직장을 떠난 선배를 한 번도 찾아본 일이 없다. 어쩌다가 우연히 만나

차 한 잔, 소주 한 병을 기울인 일은 있지만, 직장생활을 하면서 가슴을 적시었던 일이 있어 그 일로 찾은 사람은 한 사람도 없다. 나도 그런 처지에 내가 누구를 기다린단 말인가.

왜 그럴까, 나는 내 나름대로 한번 생각해본다. 일차적 원인은 그들과 가슴을 열어놓고 지내지 못했다는 데에 원인이 있을 것이다. 서로가 직급으로, 직위로만 관계를 지켰지, 그리고 일을 하기 위한 조직 구성원의 한사람으로만 처신을 해온 것뿐이다.

또 차 한 잔을 마셔도 서로가 주판알을 튕기며 한 생활은 아니었는지. 가끔 뜨거운 행동을 보이더라도 어디까지나 가식(假飾)으로, 객기(客氣)로, 만용(蠻勇)으로, 마지못해 척 했을 뿐이지 온기는 하나도 없는 행위들이 아니었는지, 다 떠난 지금 와서 돌아보니 만감만 엉킬 뿐이다. 그동안 지냈던 게 모두 거래이며, 교통이고 수작이었지, 그리고 구성원의 한사람으로 그 기능 역할만 했을 뿐이다.

직장을 그만 두는 그날로 모두 남남으로, 어떤 의미에선 원점으로 돌아가는 듯한 느낌을 받는다. 집에 있는 시간보다 더 많은 시간을 보냈던 사무실도 마찬가지 느낌이다. 괜히 그만 그 앞을 지나가기도 어색하고, 같이 일했던 동료들을 만날까도 두려워지는 것이다. 아무런 죄도, 못 만날 이유가 없는 데에도 그렇다.

우리들의 결속은 무척 단단한 것처럼 보였지만 묶고 있는 끈은 종이 끈이었으며, 관계가 끝나자 하루아침에 그만 헐어져버린 것이다. 그 대표적인 예가 오늘 친구의 책 앞에서 조금은 뉘우치며 꿈틀거리고 있는 양심의 한 조각이 잘 설명해주고 있잖은가 말이다. 내가 살아가는 데 당장 도움이 안 되면 그런 사람과는 거래할 필요가 없다고 생각한 사람이 바로 나였으니까.

이런 저런 이야기를 많이 나누었지만 끝내 언젠가 날 찾아온 이야기는 입에 담지 않았다. 분명히 나올 줄 알았는데 없다. 물론 나도 모른 척 넘겼다. 결국 여기까지 왔으면서도, 이제 다 끝난 일인데도 그도, 나도 가슴을 열지 않은 셈이다.

"그래 어쨌거나 고맙다. 내가 조용할 때 한번 연락할게. 소주 한잔 하자."

"그래 그렇게 하세. 또 연락할게."

다방을 나오면서 나눈 말이다.

조용할 때 한번 만나자고는 했지만 그 조용할 때가 언제가 될지, 또 전화도 한다고는 했지만 언제쯤 전화를 하게 될지 모두 미지수일 뿐이다. 세상이 그렇게 만든 건지, 내가 그렇게 처신하는 건지 아직 나도 자신이 없다. 원인은 모두가 가슴을 데우지 않아, 아니 데울 여유가 없어 그런 건 아닌지 모르겠다.

좀 떨어져 살기는 했지만 한번 해후에 40년이 걸렸는데 또 그쯤 세월이 흐른 뒤에야 연락이 닿을지 그걸 누가 알겠는가. 그때는 우리가 이 세상에 온전히 남아있을지 그것도 모르는 일인데.

친구야 미안하다, 입에 발린 말이지만 그 말 한 마디밖에 다른 할 말이 없구나.

누구나 할 수는 있지만 누구나 못하는 일

초인종 소리를 듣고 내다봤더니 아파트 경비원 구(具) 씨가 웃는 낯을 하고 있었다. 우리가 사는 동(棟)에는 문이 넷이 있는데 각 문마다 경비원 두 명이 맞교대로 24시간 씩 근무를 한다. 구씨는 다른 한 사람 김씨와 조를 이뤄 우리 2문을 맡고 있는 경비원으로 평소에도 관리비통지서, 반 회보, 민방위훈련 통지서 같은 것을 전해주러 자주 들르기 때문에 대수롭잖게 맞고 대한다.

"부탁말씀 드릴 게 있어 왔습니다."

그런데 오늘은 말도 표정도 좀 다르다. 몹시 옹색한 표정이다.

"무슨 부탁인데요?"

"여기 인장 좀 찍어주이소."

"그건 또 뭡니까?"

처음 나는 얼마 전 비행기 소음 때문에 관계요로에 진정서를 낸다면서 주민들의 뜻을 모우고 있다는 말을 들었기에 그런 데 내는 진정서인 줄 알았다.

"여게 일 년만 더 있을라고 그랍니다."

"?"

그가 내민 건 주민 협조찬반 동의서였다. 경비원 정년은 65세이기 때문에 다음 달이면 나이가 차 그만 두어야할 처지이어서, 그러나 그럴 형편이 못돼 조금만 더 근무하게 해달라고 관리소장에게 졸랐더니 소장이 해당 주민들의 승낙을 받아오면 가능하다고 해서 그래 찾아다닌다고 했다.

"규정이 있는데, 우리만 동의하면 된답니까?"

"그래 해준다캤습니다."

나는 찬성 칸에다가 사인을 해주었다. 본인이 직접 들고 와서 사정을 하는데 반대하겠다는 사람이 어디 있겠는가. 다른 칸도 모두 찬성이다.

"보기엔 우리보다 훨씬 아래지 싶은데, 벌써 그렇게 되셨어요?"

나는 그가 많아야 예순 두셋쯤으로 봤다.

"경비복을 입고 있어 안 그렇습니까. 이걸 입고 있으이 모두 그라대요. 대여섯은 덜 보인다고요."

"나도 신사(辛巳)생인데, 동갑이네요."

"아이구 모르겠심더. 누가 먹여주는 것도 아인데 나이 하나는 와 그래 잘 묵는지. 누가 나이 물을까 겁이 납니다."

들고 보니 남의 이야기가 아니다.

"도리 없지요. 세월에 이기는 장사가 있습니까."

"고맙심다. 안 졸고 잘 할게요."

얼마 전 경비실에서 잠깐 본 구씨의 모습이 떠오른다. 누가 찾아
온다고 해서 경비실에 들어가 구씨랑 이런저런 잡담을 나누며 창
밖을 지키고 있었다. 그때 나이 든 아주머니 한 분이 손자로 뵈는
서너 살짜리 아이를 데리고 경비실로 들어왔다.

"어허 참 오지마라 카더이만…."

아주머니는 구씨의 부인이었다. 두 평 남짓 되는 경비실이라 나
는 밖으로 나왔다.

"속은 좀 개한아요? 아침을 안 자시고 나가는 걸 봐서 그래 죽을
좀 쑤어왔구만."

"정로환 묵었더이만 개한은 거 같네. 오는 버스는 안 복잡하더
나?"

"자리도 있고, 조용하더구만."

"점심때가 돼서 그런 갑다."

"이자 술 좀 마시지 마소. 나이가 있는데 이기도 몬 하는 술을 머
한다고 자꾸 마시가지곤."

"안 묵다가 묵어 그렇제, 술도 크기 안 마싯다 카이."

"그래도 이자 이전하곤 다르구마. 끓여서 바로 왔는데 그새 다

안 식었는지 모르겠다."

"개한타."

준비해온 점심을 책상위에 차려놓고 아주머니는 밖으로 나온다.

"자아, 할아부지 밥 자시게 우리는 밖으로 나가자이."

"우짤래. 바로 갈래?"

"좀 있다가 빈 그릇 가지고 가지 뭐."

"좋도록 해. 이놈 모처럼 할애비한테 왔는데 빈 입으로 가서야 대나. 자 이거 가지고 요 앞 수퍼에 가바라."

구씨는 천 원짜리 한 장을 아이에게 건네준다. 아이는 할아부지 고맙습니다, 하고는 받아 할머니를 따라 나간다.

엿듣고, 엿보려고 한 것은 아닌데도 나는 그들의 이야기를 자연스럽게 듣게 되었다. 오늘 있었던 일과 그날 그들의 나눈 이야기와 분위기를 보면 그 집 가정이 어떠하다는 게 어림짐작으로 떠오른다. 수분(守分)을 알아 알뜰하게 서로가 위하며 살아가는 모습이 아름다운 그림으로 머리에 남는다.

경비원이 돌아가고 난 뒤 잠깐이나마 내 나이를 다시 생각해 본다. 그리고 이 나이에도 찾아보면 분명히 할 일이 있을 텐데, 무당이 마당 기운 것 탓하듯 엉뚱한 데에만 정신을 팔고 있는 것은 아닌지 모르겠다. 경비실 구씨가 오늘따라 사람이 다르게 보인 건 어인 까닭일까.

신랑감의 비호감 1위가 효자라니

    오후 내내 서문시장에서 살았다. 내일이 아버지 기일이기 때문에 제수(祭需)를 준비하기 위해서다. 아내는 쪽지에 적어온 물건들을 사고 나는 그것을 받아들고 뒤를 따른다. 1년에 너덧 번씩은 이런 생활을 한다.

    할아버지는 음력 5월, 아버지는 유월 중복(中伏) 즈음이 기일이라 제사 때마다, 할 소리는 아니지만 장보는 것도, 음식 차리는 것도 더위 때문에 곤욕을 치른다. 말을 안 해서 그렇지 아내에게는 더할 것이다.

    "간도 크지, 몸도 약한 기, 겁도 없이 이런 집에 우째 올라고 캤던지 모르지, 눈에 콩깍지가 씌었다카드이만, 엄니가 그러큼 말리는 걸, 그때는 와 몰랐던공."

귀에 딱지가 않도록 들어 이젠 별 느낌도 없는 이야기지만 어쩌다가 수가 틀어지면, 내 집에 온 지 40년이 다 돼가는 요즘에도 아내는 이런 이야기를 무대 위의 배우들 방백(傍白)처럼 한 번씩 내뱉곤 한다. 그때마다 나는 죄인 아닌 죄인이 되고 꿀 먹은 벙어리가 된다. 세상이 그런 세상이니 어쩔 수 없다.

내가 지내는 제사는 2대의 맏이로 조부 내외분, 아버지 해서 세 분인데, 조모 한분이 더 있어 네 번을 지낸다. 거기에다 설, 추석의 절사(節祀)를 보태면 여섯 번인데 이건 우리 집에서 내가 모시는 숫자이고 큰집, 작은집을 오가며 지내는 제사를 모두 합하면 여남은 번 돼, 느낌으로는 거의 돌아서면 또 제사다, 싶을 때가 많다. 거기에다 묘사(墓祀)가 별도로 있다.

그렇게 지내오다가 몇 년 전부터 줄여, 내외분을 바깥 분 기일에 합설(合設)로 지내, 명절 제사까지 5번 지내고 있다. 큰맘 먹고 혁신을 한 것이다. 우리 문중 관습으론 4대 봉제사(奉祭祀)인데, 아마 할아버지나 아버지가 안다면 벼락 맞을 짓을 한 셈이다.

나를 낳아주고 길러준 조상을 추모하는 일을 타산적으로 이러쿵저러쿵 한다는 건, 전통이나 관습으로 볼 때, 더군다나 미풍양속의 가례로 이어오는 사람들에게는 세상에 없는 결례가 될지 모르지만, 그리고 어쩌면 나도 그 가운데 한사람으로 지금까지 잘 지켜온 사람이지만, 그러나 이젠 나도 제사를 지낼 때마다 이건 잘못된 거라고, 변해야 한다고 생각하는 사람이 되었다.

솔직히 말해, 나를 낳아준 조상의 은혜에 감사한다는 숭고한 마음으로 기일을 기다리며 맞은 일이 거의 없다. '없는 집 제사 돌아오듯' 맞았고, 의무니까, 남들 눈이 있으니까 그렇게 유지해온 것뿐이다. 혈육인 내가 그 모양인데 들어온 가족인 아내나 제수(弟嫂)씨들은 말할 것도 없을 것이다.

할 이야긴지 아닌지 모르지만 나에게 삼종(三從)인 우리 큰집 질부(姪婦)는 아이 둘을 낳고도 이집에서는 더 이상 살기가 힘들다며 집을 나갔다. 큰집 형님도, 조카도 모두 사람 좋다고 호를 찬 사람들인데도 질부가 집을 나간 걸 보면, 혼자 생각이지만 이유는 빤하다. 빠듯한 생활에 질곡 같은 관혼상제 때문이라고 본다. 질부가 집을 나간 지 어언 20여년이 넘고, 그 뒤로 맏조카가 회갑을 넘도록 혼자 살고 있는 게 딱하기는 하지만, 꼭 나간 질부만 나무라기는 싫은 게 내 생각이다.

가례문화라는 게 전통에만 엄했지 변하는 큰 흐름의 적응에는 너무 인색하고 몸을 사린다. 제사 하나를 안 지냈다가 무슨 일이 터지면 모든 걸 그것과 연관시켜 덤터기로 해결 보려는 주술적 심성에도 이젠 반성이 필요하다.

요즘 누구 없이 관혼상제 이야기가 등장하면 왈가왈부로 언성을 높일 때가 많다.

"아니, 명절이 여남은 개나 되나, 기껏해야 설하고 추석밖에 더 있어. 그날 하루 와서 음식 만드는 걸 가지고 스트레스가 어쩌고,

명절 신드롬이 어쩌고 하는데 참 기도 안 찰 노릇이지. 그 음식을 누가 먹나 말여, 모두 저거들 먹는 거 아냐. 남이 먹는다고 해봐야 시아버지 시어머니야. 친정에 가면 일 안 한다 그러지만 거기엔 밥도 안 먹나. 그 밥은 누가 하는데. 그 밥하는 사람도 결국은 남의 딸 아니야."

"우리 같이 교회에 나가면 될 거 아닌가. 기도 한번이면 다 되는데 뭐 걱정이야. 제사나 그거나 똑같은 거라구. 상다리가 찌그러지게 채려봐야 묵고 갈 조상은 어디에도 없다네. 차린 놈만 죽어나는 거제."

"우리는 한식(寒食) 날에 모든 귀신들은 다 오라고해서 그래 한참에 지내도록 했구마. 우리 편하도록 하믄 대는 거 아냐. 질질 짜지 말고 자꾸 바꾸란 말야. 노래에도 바꿔, 바꿔 카는 게 있잖아. 하기 싫음 하기 좋도록 바꿔야지."

"요새 며느리 감들한테 물어봤더이 비호감 1위가 '효자' 라는구만. 시상에 이런노무 꼬라지가 어데 있나 말여. 사람 참 미치고 환장할 노릇이제. 나중에 저네들은 자식 안 놓을란강. 그놈들이 효자 노릇하면 또 그때는 뭐라고 변명할건데."

"자식새끼들 절대로 잘 키울 필요 없다. 가방 끈 길면 길수록 열받는 건 임자들이여. 너무 잘나면 나라가 데리고 가거나 외국에 나가 살게 돼 있고, 쪼오끔 잘 키우면 저거 장모 존일 시키는 거고, 영안 된 놈 그 놈이 바로 임자 차지여. 굽은 나무가 선산 지킨다고 안

239

그래. 그게 그 말이라구. 알기를 그래 알믄 댄다고."

이런 이야기들은 끝이 없다.

아내가 배 세 덩이를 사오면서 내게 묻는다, 그렇게 큰 것도 아니다.

"당신 한번 알아 맞춰보소. 이거 하나 얼매 줬겠어?"

"그걸 내가 우째 아노."

"세상에, 한 개 3천 5백 원 달라네."

"작년에도 그래 줘놓곤."

"작년에는 그래도 크기나 했지. 재래시장이 좀 쌀 줄 알았더이만 그거도 아이구마."

"조기는 얼마 하더노?"

"한 마리 만 2천원. 그거도 중국산이 그렇다 카이."

"작은 거 사서 흉내나 내지 뭐."

"저거도 돈을 보태는데 싼 거 사봐라, 모두 욕은 나한테 돌아오는구마.

동생들을 의식하는 눈치다.

"모르겠다. 당신이 알아서 해라."

"문어는 다리 하나만 샀다."

"신경 쓰지 말고 하는 대로 하라카이 그런다."

아내는 예절이나 경모(敬慕)쪽 보다는 저녁에 들이닥칠 시동생들이나 동서에게 더 신경을 쓴다. 우리가 얼마씩 내놓는데 제수가 왜

저모양이냐, 적어도 그런 소리는 듣기 싫단다.

"조기 이거 두 마리 2만 4천원 줬다 캐바라 누가 믿겠노. 직접 산 나도 긴가민가한데."

아내 이야기가 위험수위를 넘을 것 같아 나는 또 그쪽으로 신경을 쓴다. 이런 걱정을 왜 또 내 자식한테 시킨다 말이고, 하는 소리가 나올 것만 같아서다. 아직 제도권에 묶여 사는 우리세대가 그 모양인데 다음 대는 더 할 것이 아닌가. 이런 정성(?)으로 지내는 제사, 과연 그런 제사가 필요한 것인가.

역사학자 아놀드 토인비는 문화도 생로병사의 과정을 밟는다고 한다. 관혼상제 가운데 관은 없어졌으니 다음으로 사라질 것은 제사로 보는 사람이 많다. 문화란 그 시대를 사는 구성원들의 공유가치에 따라 필요에 의해 생성되고 사멸한다고 보면 제사가 없어질 날도 언젠가는 오리라 본다.

그러나 아직은 어쩔 수 없는 일, 효도가 이상한 방향으로 흐른다. 오늘은 종일 아내의 심기가 불편하지 않도록 비위를 맞춰 시중을 들어야 하는 게 내가 할 일이다.

이제 길어 10년, 짧으면 5년이야

곽병원(郭病院)에 친구 순병(淳秉)의 병문안을 갔다. 곽병원은 노인들에게 비중을 둔 종합병원으로 노인교실을 운영 고혈압, 당료 따위의 노인성 질병에 대한 공개강좌도 곧잘 열어, 그런 관계로 나도 가끔 한 번씩 들리곤 하는 곳이다.

"자네한테는 순병이한테서 전화 안 왔더나. 시상에 없는 입원을 한 건지, 우리 나이에 입원 안 해본 사람이 누가 있다고, 나 입원했으이 문병 안 오냐며 벌써 두 번째 전화가 왔다. 안 가봤거든 전화 받기 전에 같이 한번 가보자."

친구 창수의 이런 전화를 받고 같이 간 것이다. 그 친구 입원했다는 이야기는 언뜻 들었지만 대단찮은 병 같고, 또 가면 빈손으로 갈 수도 없고 해서 모른 척하고 있던 참이다.

입원했다는 사람이 병실에는 없고 7층 옥상 등나무 그늘에서 바둑을 두고 있었다. 상대는 한 병실 환자였다.

"잘 헌다. 무슨 놈으 환자가 병실에는 읍고…. 사이비 환자로구만."

창수가 순병의 어깨를 툭 치며 이른다.

"어, 왔구나. 거기 앉그라. 다 됐다."

바둑을 마친 뒤 조용한 휴게실 구석으로 자리를 옮긴다.

"자네 입원했을 땐, 난 얘기 다 듣고도 가보질 몬 했다."

창수에게 전화질 했다면 분명히 나에게도 할 사람인데, 그가 내게 전화 안한 까닭은 알만하다.

"입원 한번 해보이 어때?"

"이젠 좀 살만하다. 첨 들어올 땐 이래가지고 바로 가는 줄 알았다 아이라."

"어디가 어때서?"

"근무 마치고 들어와서 목욕탕에 들어갔는데 고만 세상이 빙 도는 거 아이겠어. 아즉 그런 일은 한 번도 없었거등. 바로 병원에 안 왔더라면 지금쯤은 우째 댔을지 모를 번 했다카이."

"자네 일하는 거 그거 때리치아라. 있는 거 쓰고 죽으만 대지, 얼마나 더 살겠다고 자꾸 그런데 붙어 있노."

요즘 그는 증권사 지점이 있는 5층 건물의 주차관리요원으로 근무하고 있다.

"안 그래도 그날로 사요나라 했구마. 묵고 놀면 머하겠노 싶어 댕기는데 그것도 심이 쓰였던가 봐."

"야, 이 사람아. 남 돈 먹는 거 그거 쉬운 기 아이다. 이자 그 정도는 알만한 나이도 됐는데."

"오늘이 꼭 스무 날 짼데, 곧 나가지 싶다."

순병은 그동안 병원에서 있었던 일을, 들어줄 사람이 없었으면 어쩔 뻔했던지, 다른 사람들에게도 그런 수다를 떨었는지 모르겠지만, 봇물로 쏟아놓는다.

간병인(看病人)을 쓰는데 정식으로 쓰면 하루 7만원을 줘야 하는데 청소하는 아주머니를 통해 쓰면 반값으로 쓸 수 있다는 이야기, 옆자리 사람은 오락가락하는 치매환자인데 그런 처지에도 여자 없이는 못살겠던지, 간병원이 얼씬거리면 오라고는 손을 잡아 자기 사타구니로 끌어넣는다는 이야기, 또 건너 쪽 환자는 어떻게 받은 건지 모르지만 국회의원 리본이 달린 화분을 신주처럼 머리맡에 두고, 마치 자기가 국회의원이나 된 듯 거드름을 피우더라는 이야기 따위로 침을 튀긴다.

나도 한마디 안 거들수가 없어 생각난 김에 한마디 건넨다.

"여기는 어떤지 모르겠다. 내가 입원했던 병원은 무슨 놈의 혈압기가 같은 사람을 재는데, 재는 거마다 다른 수치가 나오는 거 있지. 의사한테 한번 얘기했더이 하나는 수동이고 하나는 디지털이라서 그렇다나. 그게 말이나 되는 얘기여."

"일흔 줄에 드이까 성한 놈이 없더구만. 너나없이 모두 환자여."

"그걸 이제사 알았단 말이지. 왜 말이 있잖어. 예순 넘으면 잘난 놈이나 못난 놈이나 같고, 일흔 넘으면 배운 놈이나 못 배운 놈이나 같고, 여든 넘으면 집에 있으나 산에 있으나 똑같더라는 이야기."

창수의 이야기다.

어느 틈에 우리가 여기까지 왔을까. 언제부터 우리가 죽음을 이야기하면서 이처럼 천연덕스럽게 주고받을 수 있었던가. 이 나이, 이 처지가 아니고는 모를, 오묘한 섭리로밖에 받아들일 수없는 일이로다.

배우는 것도 노는 것입니다

　요즘 새벽 네 시 전후가 되면 절로 눈이 떠진다. 시계를 볼 것도 없이 아주 정확하다. 보통 9시 뉴스가 끝날 때쯤 해서 잠자리에 들지만 좀 늦게 자더라도 깨는 시간은 변동이 없다. 어느 틈에, 이젠 그게 습성으로 몸에 붙은 모양이다.

　나는 머리맡에 둔 휴대용 라디오에 연결된 이어폰을 귀에다 꽂는다. 저녁에 잠이 잘 오지 않을 때 수면제 대신으로, 새벽잠이 없어 전전반측할 때를 대비해 준비해둔 것이다. 그때쯤이면 KBS의 〈지금은 실버시대〉가 막 시작되었거나 테마뮤직이 흐른다.

　요일별로 각각 다르게 편성된 프로그램인데 오늘은 〈원로에게 듣는다〉는 토크쇼다. 어느 대학교 대학원장을 지냈다는 사람이 은퇴 후 지금까지 살아온 이야기를 사회자랑 대화형식으로 나누고

246 이것만은 남기고 가야지

있다. 과문 탓이겠지만 출연한 사람은 처음 듣는 이름이다.

"…난 예순 일곱에 모든 일에서 손을 놓았습니다. 더는 찾는 사람도 없고, 아무도 찾지 않는데 여기저기 기웃거린다는 것도 그렇고, 용비어천가를 부른다는 건 생리적으로도 맞지 않고, 그래서 여생을 조용히 보내기로 했지요. 말이 조용히 보내는 거지, 구체적으로 말하면 빈둥빈둥 놀면서 죽는 날만 기다린다, 그런 말 하고도 같지요. 무위도식으로 지낸지 올해로 꼭 12년 됩니다."

"무위도식이라뇨 무슨 그런…."

"무위도식이 뭐 별건가요. 허송세월로 밥만 축내는 게 그거 아닙니까. 그런데, 그때는 십년쯤 뒤면 죽는다고 생각했지요. 남자 평균 수명이 일흔 밑돈다고 할 때니까 말입니다. 그런데 죽어야 할 사람이 아직 안 죽고 살아있더란 말입니다. 그동안 죽을 때는 죽더라도 사는 한 건강하게 살아야 되겠다고 운동을 해서 그런지는 모르지만, 아직도 난 건강하단 말입니다. 내가 느끼기엔 10년 전이나 지금이나 똑같아요. 이런 얘기 방송으로 나가서 어떨지 모르겠습니다만, 옆에 젊은 여자가 지나가면 나도 모르게 눈길이 가기도 하더라, 그 말입니다. 작년부터 내가 새삼스레 논어를 들고 앉은 게 그래섭니다. 앞으로 얼마나 더 살지 모르겠거든요. 계획대로라면 지금쯤은 죽었어야 하는데 안 죽고 있으니 지난 10년이 허송세월이 됐더라는 거죠. 좀 객기를 부리는 것 같습니다만 앞으로도 10년을 더 살지, 20년을 더 살지 그걸 누가 압니까. 그래서…."

247

"오늘 선생님을 모신 것도 그래서 모셨습니다. 일흔 후반인데, 사서삼경에 도전한다고 해서…. 연세 높은 분들한테는 얼마나 힘이 되는 이야깁니까."

"소문만 났지 사실 어렵습니다. 재미가 있어 들고 앉았긴 해도 돌아서면 까먹는다니까요."

"선생님 연배시면 서당공부도 좀…."

"당연히 했지요. 그런데 나는 어려서부터 도방생활을 하느라고 고전을 제대로 못 배웠습니다. 지금도 그쪽으론 어두운 편인데, 책을 펴보니까 배울 게 너무 많더구먼요. 이 나이에도 모두 새롭고…."

"어떤 게 새로운 건데요?"

"논어 옹야편(擁也篇)에 이런 말이 나옵니다. 지지자 불여호지자 호지자불여락지자(知之者 不如好之者 好之者 不如樂之者)란 건데, 무슨 말인고 하면 안다는 건 좋아하는 것만 못하고, 좋아하는 건 즐기는 것만 못 하다란 뜻이지요. 무슨 일이든 한번 시작했으면 그 일을 즐겨가면서 하라는 건데, 얼마나 좋은 말입니까. 불광불급(不狂不及), 미쳐야 달성할 수 있다는 말과 같은 뜻으로, 바로 학문 하는 자세, 학문뿐이 아니지요, 농사를 지어도 마찬가지고, 노래를 불러도 마찬가집니다. 이보다 더 좋은 교훈이 어디 있습니까."

"전에도 누가 여기 나와서 그런 얘기를 한번 한 걸로 기억합니다. 자기 아들이 수학공부를 하는데, 그냥 공부를 하는 게 아니라 그 표정이 그렇게 즐거워보이더래요. 그러더니만 결국은 수학으로 성공을 했다 그러더구만요."

"지금 생각해보면 우리도 잘 못 배우고, 잘못 가르친 거예요. 바로 즐길 줄 아는 방법을 가르쳐야 하고, 그게 안 되면 뭐든 즐거운 걸 골라잡으라고는 그 길로 몰아 부쳐야 하는 건데, 하나에서 열이 모두 부모 욕심으로다…."

"참 그게 그렇겠습니다."

"요즘 나는 신이 납니다. 새로 학생이 돼 그런 데 나가보니까 새로 친구도 생기고, 그게 소문이 나서, 오늘 이런 방송도 타고하니 말입니다. 누가 보더라도 공부할 나이는 아니지만 그래도 좋은 걸 어쩝니까. 단테가 신곡을 여든이 넘어 썼다고 그러지만 그건 그냥 이야기지 믿기는 좀 그런 거 아닙니까. 내 생각은 그렇습니다. 앞으로 얼마나 더 살지 모르지만, 혹 십년 뒤에 그때까지 내가 살아, 내가 나에게 그동안 뭐했느냐고 물었을 때 대답거리나 하나 만들려고 그래서 책을 붙들고 있다고나 할까, 그래 생각하면 될 겁니다. 허허허."

"선생님 건강 보니까 아직 정정하신데요."

"늙은이 건강 그거 아무도 모릅니다."

거실에서 인기척이 난다. 아내도 잠이 안 오는지 곧잘 이 시간대가 되면 밖에 나와서 시간을 보낸다. 아직 5시도 멀었다.

아내가 하는 일이란 뻔하다. 볼륨을 줄여 TV를 보고 있거나, 화투를 꺼내 달 맞추기 패를 떼는 일이다. 언젠가 의사가 방송에 나와 화투 만지는 것도 치매 예방에 좋다고 한 일이 한번 있고부터는 틈만 생기면 그걸 차고앉는다. 우리 집 탁자 밑에는 화투가 항상 기다리고 있다. 물론 나도 한 번씩 차고앉아 패를 뗀다.

그만큼 머리를 써야 하니까 나온 말이지만 패가 열두 달 가지런히 맞아 떨어지게 하는 것도 쉬운 건 아니다. 때로는 대여섯 번을 달아 해도 안 떨어질 때가 많다. 요즘 아내의 패 풀어가는 솜씨는, 처음 보는 사람들은 혀를 내두를 만큼 능수능란하다. 바둑으로 비교하면 네 수, 다섯 수까지 앞을 내다볼 정도다.

다른 집들은 어떤지 모르지만 우리 집 새벽녘 풍정(風情)은 이렇게, 아침 신문이 배달될 때까지 뒤웅박으로 굴러간다.

우리는 모두 디지털 치매환자

얼마 전에 백담사를 다녀왔다. 만해(卍海) 기념관에서 붙어 있는 만해의 오도송(悟道頌)이 너무 좋아 그 자리에서 그걸 외웠다. 둔필 승청(鈍筆勝聽)이라고 나는 무조건 기록해놓고 보는 스타일인데, 내일 집에 가서 재생이 가능할까, 내 기억력을 한번 시험해본 것이다.

칠언절구(七言絶句)로 된 시문인데 그 전 같으면 아무것도 아닌 일이다. 그런데 이튿날 집에 와서 재생하려니 첫수 한련 밖에는 전혀 떠오르질 않는다. 기억에서 사라져버렸는지 둘째 구절부터는 아예 먹통이다. 결국 인터넷을 열어보고야 알 수 있었다.

男兒到處是故鄉 幾人長在客愁中 一聲喝破三千里 雪裡桃花片片紅
(남아도처시고향 기인장재객수중 일성갈파삼천리 설리도화편편홍)

내가 가는 곳 고향 아닌 곳이 있던가. 나그네 신세로 수심에 젖기를 수
십 번, 한 소리 크게 질러 세상을 깨워본다. 하얀 눈송이 속 저 복숭아꽃
좀 보게나

그러고 보니 요새 와서 기억력이 너무 떨어진다. 아는 사람을 만
나 악수까지 해놓고도 그 사람 이름이 떠오르질 않아 안절부절 못
한 게 한두 번이 아니다. 시력이 떨어져 돋보기를 써야 신문을 보
게 된 건 50대 초반인데, 그때 안과의사 이야기가 생각난다.

"퇴행성 안질이라 어쩔 수 없습니다. 필요할 때마다 돋보기를 쓰
는 수밖에는. 약으로는 고칠 수 있는 건 아닙니다."

퇴행성이라면 다른 말로 낡아 시들어가고 있기 때문에 복원이
불가능하다는 뜻 아닌가.

청력(聽力)도 조금씩 가는 건지, 휴대폰을 가지고 다니면서도 못
듣는 예가 허다하다. 거기에다가 떨어진 기억력까지 보태졌으니
아닌 게 아니라 보통 낭패가 아니다. 연배들 앞에서는 좀 잔망스런
소리지만 이제 다 살았구나 싶은 맘도 아닌 게 아니라 든다.

이 모든 게 어제 오늘 갑자기 생긴 건 물론 아니다. 통장 비밀번
호가 아물아물해서 아예 뒷면에다 적어놓고 쓰는 일이라든지, 집
을 나오면서 자물쇠를 제대로 채웠는지 몰라 주유소까지 나갔다가
다시 돌아가 확인하고 온 예가 비일비재다.

10여 년 전, 아이들과 어울리면서 일부러 소방차와 서태지와 아

이들을 구분 못한 척 능청을 보였는데, 이젠 정말 저 노래가 송대
관이 부른 건지 태진아가 부른 건지 모르겠으니, 이런 답답함이 있
는가.

한번은 내 집 전화번호를 몰라서 어리둥절한 일이 있다. 휴대폰
에 저장해서 단축다이얼로만 쓰다가 휴대폰을 두고 나와 빚은 해
프닝이다. 또 한번은 친구에게 우리 집 아파트 동, 호수를 가르쳐
주면서 202동 708호인데 807호로 불러줘 보낸 우편물이 돌아왔다
며 핀잔을 들은 일도 있다. 알던 유행가도 모니터에 가사가 뜨지
않으면 제대로 따라 부를 수가 없다.

그런데 살아가면서 외워야 할 숫자가 왜 그렇게 많은지, 그리고
자꾸 느는지 끝이 없다. 주민등록번호, 자동차 번호, 예금통장 두
개 비밀번호, 아파트 출입구 번호와 우리 집 호수, 우편번호, 일반
전화와 휴대폰 번호, e메일 주소와 비밀번호, 캐비닛 번호 등, 순수
하게 내가 매일 쓰다시피 하는 것만 해도 이정도인데 가족들 것까
지는 알고 있어야 하니 그것만으로도 머리가 한 짐이다.

친구 가운데 한 사람은 출가외인(出嫁外人)이라는 말이 도무지 생
각나지 않아 낙장불입(落張不入)이란 말로 대신했다며 허허 웃는 일
까지 연출을 했다는데 세상에 이런 코미디가 있는가.

누구에게 들은 이야긴지는 모르지만 이런 이야기가 생각난다.

어떤 사람이 죽어서 염라대왕 앞에 서게 되었다. 대왕이 그에게
물었다.

"생전의 일은 마감을 잘 해놓고 왔겠지?"

"아닙니다. 갑자기 불러서 일을 벌려놓은 채 그냥 왔습니다."

"갑자기 불려오다니, 분명히 내가 너한테 예고를 한 걸로 알고 있는데."

"저는 못 들었습니다."

"고약한 놈이로구나. 내 앞에서 거짓말을 하다니."

"어느 안전이라고 거짓부렁이를 하겠습니까. 정말입니다."

"돋보기를 쓴 일이 없느냐?"

"있습니다."

"틀니를 한 일은?"

"지금 제 이가 틀닙니다."

"늬가 서당에 다닐 때 너를 가르치던 스승 함자를 알겠느냐?"

"오래돼서 기억이 잘 안 납니다."

"그래도 나한테 거짓말을 할 테냐? 나는 너한테 두 번, 세 번 충분히 가르쳐 줬다. 그래도 몰랐다면 그건 내 탓이 아니라 네 탓이야. 이제 알겠느냐?"

"…."

이미 내 주변에도 염라대왕의 사자가 다녀갔음을 예고한 이야기가 아닌가.

우리 같은 사람들을 의사들은 "디지털 치매환자"라고 명명을 하는데 어쨌거나 슬픈 일이 아닐 수 없다.

늙어 대접받는 건 호박뿐이랍니다

시내 나갔다가 버스를 타고 들어오는데 러시아워라 버스가 만원이지만 내 옆자리가 비어 있는데도 아무도 앉지를 않는다. 모두 앉으려다가 나를 보더니만 주춤하고 그냥 옆에 매달려 선다.

"앉아요. 여기 비었어요."

권해보아도 괜찮다는 듯 사양을 한다.

술이라도 한잔 걸쳤다면 그 냄새 때문에 그렇다고 하지만 그렇지도 않다. 늙으면 냄새가 나게 돼 있어요, 양치질 하고 나가라고요, 가끔 아내에게도 듣는 잔소리다. 그래서 딴에는 조심을 한다고는 하고 있다.

이런 일이 오늘 처음 있는 것도 아니고 버스만 타면 종종 만나는 일이다. 나는 젊은 친구들이 내 옆에 잘 앉지 않으려는 까닭을 두

가지로 생각해 본다. 상대방이 할아버지 벌, 또는 아버지 벌이니까 조심이 돼서 그러리라는 것과 또 하나는 냄새가 난다거나 지분덕거려 말을 붙일까봐 피하는 경우가 그것이다. 그것밖에는 까닭이 없다. 그러다가는 스스로 후자로 결정을 내린다. 점잖은 말로는 소외 또는 외면이지만 시쳇말로는 왕따를 당하고 있음이다.

백화점 같은 번화한 곳엔 우리 나이의 사람들은 종일 있어봐야, 여자들은 더러 눈에 띄지만 남자는 좀처럼 구경하기가 힘 든다. 일부러 가서 한번 둘러보아 확인까지 해보았다. 심지어 그런 곳에서 나누어주는 전단(傳單)들도 아예 우리에게는 주질 않는다. 우리의 위치가 거기까지 와 있는 것이다.

내가 고등학교 다닐 때 일로 기억된다. 집안에 잔치가 있어 멀리 떨어져 살고 있는 고모가 왔다. 한쪽 방에서 고모랑 이야기를 나누고 있는데 집안 누나가 문을 벌컥 열고 들여다보더니만, 여기엔 아무도 없네, 하고 문을 닫고 나가버린다. 잔치 끝이라 풍물을 치며 같이 놀 사람들을 모으고 있는 중이란 걸 나중에 알았는데, 그때 고모가 내게 이런 말을 했다.

"나는 사람으로 뵈지도 않는 모양이제. 저들 노는데 날 끼워주믄 어때서 아무도 없다카노. 늙어 대접받는 건 호박뿐이라 카이."

생각해보니 그때 고모 나이 환갑 전으로 지금 내 나이보다 훨씬 적을 때의 일이다. 고모 말대로 늙어 대접받는 건 정말 호박뿐일까. 요즘 나는 그때 고모가 한 말을 솔직히 절감(切感)하고 있다. 요즘 내 모양이 그런 것 같다.

셋 있는 아이들을 모두 짝을 지워 치송시킨 건 아니지만 모두 집을 나가고 요즘 집에는 우리 내외만 있다. 누구 하나라도 계모임 같은 것이 있어 나가면 독수공방 신세가 된다. 혼자 TV나 보면서 세월을 보내는 것이다.

새벽에 잠에서 깨어나면 전전반측 온갖 생각이 다 떠오른다. 젊었을 때는 그래도 해가 뜨면 허물어지는 집이지만 기와집이라도 더러 지어봤는데 이젠 그것도 없다. 지난날 일들이 하나 둘 떠오르면 그 일들과 함께 남은 밤을 새운다.

국민(초등)학교 2학년 땐가 6.25를 맞아 그해 여름 인민군들이 우리 마을(성주 초전)까지 처내려왔고, 인민군들과 함께 큰집 재실에서 '장백산 줄기줄기 피어린 자국…' 어쩌고 하면서 배웠던 김일성 찬가도 생각나고, (김천)고등학교 졸업 무렵엔 한양대학교에서 주최하는 전국남여고등학교 문예작품 발표회에 뽑혀 올라가 운이 좋아 2등으로 입상한 일도 한 번씩 생각난다. 그때 심사위원으로 나온 조지훈, 박목월, 박두진 교수 등 청록파 시인들과 박영준, 곽하신 교수들도 생각이 나며, 그때 1등한 친구는 당시엔 이름만 알고 있었는데 나중에 알고 보니 그가 바로 『난장이가 쏘아올린 작은 공』으로 잘 알려진 작가 조세희 씨임을 알게 된 것도 그렇다.

공군 사병으로 입대(108기)해 K-2에서 근무할 때 F-86 한대가 격납고에 추락 20여명의 동료가 사망한 일이 있는데 그때 그 장소에

257

같이 있으면서도 무사했던 일이며, 제대한 뒤에는 시인 김규동(金奎東)씨 밑에서 일을 배운 것도 기억에 그냥 살아있다. 지금은 원로 시인으로 노후를 보내고 있지만 당시 출판계 일을 보고 있을 때 그분 밑에서 가정교사 겸 잡지사 기자로 뛰어다니던 일이며, 그 가운데서도 미우라 아야꼬(三浦綾子)의 소설을 번역한 〈原罪〉(본제목: 양치는 언덕)의 서문을 받기 위해 영화감독 신상옥 씨와 소설가 정비석 씨를 찾아간 일들도 생생하게 살아있다.

고등학교 2학년 국어책에 나오는 정비석의 기행문 〈山情無限〉은 우리들에게 명문장으로 알려진 수필이다. 나는 지금도 "울며 소맷귀 부여잡는 낙랑공주의 섬섬옥수를 뿌리치고 입산할 때 대장부의 흉리가 어떠했을까. 천년사직이 남가일몽이었고 태자 가신 지 또 다시 천년이 지났으니…"로 마지막으로 닿는 문장을 외우고 있다. 그때 정 선생님에게 그런 이야기를 나누며 만난 일은 당시 나에게 꿈같은 일이기도 했던 것이다.

〈영화잡지〉라는 월간지에 장동휘(5인의 해병 등에 나오는 배우) 씨를 소문만 듣고 인민군장교 출신이라고 기사를 썼다가 사무실로 찾아온 그 양반에게 귀싸대기 불이 번쩍 나도록 얻어맞은 것도 잊을 수가 없다.

모두 40여 년 전 옛날 일로, 잠이 안 오고하면 한 번씩 더듬어보는 기억들이다. 나에게는 보석같이 소중한 것들이지만 내가 가고 나면 그날로 모두 끝나는 일이 아니겠는가. 이 세상을 다녀간 수많은 사람들이 이런, 자기만이 가지고 누린 경험들을 떠나면서 다 가지고 간 것처럼.

어렸을 때 할아버지가 거처하는 사랑방에서는 새벽녘만 되면 담뱃대를 재떨이에다 두드리는 소리가 똑똑 났었는데, 지금 생각해보면 그때 우리 할아버지도 담배로 노후의 시름을 달래며 오늘 나와 같은 시간을 보내지 않았을까 생각해본다.

요즘 와서 이상하게도 혼자 있는 시간이 많고 잦다. 문밖에 나가더라도 상대할 사람이 없으니 혼자일 수밖에 없다. 가끔 어린이들이 노는 놀이터 근처를 배회하다가 그들의 노는 모습을 한참씩 지켜볼 때가 있다. 내가 저 나이 때는 무엇을 하고 있었을까. 탄피로 구슬치기를 하면서 보냈던 시절이 아니었나 싶다. 혼자 의자에 멍하니 앉아 이런 턱도 없는 잡념에 묻혀 허덕이다가 들어오기가 일쑤다.

늙으면 서럽다고 한다. 요즘 우리들 입에서 시나브로 나오는 말이다. '늙으면 죽어야 한다' 는 말의 완곡한 표현으로도 들린다. 신로심불로(身老心不老)라지만 그건 내 생각일 뿐이지 누구도 그렇게 알아주질 않는다.

친구도 하나 둘, 자꾸 줄어든다. 사별(死別)로 떠난 친구, 자식들 따라가 멀어진 친구, 서로 부담이 돼 못 만나는 친구, 어쩔 수가 없다. 형제자매도 그렇고, 자녀들도 그렇게 내 곁에서 멀어진다. 이런저런 사정으로 소원(疏遠)해지고, 소원하니까 자연히 소외계층으로 분류된다.

　대열에서 탈락되지 않으려고 컴퓨터를 차고앉아 이 잡는 시늉도 해보고, 휴대폰의 문자 날리는 것도 배워보지만 마땅하게 써먹을 상대가 없다.

　노인대학, 예절대학, 서예교실, 불교대학 등에서 그런 노인네들을 달래준다기에, 기웃거려보지만 마음뿐 정을 두어 발붙일만한 곳은 못 된다. 살아온 날들의 허망함을 가장 비참하게 느끼는 시간들이다. 이런 때 생각나는 글이 하나 있다. 불교에서 나온 말 같은데 출처는 어딘지 모르겠다.

　空手來空手去是人生(공수래공수거시인생)

　生從何處來死向何處去(생종하처래사향하처거)

　生也一片浮雲起(생야일편부운기)

　死也一片浮雲滅(사야일편부운멸)

　浮雲自體本無實(부운자체본무실)

　生死去來亦如然(생사거래역여연)

　獨一物常獨露(돈일일물상독로)

　湛然不隨於生死(심연불수어생사)

　빈손으로 왔다가 빈손으로 가는 게 인생이라

　어디에서 나서 왔으며 죽어서는 어디로 가는 건가.

　산다는 건 한 조각 뜬 구름이 이는 것이고

죽는다는 건 그 구름이 사라지는 것이라 했거늘

뜬 구름 자체가 실체가 없는 것인데

살고 죽는 게 또한 그 이치와 똑같은 것.

그런데 오직 하나가 늘 드러내놓고

어차피 가야 하는 그 생사의 길을 따르지 않으려 하네.

나는 이 글을 접할 때 마다 따르지 않으려는 그 하나 일물(一物)이 무엇일까 생각해본다. 여러 이야기가 있지만 나는 섭리에 거스르려는 '속기(俗氣)'가 바로 일물이라 생각한다. 안타까운 노릇이지만 나만이 가진 보물인양 추억에 싸잡혀 허둥대는 것도 실은 하나의 속기일 뿐 크게 보면 아무것도 아닌 것이다.

어느 스님이 저승 갈 때는 다 버리고 풍경소리 하나만 바랑에 넣어가겠다고 했는데, 실례될 이야긴지 모르지만 그것도 이승에서 물든 하나의 속기의 발동이라 본다. 하지만 나는 오늘도 뻔히 알면서 그 '일물'을 못 버린 채 또 하루를 보낸다.

정말 나는 불우한가

　빨간, 산초(山椒)씨만한 열매 세 개가 어우러진 배지가 있다. 꼭 나뭇잎 세 개가 형성한 '새마을' 배지와 비슷한 꼴이다. 평소에는 잘 안보이다가 연말연시가 되면 얼굴을 내놓는다. '이웃돕기' 배지라고 한다. 어디서 나온 것인지는 모르지만 이웃돕기 성금을 낸 사람들에게 나누어준다. 직장에 다닐 때는 나도 기분 좋게 달고 다녔던 배지다. 모양도 예쁘고 색깔도 고와 양복 깃에 달고 다니면, 아무것도 없는 것보다 보기도 참 좋다. 모양새로 봐서는 금배지나 사람얼굴이 도안된 배지보다는 월등하게 낫다. 더군다나 '나도 이웃을 도우고 있다'는 상생(相生), 공존(共存)의 의미도 담고 있어 자랑스럽기도 하다.

　요즘은 '이웃돕기'로 바뀌었지만 한때는 '불우이웃돕기'로 불

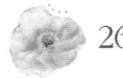

렀다. '불우'가 떨어져 나간 이면에는 이제 우리 주변엔 불우한 이웃은 없다는 뜻이 들어 있다는 게 당시 당국자들의 설명이다. 다시 말하면 의식주 해결이 못해 도와주는 것이 아니라 나보다 경제적으로 처진 사람을 지원한다는 모양새다.

그러고 보면 '불우'란 무엇을 의미한다는 게 나온다. 끼니를 거를 만큼 형편이 어려운, 가난하고 딱한 처지를 말함이 된다. 우리도 보통 그렇게 알고 지낸 터다. 그런데 이상하게도 이 불우(不遇)라는 글자를 풀어보면 '때, 사람 등을 만나지 못함'을 의미하는 걸로 나와 있다. 역설로 들어가자면 내가 이 모양이 된 것은, 내가 당신의 도움을 받아야 하는 것은, 나의 못남에 있는 것이 아니라 시대를 잘못 타고나서, 만나야 할 사람을 만나지 못해서 그렇게 되었다는 해석이 나온다. 참으로 어처구니없는 해석이 아닐 수 없다.

하긴 부모를 잘 만나서, 친구를 잘 만나서, 배우자를 잘 만나서, 이웃을 잘 만나서 세상을 신나게 사는 사람도 많다. 또 기회를 잘 타서 고대광실에서 살고 돈방석에 뒹구는 사람도 세상에는 없지 않다. 이들에게 불우란 말은 해당이 안 될 것이다. 떵떵거리고 사는 게 제대로 잘 만난 덕이 아니겠는가. 그러고 보면 사람이 태어나서 죽을 때까지 한평생 누리고 사는 게 모두 만남과 무관하지 않음을 알게 된다. 벌써 탄생부터 아버지와 어머니와 만남으로 이뤄진 것이니까 말이다.

우리는 곧잘 나의 잘못을 남의 탓으로 돌리려는 경향이 있다. 그것은 경향이라기보다 하나의 본능이다. 하찮은 차량의 접촉사고에서부터 국운이 걸린 정치판에 이르기까지 제반 일들이 모두 그렇다. '잘되면 내 탓, 못되면 조상 탓'이 그러하고, 이를 조금이나마 바로잡아보자고 한 종교단체가 벌린 '내 탓이오'란 캠페인이 그걸 잘 설명해주고 있다.

나는 재수가 없는 사람, 운이 없는 사람, 덕이 없는 사람, 하는 일들이 잘 안 풀리면, 그 원인을 자기에게서 찾으려는 것보다 시운(時運)을 잘못 만난 '불우'에서 찾아 더러는 스스로 '불우'하게 되는 경우도 우리는 많이 본다. 국어사전에 '불우'를 찾아보면 '잘못된 만남'이 먼저 나오고 두 번째로 '형편이 딱하고 어려움'이 나오는데 바로 그런 관계가 여기에 바탕을 두고 있기 때문이라고 본다.

호우고슬(好竽鼓瑟)이란 고사성어가 있다. 바로 불우란 이런 이야기를 두고 하는 건 아닌지 모르겠다.

옛날 제(齊)나라의 피리를 좋아하는 한 임금이 있었다. 벼슬 좋아하는 이가 그 사실을 알고는 한 자리 얻어 볼 양으로 거문고를 배워 궁문 앞에서 거문고를 뜯으며 살았다. 그 소리를 듣고 임금이 자기를 한번 쯤 찾을 줄 알았던 모양이다. 3년을 그렇게 지냈으나 누구하나 거들떠보는 이가 없어 결국은 돌아서고 말았다는 이야기다.

피리를 거문고로 잘 못 안 정보의 부재에서 온 건지, 세상 사는 방법이 틀려 그런 고지식한 짓을 한 건지 알 수가 없지만, 헛된 꿈은 그를 실패작으로 만들었고 그는 결국 불우한 사람이 되고 말았다.

그런가 하면 또 이런 이야기도 있다. 흥선(興宣)대원군 때 있었던 일로 전해온 이야기다.

하루는 대원군이 문하생들을 모아놓고 시를 한수 읊었다. 그러면서 그들에게 강평을 한번 해보라고 지필묵을 꺼냈다. 그런데 그때, 대원군은 아직 붓에 먹물도 찍지 않았는데 한쪽 구석자리에 앉아있던 서생이 벌떡 일어서며 이르는 소리,

"과연 절창(絶唱)이십니다, 대감님."

"아니, 이사람 보라지. 난 아직 종이에 붓도 가지 않았는데 절창이라니, 그게 무슨 얘긴고?"

"대원위 대감님. 이미 종이에 붓이 닿으면 그때는 너무 늦습니다. 앞에 많은 사람들이 앉았는데 언감생심 제가 칭송할 차례가 돌아오겠습니까. 대감님 글이라면 답은 이미 나와 있는 거고, 그래서…."

"허허, 참. 살다가 또 고얀 사람을 다 보는구랴."

말은 그렇게 해도 대원군은 그 서생의 말이 기특했고 높이 사, 뒷날 따로 불러 한자리 만들어주었다고 한다.

이런 일이 실제로 있었는지, 없었는지는 나중 문제다. 전자는 바람직하지 못한 처사로 불우한 사람이 됐고, 후자는 불우가 될 뻔한 처지를 적절하게 이용 기회로 만들어 성공한 사람이 됐다.

정말 내가 불우한 삶을 살아가게 된 원인이 어디에 있는지, 시운을 만나지 못한 원인이 내게 있는지 아니면 남에게 있는 건지, 한번쯤 생각해보게 하는 이야기다.

북망산(北邙山)에 핑계 없는 무덤이 없다고 한다. 이 말이 왜 나왔는지 한번 생각해본다.

다섯,
지는 태양이
더 아름다운 것은

저기 산자락을 베고 고단하게 누운 저녁노을 한번 바라보라. 얼마나 아름다운가. 여명(黎明)과
는 아예 비교가 안 된다. 일출과 일몰은 한 몸에서 이루어진다. 참다운 탄생의 가치는 일몰 뒤
의 발자국이 만든 모양새로 남는다.

그대, 노을빛 세상의 끄트머리에 서서, 상여 뒤에 따라올 사람들의 얼굴을 한 번 그려보았는
가. 아름다운 일몰은 아름다운 축복을 부른다.

언젠가는 우리도 저 두견총(杜鵑塚)으로 남아

　오늘도 한나절을 숲 속에서 보낸다. 여름이 가기 전, 나무에 시퍼런 기운이 조금이나마 묻어 있을 때, 하루라도 더 머무르고 싶은 생각에서다.

　내가 사는 아파트 뒤에는 가람봉(伽藍峯)이라는 외톨이 산이 하나 있다. 이름이 좋아 산이지 해발 200미터 남짓 높이니까, 우리 나이 사람들이 오르기엔 딱 좋은 언덕 같은 곳이다.

　"오늘은 마이 늦습니다."

　나도 적은 나이는 아닌데, 나보다 몇 더해 뵈는 먼저 온 이의 인사를 받는다. 면은 있지만 나는 아직 그가 어떤 사람인지 잘 모른다. 나처럼 산 밑 근처에 사는 이거니, 그리고 나이가 있으니까 생활 일선에서 한발 물러나 연금 같은 것으로 어영부영 지내는 이겠지, 정도가 전부다.

"날씨가 참 좋지요."

내 답례다. 아마 저쪽도 나를 그쯤 알고 있지 싶다.

굳이 통성명 없이도 지내는 데 불편함이 없어, 그런 식으로 지내고 있다. 거기서 마주치는 다른 사람들도 모두 비슷하다. 마냥 산이 좋고, 숲이 좋아 그 속에서 쉬려고 온 사람들. 숲의 중매로 알게 된 사람들이다. 내일 모레면 종심(從心)을 내다보는 연치인데, 이 나이에 내가 할 일이 뭐가 있겠나, 요즘은 산에 가서 나무하고 노는 게 일과라고 했더니 객쩍은 친구는 이른다.

"좀 있으면 마르고 닳도록 산에 가 누웠을 건데 뭣 한다고 벌써부터 안달이 나서 서두르나."

"미리 좀 친해두려고 안 그러는가."

참 우리가 생각해도 선문선답(禪問禪答) 같은 이야기다.

하얗게 눈 덮인 산, 무지개 단풍으로 채색된 산, 모두 그것대로 의미가 없는 것은 아니다. 그러나 산을 논하는 데 나무와 숲을 빼고는 이야기가 안 된다. 산의 생명이 바로 그들이 아니겠는가.

아마존 강 유역의 삼림(森林)이 지구의 허파라는 말이 왜 나왔는지 숲 속을 거닐어본 사람이면 답이 나온다.

몽블랑, K2, 킬리만자로 등 세상에는 유명한 산들이 많다. 그러나 나는 그런 데 오르는 사람을 산에 오르는 사람으로는 보지 않는다. 그건 산행이 아니라 공명심을 내세운 탐험으로 본다. 산에 오르는 사람은 먼저 자세가 소탈해야 한다. 정복, 소유 따위의 욕심은 아예 가져선 안 된다. 빈 몸으로 가서 빈 몸으로 오면 된다. 수십 년, 수백 년 전에 이곳을 내왕했던 이들이 그랬던 것처럼 그들과 더불어 지내다가 오면 그만이다. 부담이 아예 필요 없는 곳이 그곳이다.

부근에는 동행할 친구도 없지만 이런 곳은 친구 없이 혼자 가는 것이 더 좋다. 나이든 사람이라면 지팡이 하나 벗해서 오르면 더 이상의 것이 없다. 거닐다보면 친구는 절로 만나게 되어 있다. 내 마음대로, 내가 원하는 친구는 누구든 불러내면 된다. 서울에 있는 친구도 만나고, 타임머신을 타고 이미 세상을 떠난 친구도 불러내어 만난다. 뿐만 아니라, 신나는 공상으로 미지의 세계를 한 번씩 다녀오는 것도 그곳에서만 얻을 수 있는 수확 가운데 하나다.

그 가운데서도 가장 소중한 만남은 나를 만나는 일이다. 입아아입(入我我入)의 경지, 일상에서는 못했던 나와의 대화가 그것이다. 자신을 부추겨 힘을 넣어주기도 하고, 타이르기도 하며, 때에 따라서는 눈물이 나도록 자책(自責)으로 혼쭐도 내준다.

지나온 날들을 돌아보면 야단을 맞아야할 일들이 너무 많지만, 이제는 다 끝난 일, 대개는 자성(自省)과 위무(慰撫)로 서로를 달랜다. 이럴 때는 나도 갈데없는 소요학파(逍遙學派)가 된다. 철학자 아리스토텔레스가 〈리케이온〉이라는 아카데미에서 강의를 할 때, 강의의 한 방법으로 제자들과 산책을 하면서 공부한 사람들을 후

세 사람들은 학문적으로 소요학파라고 하는데, 여기를 거닐다보면 그들의 분위기를 조금은 알 것 같다.

누워서 하는 생각보다는 앉아서, 앉아서 하는 것보다는 서서, 서서하는 것보다는 걸으면서 하는 생각이 더 깊다는 과학적 근거가 있다는데, 이미 그들은 그때부터 그것을 알고 있었던 건 아닌지 모르겠다.

산은 대개 웅숭깊다. 그 웅숭깊음의 가운데는 나무가 있고 숲이 있어, 그들이 그렇게 만들어준다. 산을 오르내리는 길목에 묵은 묘지도 더러 있는데 그쪽으로 눈이 머물 때마다 묘한 감정에 젖는다. 상석 하나 없이 오랜 비바람에 시달려 본래의 모습을 잃은 채 잡초더미가 누워있는 무덤. 분명히 후손이 있을 텐데 이제 그들에게까지 외면당해 다시 산으로 돌아가기 위한 흔적으로만 남아있는 무덤. 누구의 무덤인지 모르지만 그 속에 든 사람도 한때는 우리처럼 한 세상을 그렁저렁 살다가 갔으리라.

"저런 묘를 두견총(杜鵑塚)이라고 그러더구만요."

이곳을 내왕하다가 누구한텐가 들은 이야기다.

"두견총이라구요?"

"네, 자손들로부터 잊혀진 묘를 그래 부른대요. 아무도 찾는 이가 없으니까 두견화가 피어나서 지켜준대나. 그래서 그래 부른답디다."

이순 나이에도 처음 듣는 이야기다. 듣고 보니, 누가 만든 말인지

271

는 모르지만 그럴싸하다는 생각도 든다. 나이 탓일까, 그 옆을 혼자 지나노라면, 가끔 언젠가는 나도 저런 두견총의 모습으로 남을 것이 아닌가 싶은 게 요새는 그게 예사로 보이질 않는다.

산을 오르내리노라면 가끔 지나온 삶이 부끄럼으로 안길 때가 있다. 산에게 그걸 배운다. 숲에 묻혀있을 시간이나마 세속과 허욕에서 해방될 수 있다는 게 너무 고맙다. 숲이 그렇게 가르친다. 배려가 아닌 베풂으로 받아들인다.

우리는 예부터 풍수를 곧잘 찾은 민족이다. 풍수가 무언가, 장풍득수(藏風得水)를 줄여 그렇게 부른다고 한다. 바람을 막아주고, 물을 얻을 수 있는 곳, 바로 이런 숲 가까이에 보금자리를 틀자는 말이 아닌가 생각해본다.

"난 먼저 내려갑니데이. 뒤에 천처이 내려오이소."

먼저 왔던 이들이 앞서 내려가며 건넨다. 어느 틈에 한나절이 후딱 지나고 있다.

"벌써 가시게요. 그럼….'

서로 부담 없이 만났으니 인사에 웃음이 절로 묻는다.

요즘 저탄소, 친환경 등으로 공해에서 허덕이는 하나뿐인 지구를 살리자고 전 세계가 야단법석이다. 느지막하게나마 자승자박을 깨닫는 눈치다. 그런 다행이 없다. 우리 같은 장삼이사(張三李四)에 복록(福祿)이 따로 있겠는가. 아파트생활 공간에 가람봉 같은 쉼터가 하나 있다는 건 나 같은 사람에게 큰 복록이다.

아, 너도 가고 나도 가야지

시내 볼일이 있어 버스에 앉았는데 휴대폰이 운다. 친구 수환(李
秀煥)에게서 온 전화다.

"강황(姜晃)이가 죽었다고 연락이 왔네."

"언제?"

"오늘 새벽에."

"기어이 가는구마."

내 입에서 나온 말이다. 오늘 낼 한다는 건 며칠 전부터는 알고는
있기 때문에 놀랄 일은 아니지만 막상 듣고 나니 새삼스레 인생무
상이 떠오른다.

"일찍 가보이 뭐 하겠노 저녁에 들여다보자. 방금 전화해 봤는데
아직 성복(成服)도 안했다 칸다. 그라이까, 저녁 여덟시 쯤 해서 가

보자. 영안실 입구에서 기다릴게."

"알았네, 그러세."

강황은 나랑 중학교 동기다. 졸업 후 한동안 떨어져 지냈는데 우연히 한 직장에서 다시 만나 30여년을 같이 지냈고, 퇴직 후에도 동우회랑 동창모임 등을 통해 주일이 멀다고는 만나 고스톱도 치고, 소주잔도 기울이고, 세상 욕도 같이하며 친하게 터놓고 지내온 친구다.

그는 작년 가을 폐암선고를 받았다. 이상하게 감기 뒤가 오래 가는 것 같아 종합검사를 해봤더니 폐암으로 나왔다는 것이다. 이왕 하는 수술 돈이 들더라도 대구보다는 서울이 좋겠다고 해서, 삼성의료원에서 수술 받았고, 8개월을 병원과 집을 오가며 투병생활을 하다가, 서울 병원에서 할 수 있는 건 다 했다며, 3개월 전부터는 이곳 동산의료원에서 치료를 받아왔었다. 통원치료를 하는 동안 친구 집에도 몇 번 들렀고, 불러내어 점심을 같이 한 적도 있었는데 그때마다 그는 '나 쉽게 안 죽는다. 평균수명이야 못 채울라고' 하며 자신 있다고 큰소리를 떵떵 치던 친구다.

얼마 전 새로 입원했다는 소식을 듣고 문병 갔을 때 그는 생명의 끈을 놓을 수밖에 없는 한계에 다다랐던지 기진한 한숨과 함께 가슴속 이야기를 꺼내놓았다.

"아무래도 자신이 없다. 약도 그렇고, 묵는 거도 그렇고, 더는 못 배기겠다. 사람이 할 짓이 아니여."

약해(藥害)로 털이 빠진 빡빡머리. 피골이 상접한 몰골, 하얗게 타 들어가는 입술, 어느 것 하나도 자기 행색이 없다. 원래 깡다구로 뭉친 친구인데 그 흔적이 하나도 안 보인다.

　앞으론 자네들도 더 오지마라는 걸 지난주에 또 들렀더니 1등실 로 병실을 옮겨 자리를 잡고 있었다. 주렁주렁 달린 주사약과 마스 크를 한 산소호흡, 삑삑 소리를 내며 요동치고 있는 모니터 화면의 그래프, 이미 혼미한 의식상태에 빠져 사람을 못 알아보았다.

　"마즈막 모습을 남한테 보이기가 싫다믄서 이쪽으로 옮기자고 캐 그래 옮겼습니다."

　부인의 이야기다. 부인도 이제 모든 걸 포기했다는 듯 목소리가 담담했다. 일전에 수환이 전화를 냈더니 본인이 누구도 못 오게 하 니 안 오는 게 좋겠다고 부인이 말하더라는 뜻을 충분히 알만했다. 고지식할 만큼 화끈한 성품인데 그걸 그대로 죽음까지 가지고 가 겠다는 것으로 보아진다.

　지난 해 봄 우리 아이 혼사 때, 사경을 헤매는 친구에게 청첩장 돌리기가 뭣해서 모른 척 했더니, 어떻게 알았던지 알고는 '야 이 친구야. 나중에 무슨 욕을 할라고 청첩장을 안 보내노. 늬 부조는 안 떼먹고 갈란다' 하고 전화 인사와 함께 축의금을 보낸 친구다.

　친구 몇이 장지(葬地)까지 따라갔다. 한 번도 가본 일은 없지만 여 러 번 이야기는 들어 잘 알고 있는 그의 선산이었다. 선산 아래로 2 백 평은 됨직한 밭이 있어 주말 농장처럼 나든다는 이야기를 우리

275

에게 여러 번 했던, 바로 그곳이다.

"제미랄, 고만 1년 농사 헛 지었다 아이라, 어제 밭에 갔다가 신호위반으로 6만 원짜리 스티커 하나 끊킷다. 거기 심은 호박 다 따봐야 그 돈 빠질까 모르겠네. 허허허허."

언젠가 우리에게 이런 말을 건네며 호방하게 웃던 모습이 눈에 선하다.

친구는 봉분도 없이 한줌 재가 되어 담긴 항아리로 묻혔다. 유언을 그렇게 남겼다는 것이다. 교직에 있는 외동아들이 제주도로 발령을 받아 근무하고 있는데, 언제 이곳으로 올지도 모르며, 그들에게 묘사니, 벌초니 뭐니 해서 부담을 주지 않기 위해 무덤을 아주 없애라는 걸, 아무리 유언이지만 그렇게 할 수 만은 없어, 그 정도로 해둔다는 게 가족들의 이야기다. 그런 이야기를 듣자 생전에 그와 나누었던 장례문화에 대한 이야기가 떠오른다.

"후손들이 잘 살라카믄 우리 인간들도 동물처럼 죽으면 완전히 없어져야 한다고. 아프리카 동물들 한번 보란 말야, 죽으니까 서로 뜯어먹고 해서 흔적도 없잖어. 우리도 그걸 배워야 한다. 그게 자연법칙 아이가. 돈 좀 있다고 왕릉 같은 묘지나 만들고. 요즘 촌에 한번 가보라카이, 밭뙈기를 통으로 사가지고 거기다 가족묘지 만들어 놓는다이까. 하루속히 우리한테도 그런 지도자가 나와가꼬 자기부터 화장을 해서 없어지는 그런 풍토가 돼야하는데. 아이구 몰라, 전부 잘난 놈들 뿐이니까 그게 잘 되겠어."

어쩌다가 그런 쪽으로 이야기가 나오면 누구보다 핏대를 올리던 친구였다. 먼저 갔다고 치세워 하는 이야기가 아니라 참으로 인정도 많고, 어디서 들었던지 고약한 이야기도 잘하고, 술도 좋아하고, 신문만 들고 앉으면 '이노무 꼬라지들 좀 보래' 하며 대수롭잖은 일에도 비분강개를 잘하던 친구였는데 먼저 보내니 아쉽다.

친구야, 먼저 가서 푹 쉬어라. 불원간 우리도 따라갈 거 아니겠나. 그때 다시 만나 못다 한 이야기도 나누고 고스톱 패도 한 번 더 잡아보자꾸나.

이별연습, 종착역이 가까워지고 있다

토요일 저녁.

평소 내가 거처하던 방에 두었던 침구를 거실로 꺼내놓는다. 객지에서 직장 생활 하고 있는 막내가 다니러 온 것이다.

33평형 아파트인 우리 집엔 방이 셋이다. 큰방은 아내와 내가 거처했고, 세 아이중 하나는 결혼해 나갔고 두 아이가 하나씩 차고 있었는데, 막내가 일자리를 구해 직장 따라 비운 뒤로 그 방을 지금까지 내가 쓰고 있다. 말하자면 우리 내외는 2, 3년 전부터 각방을 쓰고 있는 셈이다.

하루저녁 쯤 합방(?)을 해도 그만이지만 나는 거실 소파에다 임시 숙소를 만든다. 어느 틈에, 이젠 그런 게 어색하지 않는 자연스러운 생활로 자리잡혀가고 있다. 그렇다고 우리 부부의 금슬에 금이 가서 그러는 게 아니다. 부부는 당연히 한방 거처를 해야 하고,

늙어갈수록 상대편 건강을 지켜주는 뜻에서라도 같이 지내야 한다는 건 우리도 다 아는 사람이다. 그런데 이상하게도 언제부터인가 그만 각방을 쓰게 되었는데 그 시발은 이렇다.

하루는 자다가 일어나보니 옆에 있어야 할 아내가 없었다. 베개를 들고 나와 혼자 거실 소파에서 자고 있었다. 이유인 즉 발동기 옆에서 잠을 자면 잤지 더 이상 내 옆에선 못 자겠다고 했다. 마침내 인내력에 한계가 온 것이다. 내가 심하게 코를 곤다는 건 진작부터 알고 있는 터라, 다음날부터 내가 빈방으로 자리를 옮겨, 아내의 잠자리를 편안하게 만들어준 것이다.

하긴 그전부터 코 고는 것 때문에 실랑이가 좀 있었다. 그러나 그게 실랑이로 해결될 일은 아니다. 소음을 피하기 위해 잠자리 자세를 69형으로, T자형으로 잡아보기도 했고, 이불을 뒤집어쓴 일도 있었으며 코골이 고치는 베개라며 얄궂게 생긴 목침을 사와 베어도 보았지만 별 효과가 없었다.

그뿐만도 아니다. 이미 나이가 상열지사(相悅之事)의 공간을 벗어나 그런지는 모르지만 입냄새도 나고, 그것도 술이나 한 잔 들이켰다 하면 더한 모양이고, 고약한 잠버릇이며, 헝클어진 미관상의 모양새 등, 해서 서로 편한 쪽을 택한 것이다. 그건 꼭 아내에게만 내 모습이 그렇게 비친 것이 아니라 내 입장에서도 그런 게 없지 않다. 하루, 이틀 그렇게 지내다보니 이젠 어느 틈에 그렇게 굳어버린 것이다.

지난 날 아버지는 사랑방에, 어머니는 안방에, 각방이 아니라 아예 다른 가옥에서 생활하고 있는 것과도 한번 비교해본다. 젊었을 때는 그게 이상하게 비치더니만 내가 그 나이에 올라보니 그것도 지극히 자연스러운 일임을 알겠다.

　그런데 알고 봤더니 이런 현상은 우리 부부에게만 있는 게 아니다. 이야기 삼아 친구들에게 그런 걸 털어놓았더니 이구동성으로 자기네들도 그렇게 지낸다는 것이다. 심지어는 그럼 아직도 한 방을 쓰느냐며 한 수 더 뜨는 친구도 있었다. 꼭 그런 일에만 국한된 것이 아니라 평소에도 비슷한 증세는 곳곳에서 나타난다.

　전날에도 이런 일이 있었다. 아침 설거지를 하면서 아내가 내게 물었다.

　"당신 오늘은 뭐 할 건데?"

　"뭐할 거라니, 왜?"

　"나 오늘 정회하고 찜질방 갔다오믄 싶어서."

　얼마 전 둘째가 제 집 근처에 새로 지은 휴림원(休林苑)이란 대형 목욕탕이 하나 들어섰는데 거기 아는 사람이 있어 얻었다고는 초대권을 몇 장 주는 것 같더니만, 그게 꿈틀거리는 모양이다.

　"언제는 나한테 허가 맡고 나갔어. 다녀 와. 나도 볼일 있으면 나갔다 올 테니까."

　언제부터인가 생활에서도 서로가 편한 쪽을 많이 찾게 되었다. 몇 년 전까지만 해도 각자의 행동엔 서로가 보이게, 안보이게 간섭

280　이것만은 남기고 가야지

을 했고, 혼자 하는 행동엔 어떤 모양으로든 양해 같은 걸 얻어 했었다. 말하자면 종일 아내랑 같이 있는 것보다는 친구와 같이 있는 것이 오히려 편하고 좋을 때가 많더라는 이야기다. 나이가 그럴 나이에 와 있다.

물경 그곳에서 다섯 시간을 보내고 들어온다.

나랑 같이 있어봐야 오가는 이야기는 뻔하다. 하나에서 열이 모두 돈 냄새 나는 이야기다. 그러다가 조준이 잘못되거나 오발(誤發)을 하는 날엔 그런 낭패가 없다. 물론 처음부터 과녁을 겨누어 쏜 건 아니지만 그런 일이 일쑤 잘 일어난다는 말이다. 친구랑 지내면 최소한 그런 일은 방지가 된다.

나이가 들면서 생활에 변화가 생기는 건 어쩔 수가 없다. 이를테면 서로가 생활하는 데 편한 쪽을 찾아 그 길을 가는 것 같다. 그게 순리이고 자연법칙일 게다. 말이 해로동혈이지 아무리 천생연분이라도 한 날 한시에 같이 죽을 수는 없는 노릇, 자연스럽게 그런 식으로 조금씩 이별연습을 하는 건 아닌지 모르리라.

우리 결혼식 날 주례는 우리 부부를 앞에다 세워놓고 준엄한 심판을 하듯 주어 섬겼다.

"서로가 일심동체로 아껴주고, 도와주고, 존경하고, 사랑해서 죽음이 그대들을 갈라놓을 때까지, 오늘 날인한 이 서약이 부릅뜬 눈으로 지켜보고 있을 터이니…."

어느 틈에 사랑의 종착역이 가까워지고 있음에랴.

다 살았는데, 생긴 대로 두지 뭐

"이 점 이거 빼버릴까 우째는 게 좋겠노. 모두 보기 싫다 그러는 데."

아내에게 한번 물어본다. 내 콧등, 미간에는 팥알만한 까만 점 하나가 있다. 젊었을 때는 없었는데 언제 생겼는지 그런 게 붙어 있었다. 확실한 건 모르지만 한 40대 초반 때 생긴 게 아닌가 생각된다.

오늘 우연히 고향 후배 한 사람을 만났는데 그 친구가 만나자마자 한다는 소리가 점 이야기였다. 아마 그게 보기가 안됐던 모양이다.

"선배님 콧말랭이 점 그거 빼뿌리이소. 보기 싫구만요. 그전엔 없었던 거로 기억하는데 언제부터 거기 있었어요. 무슨 훈장도 아인데 그거 머 한다고 달고 다니는 거요. 멀쩡한 얼굴, 그 점이 들어다 버려놨구마. 그거 크게 돈 드는 거도 아입니다. 뺀다카믄 병원 하는 친구가 하나 있는데 소개시켜드리고요."

상대방 결점을 찍어, 그것도 생긴 모양을 두고 면전에서 이래라, 저래라 하기가 힘 쐬는 일인데, 그만큼 친함이 두텁다는 건지 막무가내로 직격탄을 날린다.

"뭐 이제 다 살았는데, 그래 지내다다 가지 뭐."

"선배님도 참, 인생은 지금부텁니다. 후반기를 지대로 살아야 그게 잘사는 기라요."

"저엉 그렇다문 한번 검토해보지."

얼버무려 넘기긴 했으나 그런 소리를 듣고 나니 안 듣는 것보다 못했다. 그때부터 새삼스레 그 점에 자꾸 신경이 쓰인다. 하긴 얼굴엔 그 점 말고도 검버섯이며 이런 것들이 나 좀 지저분한 편이다. 젊었을 때는 동안(童顔)이어서 한동안 '안 늙을 것 같더니 자네도 늙는구만' 하는 이야기도 많이 들었다. 세월이 그렇게 짓이겨 망가뜨려 놓았는데 누가 감히 막으랴. 어쩔 수가 없다.

미간의 점은 그전부터 한 번씩 신경 쓰는 대상이다. 나를 잘 모르는 사람들에게는 '콧등에 점 있는 양반'으로 통한다는 것도 알고 있다.

직장을 그만 두기 직전이다. 옥상의 광고탑 문제로 구청에 들렀다가 무조건 안 된다고 하기에 막말을 쏴붙이고 나온 일이 있다.

며칠 뒤 그쪽에서 전화가 왔다. 바뀐 규정을 잘 못 챙겨 그렇다면서 다시 신청해 달라는 내용이었다. 그때 우리 직원과 주고받는 전화를 옆에서 들었다.

"콧등에 사마구 있는 사람이 뭐라캤는데요."

"…."

"그 양반 그럴 사람이 아닌데요."

우리 직원의 이야긴즉 콧등에 사마귀 있는 사람이 말을 기분 나쁘게 해서, 그래서 한번 튕겼다는 이야기다. 얼마나 내가 미웠으면 신체적 약점을 잡아 트집을 잡았을까, 그것 하나만으로도 충분했다.

그 뿐만도 아니다. 여권 낸다며 사진 찍으면서도 그 점 때문에 왈가왈부한 일이 있다. 인화지에 옮기기 전 필름을 내게 보여주며 사진사가 물었다.

"콧등에 점을 그냥 두는 게 좋겠습니까, 안 그럼 그만 지울까요?"

"필름으로 보니 그 점이 얼굴을 다 덮고 있는 듯 크게 자리 잡고 있었다.

"뺄 수 있습니까. 가능하다면 빼고요."

"빼는 거는 간단합니다. 그런데 이런 거도 한번 생각해봐야 안 되겠습니까. 점이 아주 작으면 빼도 그만 안 빼도 그만인데, 이래 표 나는 건 출입국관리직원들이 다른 사람으로 볼 수도 있다, 그 말입니다."

가만히 생각해보니 긁어 부스럼 만들 수도 있을 것 같았다.

"그거도 그렇겠네요. 그라믄 그냥 둡시다."

아닌 게 아니라 사진으로 보는 점은 생각 밖으로 컸다. 그동안 카메라 사진만 찍어 잘 몰랐는데 영 인상이 사납게 나와 있다. 내 표정에 못마땅함이 묻은 걸 알았던지 나오는 등 뒤에다가 이런 이야기를 하나 던진다.

"안경을 하나 쓰이소. 도수 없는 알로 테를 좀 굵게 해서 쓰면 이런 건 그냥 묻힙니다."

역시 사진사다운 안목이다. 그러나 이제 살만큼 살았는데, 그리고 얼굴 내세워서 할 만한 일도 없고, 자연보호라고나 해둘까 생긴 대로 지내고 있는 참이다. 물론 신체발부(身體髮膚)는 수지부모(受之父母) 어쩌고 하는 것과도 거리가 멀다.

"예순 넘기면 잘난 놈 못난 놈이 없고, 일흔 넘기면 배우고 못 배운 놈 표 없고, 여든 들어서면 집에 있으나 산에 있으나 똑같은 기라." 출처가 어딘지 모르지만 요즘 흔히 듣는 이야기다. 이 나이에 인물 찾는다는 것 자체가 의미 없는 일 같아서다.

그래서 조용하게 안듯 모른 듯 지내고 있는데 오늘 그 친구가 불을 붙인 것이다. 그런 생각을 하고 보니 그 점이 영 못마땅했다. 나를 처음 보는 사람들은 모두 그 친구와 같은 생각을 가질 것이 아닌가.

거울을 보더라도 여느 때처럼 예사로 보면 그만인데 그 점에다 초점을 맞추고 이런저런 생각을 하면서 보면 그때부터 점은 그만 고약하게 살아서 움직이는 것이다. 늙으면 그렇지 않아도 일그러지는 인상에 그 점이 들어 더 황폐하게 만든 것 같아서다. 또 무당이 기운 마당 탓하듯 그것 때문에 내가 요 모양, 요 꼴인가 싶은 생각도 든다.

"바람 났수. 갑자기 점은 왜?"

"아니 오늘 밖에 나갔더이만 누가 보곤 그런 말을 해서 그래 한 번 물어보는 거라고."

"고만 내가 암 소리 안하거든 조용히 기시라고. 괜히 엉거주춤 건드려 가지고 사람 시껍시키지말고."

아내의 반응이다. 일언지하에 모든 건 결론이 났다.

"알았구마."

그러고 보니 요즘 우리 나이에도 얼굴에 손대는 사람들이 예상 밖으로 많다. 늙으나 젊으나 얼굴 다듬어서 나쁠 건 없다. 그건 인간의 본능이다. 나이가 들면 문밖 출입이 뜸해지는데 거기엔 자신의 추한모습을 내놓기 싫은 것도 큰 비중을 차지한다. 잘 나가던 사람일수록 그건 더할 것이다.

세월이 지나가면서 어질러놓은 흔적을 숨기려고 염색을 하고, 색깔 든 안경을 쓰고, 혹 커버가 될지 몰라 메이커 있는 옷에다가 짙은 색의 옷을 골라 걸쳐보지만, 이미 처져서 칠면조 목이 된 가

죽은 감출 수가 없지 않는가.

  얼굴 뜯어고친다고 해봐야 바둑판, 장기판 차이일 뿐인데, 아무래도 옻칠한 판으로 태어나기는 어렵잖나, 그러니 모든 걸 주어진 운명이거니, 팔자려니 생각하고 살아가자꾸나.

또 하나의 자식, 야생화

4월이다. 음력 3월, 이른바 춘삼월 호시절.

아내와 같이 팔공산 파계사(把溪寺)를 찾는다. 계곡 자락으로 꽃샘바람이 숨어 있긴 하나 이미 찬 기운을 잃어 소매를 파고드는 바람이 마냥 살갑기만 하다.

언뜻 농가월령가(農家月令歌)의 3월령이 생각난다.

"삼월은 모춘이라 청명곡우 절기로다, 춘일이 재양하여 만물이 화창하니, 백화는 난만하고 새소리 각색이라…"

고등학교 때 배운 건데 아직 머리에 남아있는 걸 보면 그 구절이 마음에 찼던 모양이다.

평일이어서 차가 절간 마당까지 들어갈 수 있었다. 95년도 산 아반테. 13년째 타고 다닌다. 시내 일보러 다닐 때는 몰랐는데 유원

지주차장에 내다놓고 보니 옆자리 차들과 자연히 비교가 된다. 탤런트들이 입고 나온 옷을 봐도 그냥 못 있고 값을 매기는 사람이라, 아내가 모를 턱은 없을 텐데, 타고 다니는 차에 대해서는 일체 말이 없는 걸 보면, 안 듯 모른 듯 넘어가는 건 아닌지 모르겠다.

파계사 뒷길을 걸어 암자 쪽으로 향한다. 호젓한 산길을 한나절 햇살이 안내하듯 따뜻하게 감싸주어 한결 고맙다. 이럴 때 우리는 한 번씩 세상 사람들이 부러워하는 멋진 부부가 돼 본다. 이런 데 나오면 아내는 꼭 눈독을 들이며 찾는 게 있다. 바로 야생화다. 요즘 아내는 야생화에 흠뻑 빠져있다.

우리 집 베란다에는 20여종의 야생화가 있다. 막내가 병원에서 퇴원하던 무렵부터 길렀으니까 원에 역사로 보면 10여년이 조금 넘는다. 잘나서 쭉쭉 빼입고 남 나서는데 다 낄 형편이 못 돼 그 대안책(代案策)으로 시작한 것이 그것이다.

나에게 그런 이야기를 낱낱이 밝히지는 않았지만 옆에서 보면 충분히 알 수 있는 일이다. 사람을 만난다는 게 우열의 비교로밖에 나타나지 않는, 그래서 일찌감치 포기한 승산 없는 생활의 수분을 찾다가보니 과녁이 만만한 그쪽으로 돌아간 것이다.

좀 고상해뵈는 분재가 있지만 그건 또 못마땅한 모양이다. 멀쩡하게 잘 크는 나무들을 자르고, 비틀고, 꿍쳐서 세상에 없는 불구를 만들어놓고는 거기다가 크지 못하도록 물까지 아껴가면서 주는 게 마음에 안 든다고 했다.

"원래 예술작품이란 다 그런 거 아인가. 드라마 한번 보라구. 어떻게 하면 세상에 없는 결손가정을 만들어놓을까, 연구가 그거 아냐. 정상적으로 잘 사는 가정은 자기네들은 좋지만 구경하는 사람들은 재미가 없다이까. 너의 불행이 나의 행복이라고나 할까."

내가 보기엔 분재 쪽이 손이 덜 가는듯해서 아는 척 교양강좌를 늘어놓는다.

"고만 됐어요. 난 싫다이까."

"천길 바위벼랑에 아슬아슬하게 걸려 있는 소나무도 그렇잖아. 우리 보기에는 좋지만 정작 매달린 소나무는 죽을 지경 아니겠어."

"듣기 싫대두. 난 딱 질색이구만. 집에 다친 아이가 있는데 뭐가 좋다고 나무까지 그런 걸 갖다놓고…."

"…."

그만 나는 할 말을 잃는다. 아내의 깊은 뜻을 못 헤아린 것이다. 굳이 야생화를 고집하는 이유가 그런 데 있었구나. 한 지붕 밑에서 한솥밥을 먹고 살면서도 이렇게 각각 다른 생각을 하고 있다는 게 마냥 안타깝다. 아무래도 감성(感性)은 아내가 앞서는가보다. 그저 송구스러울 뿐이다.

야생화는 봄이 한철이다. 대다수의 야생초들이 그때 모두 꽃들을 피우기 때문이다. 철쭉 같은 나무종류를 제외하고는 거의 모두가 1~2년생 풀이기 때문에 해마다 봄만 되면 반 이상은 새로운 것으로 갈아야 한다. 사실 오늘 이쪽으로 나온 것도 공통분모는 바람

쐬러 나온 것이지만 내용은 나와 아내가 조금씩 다르다. 아내는 아내대로 혹 야생초라도 한포기 구할 수 있을까 하는 꽃에 대한 욕심이고, 나는 나대로 이런 식으로나마 아내에게 봉사(?)함으로써 집안 곳곳에 도사리고 있는 불협화음을 잠재우기 위함이다.

오늘 아내가 발견한 것은 외투 단추크기만한 연둣빛 꽃이다. 되게 반가운 듯 아내의 얼굴이 꽃을 닮는다. 길섶 언덕 쪽으로 그들이 군락을 이루고 있다.

"그게 무슨 꽃이고?"

"나도 모르겠는데. 첨보는 꽃이구마."

야생화를 만진 이후로 꽃집도 자주 찾고 해서 자기 딴엔 좀 안다고 나에게는 제법 큰소린데 고개를 흔든다.

"당신 모르는 꽃도 있구라."

나에게는 곧잘 아는 척 하기에 한번 빗대본다.

"생김새는 노루귀 비슷한데…. 그런데 이거 일부러 심어놓은 거같다. 저기도 있고, 또 저기도 있고 한 걸 보이."

"그래애."

그러고 보니 조경으로 심은 게 분명했다. 2, 3미터 간격으로 대여섯 포기씩 자리를 잡고 있었다.

"살그머이 뽑아가지 뭐. 당신이 좋다카믄 내가 뽑을 게."

문득 신라 향가(鄕歌)에 나오는, 어떤 노인이 수로부인(水路夫人)에게 바위언덕의 철쭉을 꺾어 바치며 불렀다는 헌화가(獻花歌)가 생각난다.

"…꽃은 참 이쁜데."

"좋아. 그럼 됐다."

아내를 망보게 하고 두어 포기를 뽑았다. 그리고는 그것도 도둑질이라고 두근거리는 가슴으로 경내를 빠져 나온다.

"수입종은 아인지 모르겠구마."

타고 오는 차안에서 아내가 그때서야 꽃을 마음 놓고 뜯어보며 하는 이야기다.

집에 들어서자마자 아내는 빈 화분들을 내놓고 어디에다 어떻게 심어야 좋을까로 머리를 싸맨다. 오늘 하루 소일거리는 참하게 마련한 셈이다.

요즘 막내는 주일, 또는 격주로 집에 들를 때마다 빨래거리를 한 아름씩 내놓는다. 회사 기숙사에 세탁기도 있다면서 다림질 안하는 양말 같은 건 네 손으로 빨아 신지 가져온다고 내가 한소리 했더니, 이 녀석 이야기가 뒤퉁스럽다.

"아버지도 참. 전 어머니를 행복하게 해드리기 위해 일부러 가지고 오는 거라고요. 아버진 그것도 모르시구."

아닌 게 아니라 그 어미에 그 아들이다. 아내가 자식에게 쏟는 정성은 극성에 가깝도록 열성이다. 녀석 말마따나 그건 얼마든지 행복일수도 있다. 나에게는 역정을 내도 아이들에게 그런 일은 일체 없다.

그래서 그런지 녀석은 티셔츠 하나를 사도 꼭 제 엄마에게 부탁을 해서 사고, 아내 역시 그걸 엄청 좋아한다. 하지만 그게 앞으로 얼마나 갈 것인가.

아마 아내는 그런 걸 사전 대비해서 야생화에다 관심을 갖는 건 아닌지 모르겠다. 자기는 그런 거 저런 거 없이 단순한 여가선용이라고 해도 옆에서 내가 보기엔 그렇다. 아마 모르긴 해도 부지불식간에 그렇게 흐르고 있으리라 본다.

누구에게든, 그리고 무엇이든 일거리가 있다는 건 좋은 일이다. 한군데라도 마음 쏟아 할 일을 쥐고 있다는 건, 그게 경제적으로 도움까지 준다면 금상첨화지만, 꼭 그게 아니라도 감사할 일이며 행복한 일이다.

아내의 간곡한 정성에도 불구하고 꽃은 하루를 온전히 못 넘기고 시들어버려 쓰레기통으로 들어갔다. 꽃이 적응을 못해 발작을 한 건지, 몰래 훔쳐온 우리의 마음에 마(魔)가 끼어 그런지는 모르지만.

이순^(耳順), 종심^(從心), 다음에 관조^(觀照)를 두었으면

오후에 동우회에 나갔더니 게시판에 신문기사를 복사한 A4용지가 한 장 붙어 있다. J일보에 난 기사로 아침에 나도 건성 읽어본 내용이다.

84세의 홍^(洪) 모 할머니가 서울 인사동에서 자기가 손수 만든 자수^(刺繡)로 전시회를 열었다는 이야기와 자기 딸들에게 싸여 즐거워하는 사진과 함께 신문지 한 면을 반쯤 잡아 난 기사다. 문맹자로 살아오다가 예순이 넘어 한글을 깨우치고 일흔에 자수를 배워 오늘 전시회를 가졌다는 것이다. 젊었을 때부터 그쪽으로 배운 사람이 아닌 특별한 삶을 살았기 때문에 기사화된 것이긴 하지만, 누구든 읽어본 사람이면 한번쯤 고개를 끄덕일만한 감동적인 이야기인 것만큼은 분명하다. 이날 사람들의 화두는 자연히 그쪽으로 흐

를 수밖에 없다.

"자, 이자부터 우리도 만나면 맨날 고스톱이나 치지 말고 생활양태를 한번 바까보더라고. 저 양반에 비하면 우린 모두 젊은 거야. 안 그래."

"야, 이 사람아. 그거 쉬운 거 아이다. 악바리가 대야 하는 거지, 하고 싶다고 아무나 하는 기 아니여."

"그라믄 손도 안 대고 코 풀라캤등강."

"저런 양반 같이만 한다믄 지금이라도 몬 할 게 읍지. 그러나 우린 아니야. 담배 하날 몬 끊어 전전긍긍하는 판에, 그래도 쳐다볼 걸 쳐다바야제."

사람이 살아가는 데 나이는 어떤 의미를 가지며 역할을 할까.

모든 생물은 세상에 태어나면 나이를 먹는다. 나이를 먹는 건 내 의지와는 아무런 관계가 없다. 거절할 수도 피할 수도 없는 게 나이다. 그리고 나이만큼 공평한 게 없다.

나이는 시간이나 세월의 흐름을 일년을 한 다발로 묶어 세는 단위다. 세상에 태어난 지가 얼마 안 되면 나이가 적고, 오래 되면 나이가 많다. 나이를 먹으면 당연히 성장하게 되어 있지만, 무한대로 성장하는 건 아니고 어느 기점을 축으로 해서 그때부터는 퇴화하게 되어 있다. 이는 나이와 성장의 숙명론적 관계다.

나이를 먹는다는 건 생물에게만 해당되는 것이 아니라 건물, 국가, 문화 등에도 마찬가지다. 세상에 존재하는 건 누구에게도 예외를 두지 않는 것이 나이다.

선정(善政)의 대명사로 오르내리는 요순시대도 가버렸고, 수천 년을 지탱할 것 같은 로마도 결국은 망하고 말았다. 르네상스도 사라졌고, 무천(舞天), 동맹(東盟), 영고(迎鼓) 등의 축제도 역사의 기록으로만 남아있을 뿐 이 세상에 존재하지 않는다. 해방 전까지만 해도 명절이었던 단오, 한식들도 이미 그 기능을 잃어 색이 바랜지 오래다.

이렇게 나이는 모든 것에 생로병사(生老病死)의 과정을 거치게 만든다.

'나이 앞에 장사가 없다', '쥐약 먹은 걸 속이면 속였지 나이 먹은 건 못 속인다'가 무엇을 말하는가. 지금 우리가 사는 오늘의 이 화려 찬란한 문화행사들도 언젠가는 자취를 감추게 되어 있다.

그런데 나이에 가장 거부반응을 보이는 것이 인간이다. 시쳇말로 하면 바로 안티(anti) 족속인 셈이다.

그 대표적 예가 상대방에게 나이 묻지 않는 것이다. 묻는다면 큰 결례로 돼 있다. 그 가운데서도 얼굴로 먹고사는 사람들에게는 금기사항이다. 그건 흉이 아니고 자연스러운 일인데도 그런 반응을 보인다.

"세월을 피해 다니시우, 점점 젊어지네요."

뻔한 거짓말인데도 우리는 이런 엉터리 인사를 잘 한다. 역시 뻔한 거짓말인 줄 알면서도 그런 소리를 들으면 기분이 좋아지는 건

어인 까닭일까.

늙으면, 오래 되면, 다시 말해 나이를 먹게 되면 누구나 추하고, 딱하고, 서글프게 되어 있다. 보기도 싫고, 따라서 보이기도 싫은 것이다.

아름답다, 싱싱하다, 잘났다, 이는 모두 젊은이에게 해당되는 것이지 나이 먹은 사람에게 해당되는 말이 아니다. 나이가 들면 이들이 모두 떠나게 되어 있다. 그건 이상한 것도 아니고 삼라만상의 질서이며 자연현상이다. 오히려 그러하지 못한 것이 이상한 것이다.

'나이는 숫자에 불과하다' 는 것은 그렇게나마 한번 앙탈을 부려 보는 거지 세상에 그런 허사(虛辭)가 없다.

화장품, 옷, 장신구들은 전부 나이 먹은 모습을 조금이나마 인공적으로 감춰보기 위해 등장한 것에 지나지 않는다.

해마다 방학이 되면 얼굴을 고치러 오는 젊은이들로 성형외과 앞이 문전성시를 이루며, 의사들 가운데서도 성형전문의가 짱이라고들 한다.

불로초, 불사약을 구하러 동남동녀(童男童女) 삼천 명을 동방으로 보냈다는 진시황도 결국 그 꿈만은 이루지 못했다. 더군다나 쉰도 못 채우고 떠났다니, 무소불위의 힘도 나이 앞에서는 꼼짝 못하고 손을 들 수밖에.

이제는 다 끝난 일들이지만 한때나마 가끔 나는, 신문의 '인사동정' 란에 등장하는 사람들을 대할 때마다 그 사람 나이를 먼저 찾아, 내 나이와 비교해보면서 나의 위치를 가늠해보곤 한 적이 있었다. 그때는 그래도 젊은 나이여서 '나도 저 나이쯤엔' 하고 꿈은 가져보았는데 이젠 그것 마저도 '다 끝났구나' 가 돼버렸다.

나이 이야기가 나오면 우리는 곧잘 논어에 나오는 공자의 이야기를 들먹이곤 한다.

"나는 열다섯에 학문에 뜻을 두었고(吾十有五志學), 서른에 목표를 이루었으며(三十而立), 마흔에는 망설이지 않았고(四十而不惑), 쉰에는 하늘의 명령을 알았고(五十而知天命), 예순에는 누가 무슨 이야기를 하더라도 기꺼이 들어주었으며(六十而耳順), 일흔에는 종심(從心)으로 마음먹은 대로 어떤 일을 하더라도 거리낌이 없었다(七十而從心所欲不踰拘)"가 그것이다.

마흔 줄에 얹힌 사람이 '사십 불혹이라 했는데 자꾸 이렇게 흔들려서야 되겠느냐' 고 자탄을 한다거나, 회갑 넘긴 이가 '이순은커녕 아직 불혹에서도 못 헤어났다' 고 심기가 불편함을 털어놓는 일이 모두 그런 일들이다.

정말 그것이 우리들에게도 기준이 될 수 있을까.

위의 기록은 2천여 년 전 공자가 '나는 그렇게 살았다' 는 자신의 살아온 이야기를 적은 것인데 그게 무슨 모범적 교범이나 되는 것처럼 거기다가 초점을 맞춰 살려니 힘이 들 수밖에 없고, 어처구니 없는 일도 생긴다. 다만 우리가 하나의 참고로 본을 받으려 노력한다는 건 한번 생각해볼 일이다. 모두 다 그렇게 산다면 공자의 의미가 없어진다.

속기(俗氣)가 든 말이긴 하지만, 아마 나이와 어울리게 지위에다 부를 누리고 산다면 그보다 더 좋은 건 없을 것이다. 그러나 그런 사람이 세상에 몇이나 될까.

피천득(皮千得)의 수필에 "인생은 40부터도 아니요, 40까지도 아니다. 어느 나이든 다 살만하다"는 구절이 나온다.

하긴 학생으로서, 총각으로서 좋을 때가 있는가 하면, 결혼해서 배우자를 만나고 자식을 둠으로 해서 누리는 즐거움도 있을 것이며, 환갑 진갑 다 내내 호호백발 노인네가 되더라도, 또 그 나이로서 누리는 행복도 찾아보면 분명히 있을 것이다.

나이는 자연이 가장 공평하게 우리에게 주는 혜택이며 은총이다. 결코 원망의 대상은 아닌 것이다.

우탁(禹倬)의 시조에 이런 가사가 있다.

"한손에 막대 들고 또 한손에 가시쥐고
  늙는 길 가시로 막고 오는 백발 막대로 치렸더니
  백발이 제 먼저 알고 지름길로 오더라."

바로 이게 나이이며 세월이다. 어떻게 해볼 수가 없는 불가항력이다. 불가항력 앞에서 자구책이란 안타까운 노릇이지만 지는 명분을 찾는 길밖에 없다.

신록의 아름다움이 있으면 단풍의 아름다움도 있다. 뜨는 해만 아름다운 것이 아니라 지는 해도 아름답다. 보는 사람들 마음에 달려있을 뿐이다.

찾아오는 나이를 불청객이라 생각하지 말고 고맙게, 신나게 환영해서 그와 더불어 나를 다듬어본다. 적어도 나이에게만은 창피당하는 일이 없도록 해야지.

그리고 하나 덧붙여 생각해본다. 성인 말씀에 실례될 말인지 모르지만 일흔 위에다가 여든을 관조(觀照)로 불러 지금까지 살아온 경험과 이념으로, 세상을 사심 없이 객관적으로 보는 나이로 만들어보면 어떻겠느냐고.

앞으로는 병(病)과 동거하십시오

월요일, 예약해둔 병원에 가는 날이다. 파티마 병원 신경외과. 본관 3층에 있다. 주치의는 김진석 과장. 지난번에 오고 2개월 만에 찾는다.

아내와 함께 승강기 앞에서 단추를 눌러놓고 기다린다. 현관에서 오르내리는 승강기가 3대나 되지만 층마다 사람들이 타고 내리느라 굼뱅이 동작이다. 예약시각은 10시 20분. 시간으로 보면 걸어 올라가는 게 훨씬 빠르고, 일 보는 데도 수월하지만 일부러 승강기를 기다린다.

진료카드에 혈압을 재어 같이 첨부해야 하는데 계단을 이용해서 오르면 혈압이나 맥박이 제대로 나오지 않아서다. 아직 그런 일은 한번도 없었는데 지난번에는 최고혈압이 160까지 나와 의사까지

고개를 갸우뚱했다. 더군다나 이 병원 건물은 로비층을 별도로 두고 충수를 매겨 아파트로 치면 4층이 3층이 돼, 급히 서둘지 않더라도 숨이 턱턱 막힌다.

140으로 나온 걸 보니 오늘은 제대로 나온 것 같다. 이제 그것도 이력이라 혈압부터 먼저 재어 그 표와 같이 예약카드를 들이민다. 모니터에 진료순서가 떠오른다. 네 번째다. 의사들이 입원한 환자들 회진을 마치고 자기 방으로 돌아오면 10시쯤 된다.

어느 틈에 환자들은 대기실에 비치된 40여 좌석의 의자가 부족할 정도로 넘실거린다. 대부분 70대 전후의 노인들로 좋게 불러 실버들이지만, 이미 황혼 길에 들어선 사람들이다. 손을 떠는 사람, 지팡이에 의지한 사람, 잠시를 가만히 못 있고 안면근육을 실룩이는 사람, 간신히 보호자의 부액(扶腋)으로 거기까지 와서 의자에 앉자마자 그대로 드러눕는 사람 등등, 거의 모두가 이미 자율신경의 통제에서 벗어난 상태다. 딱하기 그지없는 사람들, 어쩌다가 모두 여기까지 온 것일까. 안 할 말로 이제 집에 있으나 산에 있으나 똑같은 사람들, 오히려 산에 가 있는 것이 가족들에게는 더 고마울 사람들, 나도 그들 가운데 한사람이 돼, 남은 어떻게 생각하는지 모르지만 나는 나대로 다른 사람들 중세보다는 내가 좀 낫다고 생각하며 차례를 기다린다.

모니터에 뜨는 순서를 보고 들어가면 되는데도, 차례가 되자 간호사가 큰 소리로 재차 호명을 한다. 모두 그 기능마저 순탄하지 못한 모양이다.

내 차례가 돼 들어간다.

"오랜만입니다. 선생님."

내가 먼저 인사를 건넨다.

"아, 예. 좀 어떻습니까, 요즘은. 혈압은 아직도 좀 있는 거 같은데…"

그 이야기는 기대했던 것이다.

"시킨 대로 운동은 쉬지 않고 하고 있습니다."

시간이 생기면 낮이건 밤이건 아파트 옆에 있는 학교 운동장을 여남은 바퀴씩 돌고는 들어온다.

"운동은 부지런히 하셔야 합니다. …아이구 벌써 일년이 넘었네요."

"그러잖아도 아침에 나오면서 식구하고 그런 얘길 했습니다. 어떻게나 시월이 빠른지."

작년 이맘때 나는 세상 사람들이 말하는 바람(風)을 맞았다. 아침에 일어나 화장실을 가려는데 이상하게도 몸이 천근이나 되게 무거웠다. 방문 손잡이를 잡고 가까스로 일어나려다가 그만 쓰러지고 말았다. 그 순간부터 눈에 든 것은 모두 빙글빙글 돌았다. 방바닥도 기우뚱 하고 창밖 건너 동 아파트가 흔들렸다.

두통약, 청심환에다가 토악질이 나서 소화제까지 찾아먹었으나 별무효과였다. 마침 막내가 집에 있어 파티마병원으로 데리고 갔다. 전공은 다르지만 제 친구가 거기 레지던트로 근무한다며, 좀 도움이 되겠거니 해서다.

응급실로 바로 들어가 빈자리를 하나 차지해 누웠다. 의사는 만년필처럼 생긴 손전등으로 눈알을 까집어 비춰보기도 하고, 전등을 좌우로 움직이면서 눈동자를 따라오게 주문도 하고, 바닥에 세워서는 허수아비 마냥 양팔을 들고 똑바로 걸어보라는 등 해서 가시적인 검사를 하더니 우선 입원수속부터 밟으라는 지시를 내린다.

그날로 심전도 검사, 혈액검사, 대소변 검사, 달팽이관의 이상유무, 안구검사, MRI까지 다 했다. 오른쪽 뇌로 통하는 혈관이 좀 수축돼서 피가 정상적으로 통하지 않는 것 같다는 진단결과가 나왔다.

입원치료 한달을 넘기자 어느 정도 회복이 되었다. 바로 퇴원을 했고, 그날부터 통원치료를 받았다. 이틀에 한 번, 일주일에 한 번, 두 주일에 한 번씩 다니다가, 요즘은 한 달에 한 번씩 나가 진료를 받고 약을 지어와 먹고 있는 참이다.

"많이 좋아졌습니다. 일년이 넘게 지났으니까 다음에 오실 땐 콜레스테롤 검사를 한 번 더 해보기로 하고, 그날은 아침식사를 하지 말고 나오십시오. 운동은 계속하시고…. 됐습니다."

"약은 계속 먹어야합니까."

아직 약을 이번처럼 장복해본 일이 없어 약물중독 같은 것이 걱정이 돼 한번 물어본다.

"약은 계속 드셔야합니다. 지금까지 드신 약이 혈관 늘리는 약과

이뇨제, 그리고 어지러움을 없애는 약인데 지난번 오실 때부터 어지러움 없애는 약은 넣지 않았습니다. 그렇게 아시고."

"예, 알겠습니다."

집에 남은 약을 계산해서 한 달 뒤쯤 날을 받아 예약을 하고 나왔다. 이제 평생 약으로 살아야 하는 수밖에 없다. 친구들 가운데는 오래전부터 약으로 사는 사람들이 많다. 고혈압, 당뇨, 지방간, 전립선, 어지럼증 등, 해서 두 달, 또는 석 달마다 병원을 다녀온다면서 약을 한 꾸러미씩 들고 다니는 친구들이 있는데 이제 나도 그들 반열에서 들게 되었나보다.

남 볼 것 없다. 지금 아내만 해도 고혈압과 갑상선 약 두 가지를 먹고 있다.

"참 별 꼬라지를 다 보제. 병한테 이길 생각은 하지 말고 병과 같이 동거해서 그래 살라는구만. 의사 말 치고는 명언이라카이."

갑상선으로 입원했다가 퇴원하던 날 아내가 내게 한 말이다. 한 집에, 한 몸으로 반생을 같이 살았는데도 그때는 대수롭잖게 들었는데 그 말이 이제야 실감으로 다가온다.

기계가 낡았으니까, 오래 살아온 집이라 벽과 지붕이 헐었으니까, 비바람이 몰아칠 때마다 손을 봐가면서 살아가는 수밖에 도리가 없다는 거겠지.

어떤 친구는 당뇨 때문에 매일 20리를 걸어야 혈당이 정상으로 돌아온다면서 눈이 오나, 비가 오나, 그래도 혹 갑자기 당이 떨어질까 봐 구급약으로 초콜릿을 주머니에 넣어가지고 다니는 친구가 있는데, 그래도 그 친구에 비하면 약과가 아닌가. 그런 데에 비교하면서 살아가는 거다.

"당신 오늘 또 약 안 먹었지. 여기 보이까 한 봉지가 남는데."

요즘 와서 아내는 당신 약보다 내 약을 더 챙긴다. 친구 가운데는 남편과 사별로 혼자 지내는 친구가 더러 있는데 아직은 그 반열에 들기가 싫은 모양일까.

"한번 건너뛰어도 개한타카이. 과부댈까바 엔간히도 겁은 나는 모양이제."

내가 농을 건넸더니 다음 말이 걸작이다.

"이녁 죽고 사는 건 둘째 치고 아이들 고생시킬까바 그런다. 머 대게 고운 데가 있어 그러는 줄 아나보지."

"허허허허."

미운 정도 정이라 했던가, 그동안 살아온 미운 정, 고운 정이 박힌 대화다. 왜 우리 세대는 고마우면 고맙다, 사랑하면 사랑한다, 이런 말을 못할까. 지난날 우리네 어머니들이 반가운 손님이 오면 '에이 문둥아, 이게 누고!' 하던 말이 모두 그렇다.

이젠 구처가 없다. 이런 식으로 사는 수밖에는. 이만큼이라도 건강을 누리는 걸 고맙게, 은총으로 생각하고 살아가는 수밖에 도리가 없다.

만수무강 너무 찾지마, 그것도 욕이야

오후 3시쯤은 되었을까. 참새가 방앗간을 그냥 못 지나가듯 동우
회 앞을 지나면서 잠깐 들렀더니 탁자에 가득하니 술상이 차려져
있었다.

"누구 잔치 있었습니까? 양반은 글 덕이고 상놈은 발 덕이라더
니 마침 잘 왔네."

"그런 거 알 거 읍고 그냥 자시믄 되네. 같이 들게나."

일을 거들고 있는 선배 가운데 한사람의 이야기다.

"시주를 해도 절이나 알고 해야 할 거 아입니까."

알고 봤더니 바로 본인이 한잔 낸다는 것이다. 지난달로 칠순을
맞았는데, 아이들이 아버지 좋도록 하라면서 조금씩 거두어주는
걸, 호주에 다녀오고 조금 남아서 오늘 자주 얼굴 내놓는 친구들과

술도 한 잔 나누고, 거기 다녀온 자랑도 하고 싶어 자리를 마련했다는 것이다.

가끔 회원들 가운데는 자식들이 시험에 합격하거나 승진, 결혼, 이와 유사한 경사로운 일이 있으면 돼지고기 수육에다 소주병을 기울이면서 자축연을 갖는데 그런 경우다. 우리 동우회에서 자주 시키는 음식점이 있기 때문에 그곳에다 부탁을 하면 금액에 맞춰 먹을 수 있도록 해온다.

사람들이 들쑥날쑥 해서 이날 참석자는 스무 명 쯤 될까, 술잔을 채워 들게 하고는 회원 가운데 한사람이 건배를 주도하며 뽑는다.

"이번에 남정(南亭) 선배가 칠순을 맞았습니다. 일주일 동안 호주로 기념여행을 떠났다가 오늘 돌아왔습니다. 여비 남은 것으로 조촐한 술상을 마련했으니 기분 좋게 한잔씩 드십시다. 자, 축하하는 뜻으로 제가 건배를 제창하겠습니다."

남정은 그가 동우회 회원이 되고 지은 아호다.

운만 띄어놓고 술잔만 돌게 되면 다음 이야기는 절로 이어지게 되어 있다.

호주 이야기에 이어 이사람, 저사람 입에서 만리장성, 장가계가 나오고, 에펠탑이 나오고, 그랜드캐년이 나오고, 금강산 이야기가 줄줄이 나온다. 모두 그 자리에 앉은 사람들은 한두 번씩은 이미 들은 이야기들이지만 모두 신이 난다. 너만 바다 물 건너간 게 아니라 나도 그런 구경 다 했다는 자랑들인 셈이다.

"우린 너무 늦었어. 진작 한 번씩 댕겨 와야 하는 건데 말야. 그것도 나이라고 이자 맨손으로 기냥 따라 댕기는 거도 힘이 달리더라이깐."

"미국을 가든, 구라파를 가든 한번만 댕겨오믄 돼. 나는 구경 갈라고 갔는 기 아이고 정말로 그런 나라들이 거기 있능강 확인하러 가봤다니께."

"또 노랑 깃발만 처다 보고 왔능 거 아녀."

"나는 이제 외국엔 더 안 나갈 거다. 그 돈 있으믄, 팔도강산에도 안 가본 데가 많으니께 그런 데나 조용히 한번 둘러볼 참이구마."

"지금 우린 남이 장에 가이까, 거름 지고 따라가는 거하고 똑같은 거여. 촌놈 소리 안 들을라고 나댕기는 거 하고 똑같다 이거야. 물론 가 볼 사람들이사 당연히 가 봐야지. 그런데 우린 이자 가볼 거 하나 없어. 얻은 기 머가 있더노 말이다. 돈 내던지러 가는 거밖에는."

"그래서 안 가더라, 백두산에도 구름 끼서 다 못 밧다고는 두 번이나 갔다와놓고는."

"모르겠다. 대한민국 곗돈은 여행사에서 거둬 외국에 다 갖다준다는 말도 있더라만, 아이그, 세상이 그런데 우짜겠노. 그래 따라가는 수밖에."

"동남아는 다 돌아 댕겨봤다만 우리나라보다 나은 게 뭐가 있더노. 아무 것도 볼 거 없더라. 태국 거 무슨 호텔이더라 거기 목욕탕은 울 동네 목욕탕보다 못하더라 카이."

"목욕탕 하나는 시상에서 우리나라 따라올 데가 없다문서."

"그래도 제주도 이박 삼일 다녀올 돈만 들이면, 중국 땅 사박오일 다녀올 판인데 자네 같으믄 어델 가겠노. 그러이까 자꾸 나가는 기라."

"돈이 적네, 어쩌네 캐도 가보면 그 돈 다 들어가는 거다. 그눔들은 흙 파서묵고 사는 줄 아나."

"원래 조선눔들은 가부시끼라문 소도 잡아 묵는다 안카나. 다 그래그래 뜯어묵고 사는 기다."

"다른 데는 안 가봐서 모르겠다만, 동남아 이쪽으론 웬 우리나라 사람들이 그러큼 많더노. 식당마다, 관광지마다 모두 우리나라 사람들 뿐이더라카이. 우리가 언제부터 이렇게 잘 살았노 싶은 기, 나는 솔직히 부끄럽더구마."

"구경 가는 기 아이라, 돈 갖다 내뻬리러 가는 거 아이가. 서로 뜯어 묵고 사는 기라 카지만 우리국민들도 자숙할 사람들 많다. 알 기를 그래 알믄 댄다."

술이 한잔씩 들어가자 그들의 입에서는, 그것도 빠지면 못난 축에 들까봐 저마다 다퉈가며 안하는 소리, 못하는 소리가 없다.

이야기가 다른 곳으로 길을 꺾는다. 술이 그쪽으로 안내한다.

"그래, 그건 그렇다 치고. 자네가 벌써 칠순이다 이거지."

회원 중 오늘 주인공과 가깝다는 이의 이야기다.

"그러잖아도 이번에 여행하문서 그거밖에 생각 안 했다. 우리 집 안에서는 칠순 넘긴 사람이 없거등. 아버지도 환갑 겨우 넘겨 돌아 가싯고, 할아버진 환갑 근방에도 몬 가보고, 그런 집에서 내가 이 래 오래 산다카이 신기하기도 하고 그러쿠마. 내가 정말 칠순이 맞 기는 맞는가해서 울 집사람한테 한번 물어보기까지 했다카이. 도 무지 실감이 안나더구마. 이래 살다간 팔십, 구십도 쉽기 넘기지 싶은데."

"아인 게 아이라, 요새 모두 참 오래들 사는 기라. 우리가 어렸을 때만 해도 동네 일흔 노인 구경하기가 힘들었거등."

"다 시절을 잘 만난 탓이다. 그래만 알문 돼."

"오래만 살믄 머하나. 사는 기 사는 거 같아야제."

"자네 사는 기 어때서. 삼시 세 때 끼니 안 거르구, 남 술 마실 때 양주는 몬 하더라도 탁빼기라도 마시문 됐지, 안 그러믄 자네가 궁 정동 가서 시바스 마실라캤더나."

옆에서 시종일관 듣고만 있던 내가 한마디 끼어든다.

"어쨌거나 여기 나오신 분들은 그래도 복 받은 분들 아입니까. 지금 우리 회원들 중에도 기동이 어려운 분이 여남은 명이 넘대요. 병원에 있는 사람도 네 분이나 있고."

또 말이 방향을 바꾼다. 술의 힘을 빌려 저마다 하고 싶은 답답한 자기 속을 털어놓으려다가보니 이야기가 왔다, 갔다 한다.

"난 올해 설을 거꾸로 쇠었구만."

311

그들 가운데서도 연장자인 백수(白樹: 아호)가 없는 듯이 실컷 남의 이야기를 듣고만 있다가 뱉은 말이다.

"거기도 세뱃돈이 적었던 모양이제."

누군가가 떨어지면 고물 묻을 세라 얼른 받는다.

"설도 지대로 쇠지 못했다는데 세뱃돈은 무슨 세뱃돈이야."

그러면서 그는 이런 이야기를 별렀다는 듯이 꺼냈다.

그믐날 서울에 살고 있는 큰자식 내외가 내려온다는 연락을 받았다. 그런데 집에 들어올 시간이 지났는데도 나타나질 않았다. 버스나 승용차 편이라면 지연될 수도 있다지만 기차로 내려온다고 했기 때문에 지연될 이유가 없다. 넉넉잡아 두 시간을 더 기다리다가 행여나 하곤 사돈댁에 전화를 한번 해 보았다. 자식이 거기에 있었다. 지난 추석 때 내려오고 처음 내려오면서 처가를 먼저 들른 것이다.

백수로선, 지금까지 자기가 배워온 범절로선 자식들의 행동이 이해할 수 없다는 정도를 넘어 반란으로 본 것이다. 그 자리에서 그는 지금부터 너는 내 자식이 아니다, 처가살이를 하든지 네 맘대로 하라고는 전화를 끊었다. 이내 자식들이 돌아와 사유를 늘어놓으며 잘못을 빌었지만 그는 문을 단단히 잠가둔 채 끝까지 받아들이지 않았다. 그러자 그만 자식도 아버지의 성질을 잘 아는 터라 하룻저녁을 처가에서 보낸 뒤 서울로 올라가버렸다.

설 다음날부터 출근을 하기 때문에 그렇게 되었다면서 서울에서 걸려온 자식의 전화를 아내가 받긴 했는데 마음은 편치 않다는 것이다.

이야기 끝에 그는 이런 질문을 명제(命題)로 내놓았다.

"하나 물어보자. 이런 경우 난 지금도 용서가 안 되는데 임자들 같으믄 어찌 하겠나?"

"곡절이 있을 거 아니오. 왜 거기를 먼저 갔는지."

"곡절은 무슨 얼어 죽을 곡절이고. 처남이 차를 가지고 나와 그만, 그쪽으로 먼저 갔다는데 그건 입이 백 개라도 이유가 될 수 없는 거야."

답은 여러 가지로 나왔다. 며느리가 생각이 좁았다는 사람, 그만 모른 척 받아들일 것이 아니냐는 사람, 나도 똑같이 그렇게 하겠다는 사람, 그러나 제 아버지를 만나지 않고 서울로 올라간 건 자식의 잘못이라는 사람, 문을 안 열어주는데 무슨 재주로 만날 수 있느냐는 사람, 등 여러 가지다.

"아니, 지금 세상이 어디로 굴러 가는지 모르겠어. 그 놈들이 내 성질을 뻔히 알면서 그런 짓을 했다는 게 그게 난 울화통이 터진단 말야."

"세상 돌아가는 건 아무도 몬 막는다. 따라가는 기 상수다. 힘이 없으믄 지혜라도 있어야하는데 그 지혜가 머꼬. 모른 척 하는 기 그거 아이가 말이다."

동하(東河)의 대답이다. 그 다운 대답이다.

지난 해 어버이날, 나는 그가 서울 며느리에게 전화하는 내용을 무심히 옆에서 듣게 되었는데, 그때 그는 이런 말을 했다.

"아가, 낼이 어버이날이다만 우리한테는 신경 쓰지 마래이. 지난 번 어린이 날 때 나도 애들한테 아무 거도 몬 해줬으잉게. 그러이까 우리 서로 제하면 안 되겠나. 그지."

그는 이런 말을 해놓고 나를 보고 히죽이 웃었다. 그때 같이 따라 웃으면서 나도 곧 저럴 일이 있을 텐데 그때는 나도 저렇게 될 건가 생각했던 일이 있다.

"아모리 품안 자슥이라곤 하지만 뜯어고칠 건 고쳐야지. 시상에 애비 없는 부모가 어디 있다구. 안 그래."

백수는 계속 자기 고집을 붙들고 안 놓는다.

"세상에 자식 이긴 부모가 몇이나 된다구."

"그래도 난 그래 몬 한다. 자슥 하고 연을 끊으면 끊었제 그건 안 댄다."

지금까지 조용히 듣고만 있던 박광수씨가 한소리 거든다.

"자네 집엔 아비가 몬 오게 해서 안 오지만 우리 집 큰조카는 지 발로 안 들어온다 아이가. 참 기똥찰 일이지."

"그 쪽은 와?"

"지 아버지가 저 모르게 지 동생 도와 줬다고 안 그러나."

"누구 재산인데?"

"누구 재산은 무슨 누구 재산이라, 지 아버지 거지."

"그 놈도 참, 웃기는 놈이구만."

"지난 아버지 제사 때 큰집에 들렀더이 큰 조카가 안 보이더라고. 왠 일인고해서 물어밧더이 그런 얘기를 하잖어. 그래서 삐져 안 온다구."

"모두 잘난 놈들이구만."

"시끄럽다. 지 성(姓) 지대로 가지고 있는 것만으로도 큰 다행으로 알아라. 이자 좀 있어바라 카이, 호주젠가 먼가 그게 없어졌다 카이 제사도 몬 얻어 묵을 기라. 시상이 그래 돌아가는 거 아이가."

지금까지 세상을 지배해오던 유교문화가, 그 속에서 뼈가 굵어온 자신들의 이데올로기가 마침내 흔들린다는 것일까, 주고받는 이야기들 속에 땅이 꺼지는 한숨도 섞인다.

칠순 잔치 분위기로 시작된 이야기는 이제 끼리끼리 안 넘나드는 곳이 없고, 언제 끝날 줄을 모른다. 그리고 듣는 사람은 없고 모두 지껄이는 사람들뿐이란 것도 이런 자리의 풍경이다.

그때쯤 누군가가 더 붙들고 자꾸 이야기해봐야 그 이야기가 그 이야기일 뿐 더 이상 뾰족한 수가 없다는 걸 알고는 벌떡 자리에서 일어나며 말한다.

"짜른 밤에 자꾸 물레질만 할 거야. 공장도 돌리야지. 오늘은 모두 두둑할 거 아녀. 세뱃돈 받은 거도 있고 하이 또 들어가 보자구."

그런 소리 백날 떠벌리고 있어봐야 입만 거칠어질 뿐 대책이 없으니 그만 고스톱이나 치자는 이야기다.

"좋아, 좋아. 들어가자구"

"본전은 건져야지. 목을 축였으니 상황이 오전하곤 좀 달라질 거 아냐."

모두 그 말이 나오기를 기다렸다는 듯 뒤를 따라 오락실로 들어 간다.

칠십생남(七十生男), 그게 안 되면 그땐 죽어야지

오늘 동우회에서 화두는 노인의 성생활이다. 우리들 화두 가운데 가장 많이 등장하는 주제다. 이야기가 잦다는 건 그쪽에 미련, 불안 같은 문제요소가 있다는 뜻이다.

이런 주제가 대개 그렇듯 잡담 속에 진솔함이 들어 있고, 그런 진솔함이 잡담처럼 서로의 가려운 곳을 긁어줄 때가 많다. 보이게 안 보이게 정보역할도 한다.

한 사람이 은밀하게 넣어둔 듯한 비아그라를 꺼내 보이며, 누구든지 꼭 필요한 사람이 있으면 아주 헐값으로 구해주겠다고 입을 뗀다.

"그거 진짜 맞기는 맞아?"

"맞다이까. 물건에 자신이 없으면 사람을 봐야제. 품질은 내가 보증한다."

"요즘 가짜가 어찌 많던지 도무지 믿을 수가 있어야제. 중국 내왕하는 보따리 장사들도 이걸 봉다리로 들고 댕기믄서 팔더라 카이. 그걸 누가 믿겠노 말이다."

"이건 그런 거 하곤 다르다. 여기바라, 파이자 마크가 딱 붙어 있잖어. 비아그라라 카믄 일단 파이자 아이가."

"그것도 똑같더라이까. 색깔도 파랗고."

"이거 우리 계원들이 단체로 주문한 기다. 계원 가운데 여동생 하나가 독일 있걸랑. 칠십 년대 초 서독으로 광부, 간호원한다고 사람들이 마이 갔잖아. 그때 간호원으로 들어가서 안나오고 눌러 사는 사람인데 그 사람이 직접 보낸 거 아이가. 포장까지 다 확인하고 구입한 기다. 그래도 몬 믿겠나."

그때까지 옆에서 조용히 듣고만 있던 친구가 끼어든다.

"진짜라믄 자네는 그런 걸 와 팔라카노?"

"나는 필요읍다 카이"

"자네는 산삼 묵었나?"

옆에서 또 싱겁게 끼어든다.

"그래, 나는 산삼 묵었다.

"자네도 그거 샀는 거 아이가. 그라믄 왜 샀노 말이다."

"야, 이 사람아. 그러큼 사람을 몬 믿나. 첨에 내가 안카더나. 계금(契金)으로 단체로 구입해서 나눈 건데 그걸 내 혼자 우째 빠진다 말이고. 저엉 몬 믿겠걸랑 치아뿌리라. 내가 무슨 장사할라고 그러나. 자네가 필요하다고 찾아싸이 내가 가져온 거지."

"댔다. 알았다. 그런데 하나에 만 오천 원은 너무 비싼 거 아이가?"

"안 비싸다. 본전에 주는 기다."

옆에서 히히덕거리며 또 누가 거든다.

"물건을 모르만 돈을 마이 주라캤느라. 부르는 대로 다 줘라. 들어보이 믿어도 개한치 싶다."

"나도 잘은 모르겠는데 거기 자시 들어다보믄 용량이 표시대 있는 갑더라. 모양은 똑같아도 반밖에 안 대는 게 있대."

또 누군가 싱거운 소리를 꺼낸다.

"그런데 하나 물어보자. 임자는 그거 누구한테 써묵을라카노? 기필코 할마이한테 써묵을 거는 아일 거고."

"시상에 마누라한테 비아그라 쓰는 놈이 어데 있더노. 긴요하게 쓸 곳이 있다카이."

"보관 잘 하라구. 나는 마누라한테 들키가지고 죽을 고비를 안 넘갔나. 모를 줄 알고 그냥 약통 속에 넣어났더이만 용케 알더구마. 내가 유경험자로 가르쳐주는 거니까 참고하라고. 그라고, 자네 첨이걸랑 온 거 다 먹지 말고 반만 먹어라. 진짜라카믄 반만 먹어도 죽여준다 아이가."

"상대가 누군데?"

"이 사람아 그런 건 묻는 기 아이다."

거래가 무르익는 듯하자 어느 틈에 이야기는 그쪽으로 르네상스를 맞는다. 스스럼없는 발언이 백화제방(百花齊放)을 이룬다.

"나도 하나 물어보자. 그런데 그게 약을 써가믄서 발광을 해야할 만큼 필요한 기가 말이다. 힘 부치믄 안하면 대는 거 아이가."

"여기 또 공자 하나 나왔네. 야, 이 친구야. 그거 끝나믄 인생 종치는 거다. 알기를 그래 알믄 댄다."

"칠십생남(七十生男)이란 말 들어봤어. 그게 공자 아버지 이야기야. 칠십에 야합(野合)으로 공자를 맹글었다 안 카나. 혹시 모른다. 국산 공자가 또 하나 나올지."

"그때야 어데 비아그라가 있나, 모두 지 힘으로 한 거이까. 우리가 이러쿵저러쿵 할 거는 아이고."

"우리네 아버지, 어무이는 모두 나이 들면 사랑방, 안방 따로 거처했잖아. 나는 그게 얼매나 자연스럽다는 걸 그 나이가 대보이까 알겠더구만."

"그럼 임자는 각방 쓴다 그 말이야?"

"어제, 오늘 쓴 거도 아이고 환갑 전부터 그렇게 쓴다."

"허허, 저런. 그래도 어부인께서 조용하시던가."

"조오타 그러지. 코 더렁더렁 골지. 냄새나지. 사실 그래 자이까 나도 핀하더라카이. 서로 핀하믄 댄 거 아이라."

"나도 독방 차린 지 한참 대능구마. 우린 TV까지도 따로 본다. 운

연속극을 그러큼 조아하는지. 그거 말짱 거짓말 아이가 난 딱 질색
이라카이."

"그런데 비아그라는 지랄할라고 찾나?"

"야 이 사람아, 요긴하게 쓸데가 있다 안카나."

"그래 늬말이 맞다. 동물 성생활하고 사람 성생활은 같을 수가
없는 기라. 동물은 단순한 종족보존이 목적이지만 사람의 성생활
은 그기 아이라니까. 그 자체가 목적이라니까."

"지금 목적이라카나?"

"그래. 내가 틀린 말 했나."

"아니다. 지대로 봤다, 그 말이다. 사는데 그거 빼봐. 무슨 낙이
있노 말이다. 그만 죽어야지."

"참 골치 아픈 이야기구마."

"이 사람이 머라카노. 그게 우째 골치아픈 이야기고. 멀 몰라도
한참 모르는구마."

또 한 친구가 옆에서 끼어든다.

"병을 고치는데 최상의 치유는 약을 안 쓰고 고치는 거야. 내가
그걸 하나 아르켜 줄게. 러브호텔 알지, 그거 와 러브호텔이라 카
는 줄 아나. 거기엔 그만한 이유가 있다 아이가. 거기 가봐야 몇 푼
안 드니까, 낼이라도 마누라 하고 한번 가보라구. 콤콤한 된장냄새
나는 방구석을 떠나 분위기를 한번 싹 바까보란 그 말이다. 그만
벌떡 일어나게 돼 있능 기라."

"비아그라가 들으믄 웃겠다. 그게 무슨 치유야."

"한번 실험해 보라고. 해보고 안 되거든 반론을 제기하라구."

"집에서 새는 바가지 밖에 나간다고 안 샐 줄 알어."

"저 사람은 내 말을 어디로 듣고 저라노. 이건 다 임상실험으로 나온 거야. 그래도 잘 안 대믄 또 있다. 다음은 뭐고 하믄 포르노 테이프 있지. 자기 직전에 그걸 한번 보고 자란 말야. 보란다고 마누라는 코를 골고 있는데 지 혼자만 보지말구. 알겠어. 머리를 좀 써, 이 사람들아. 그래도 안 댄다카믄 그때는 죽어야제. 별 수 없는 거 아이겠어."

"놀랬다. 정말 연구를 마이 했구만"

"뜻이 있으믄 길은 있게 돼 있다. 그래만 알아라카이."

"고만 다 시끄럽다. 안 대믄 안 하믄 댈 거 아이가. 여자한테 폐경이 오믄 그걸 하지 말라는 거야. 힘이 한계에 오믄 안 해야지. 돈이 생겨, 밥이 생겨, 그런데 와 목숨을 걸고 거기에만 매달린단 말이고."

"누가 목숨까지 걸고 그라는데?"

"약 찾는 친구들이 다 그런 거 아이라."

"이자 보이까, 임자는 하나만 알고 둘은 모르는 구마. 진리도 시월이 가믄 자꾸 바낀다 아이가. 처갓집하고 뒷간하고는 멀만 멀수록 좋다 안카나. 그런데 요새는 우째 대 있노. 바로 방 옆에 안 두고 사나. 그런데…."

"아이구 두(頭)야."

"이런 거 얘기할 땐 솔직해야 한다. 탁 까내 놓고 얘기하자고 시상에 그거보다 더 존 기 머가 있더노? 나는 누가 머래도 그래 생각하는 사람이다. 하는 데까지 해보고 그래 살다가 가는 거지 머, 안 그러나."

"오냐, 오냐. 이녁 말이 옳다. 내가 졌다. 한 나이라도 덜할 적에 부지런히 써먹어라. 그것도 일종 보시(報施)아이가."

"이자 바른 말 나오는 구마."

"하나 당부하는데, 복상사(腹上死) 소리만은 안 나오도록 해라. 구구팔팔 복상사란 말 들어봤제."

우리들에게 이런 이야기는 끝이 없다.

서로 주워섬기다 보면 못하는 이야기, 안 나오는 이야기가 없다. 농인지 참인지 모르겠으나 다시 돌아오지 못하는 회춘(回春)에 대한 인간적 연민(憐憫)만은 충분히 가는 이야기다.

어떤 의미에서는 이야기 자체가 소일거리며 즐거움인 동시에 우리 나이만이 누리는 행복이기도 하다. 이런 건 오늘에만 있는 이야기도 아니며 어제도 있었고, 내일에도 또 등장할 이야기다.

자꾸 걸으세요, 그게 보약입니다

저녁숟가락을 놓고 TV를 조금 보다가 8시가 되는 걸 보고 학교운동장을 찾는다. 헤드폰이 달린 조그만 라디오는 이때 필수품이다.

운동장 하나를 가운데 두고 초등학교와 중학교가 마주보고 있는 북구 동변초 · 중학교. 벌써 운동장에는 트랙을 돌기 위해 나온 인근 사람들로 부산하다. 대충 잡아도 2백 명은 되리라. 반시계 방향으로 도는 형상이 흡사 환절기의 초원을 찾아 이동하는 아프리카의 누 떼의 모습이다. 사람들이 물결을 이룬다. 적을 때는 2, 30명이지만 4, 5월과 9, 10월 많을 때는 3, 4백 명이 넘는 그야말로 인파를 이루기도 한다.

팔을 어깨높이로 올려 제식훈련하는 군인처럼 걷는 이가 있는가 하면, 경보(競步)자세, 산책 차림, 등산가방을 메고 걷는 이들도 있

고, 유모차를 끌고나와 어린아이와 함께 걷는 이도 있다. 팬티 차림으로 뛰는 사람도 물론 있다. 여기만 그런 게 아니라 다른 운동장도 비슷한 모양이다.

모두 살을 빼기 위해, 축적된 에너지를 소모하기 위해 날이면 날마다 이런 작태를 연출하고 있는 것이다. 이런 낭비성 에너지를 생산적인 곳에 이용하는 방법은 없을까, 나는 가끔 이런 생각도 한번씩 해본다.

지난날 농경시대를 산 우리네 부모님들은 일에 시달려 저녁숟가락 놓기가 바쁘게 잠에 떨어져 녹초가 되었던 시절과 어처구니없는 비교도 더러 해보면서. 우리 시대가 만든 또 하나의 풍속도다.

나도 그들 가운데 한사람이 되어 따라 흐른다. 나에게 유산소운동은 그런 것 말고는 없다. 동류의식 때문일까, 혹 내 나이와 비슷한 사람들이 있나 해서 두리번거리며 찾아본다. 이제 살만큼 살아 그런지 우리 나이에 거기 나온 사람은 드물다.

나는 일주일에 세 번쯤 나오는데 보통 한번에 15바퀴 안팎으로 돈다. 집에서 여기까지 오는 거리를 포함시키면 평균 10리 쯤 된다. 소요시간은 1시간 정도. 만보기를 차고 걸어봤더니 5천보 안팎으로 나온다.

병원신세를 한번 진 일이 있고부터 나름대로는 게을리 하지 않고 열심히 운동에 매달리고 있다. 성인병 예방은 그 길밖에 없다는 의사의 처방에 따른 것이다. 노력만 하면 하는 것만큼 더 살 수 있다는데 왜 안한단 말인가. 솔직히 아직은 더 살고 싶다.

친구 가운데는 나 같은 사람들이 많다. 어떤 이는 당뇨 때문에 매일 20리를 걷는다. 비가 와도 눈이 와도 걷는 사람이다. 한 번만 걸러도 당장 표가 난다고 했다. 그것으로도 부족해 초콜릿이나 사탕을 항상 지니고 다닌다. 갑자기 당이 떨어져 신체의 이상현상이 나타나면 보충할 구급약이란다.

"이래가지고도 꼭 살아야 하는지 이건 심각하게 한번 생각해볼 문제라고."

언젠가 빗속에서 걷다가 만난 그가 내게 한 말이다.

우리 나이에 한두 가지 병 안 가지고, 약 한두 종류 안 먹는 사람은 거의 없다. 영양제를 먹어도 먹는다. 그것도 약방에서 파니까 약이다

"이제 나이가 있는데 병을 이길 수도 없지만 꼭 이기려고 해서도 안 됩니다. 병을 친구해서 그래 같이 사서야합니다. 지금 연세에 찾는 질병은 모두가 퇴행성 질병이기 때문에 어쩔 수가 없습니다."

퇴원 때 주치의가 한 말은 잊을 수가 없다. 말하자면 이제 고물이기 때문에 완치한다는 건 어렵다는 것이다. 좀 기분 나쁘게 들으면 이제 살만큼 살았으니 그냥 그대로 살다가 죽으면 된다는 말과 무엇이 다른가.

섭섭하게 생각할라치면 끝이 없지만, 의사의 이야기는 위안도 처방이라니까 좋은 쪽으로 받아들인다.

좀 더 살아보겠다고, 아니 좋게 말해서 사는 날까지는 건강하게 살아보겠다고 운동장을 돌고 있노라면 온갖 생각이 다 든다.

자꾸만 움츠러드는 신체, 희미해져만 가는 정신력은 어떻게 할 방법이 없다. 행여 잊을세라, 초롱같은 정신력을 가진 사람들이 어느 틈에 아파트 열쇠와 휴대폰을 목에 걸고 다니는 걸 보면, 저 사람도 별수 없구나 싶은 게 한심한 생각도 든다.

자기 자식에게 물려줄 자서전을 쓴다는 사람도 있다. 엄동설한에 전신주에 매달려, 맨홀 속에서 밤을 낮으로 알고, 이 나라가 오늘날 정보통신 강국으로 있게 한 밑거름인데 왜 할 이야기가 없겠느냐는 게 집필 동기란다.

속절없이 내닫는 세월의 틈바구니에 끼어, 꼴에 자리 값 한다고 남 먹는 나이 다 먹고, 그래도 가락은 있어 남 우쭐대는 흉내도 따라 해보다가 욕을 바가지로 덮어 쓰기도 하며 살아온 반평생.

얼마 전 신문에 "죽음을 조용하게 의연하게 아름답게 맞고 싶다", "잘 죽는 것이 곧 잘 사는 것이다"라는 주제아래 죽음에 관한 학문적 접근을 한다면서 죽음학회가 발족되었다는 기사를 본 적이 있는데, 이도 그런 맥락에서 비롯된 것이 아닐까.

천자문세대로 출발해서 말년을 컴퓨터세대로 보내게 되었으니 그 갈등이 궁상(窮狀)으로 자리 잡는다.

"그것도 나이라고 이자, 여게 말고는 갈만한 데가 없다이까. 영화를 하나 볼래도, 잡지책을 찾아봐도 우리 볼 거는 하나도 없어.

간다고 캐봐야 구청 복지회관하고 산인데, 복지회관은 그렇고 좀 있으면 산에 가서 아주 뿌리를 박아야 하는데 땀 빼 가며 거기 오르기도 그렇고. 동우회 이거 참 잘 만들었지. 이런 것 하나 안 생겼더라면 이 나이에 어디 갈 거여."

"누가, 어데 일자리 하나 알아바주라. 사람이 심심해서 몬 살겠다. 돈이야 주든말든 상관 안 할 긴게. 이 존 시절, 이러다간 평균수명도 몬 누리겠다 아이가."

하는 소리, 들리는 소리가 모두 이런 것뿐이다.

65세 이상 자살률이 10만 명당 71명으로 OECD 국가 중 1위를 누리고 있다니 또 하나 '우리를 슬프게 하는 일'이 아닐 수 없다.

아는 사람들 가운데는 상당수가 산을 무시로 오르기도 하고, 이틀이 멀다고 목욕탕을 찾는가 하면, 헬스클럽에 가 사는 사람, 사무실에 앉아 있으면서도 잠시를 그냥 못 있고 요가 흉내로 몸을 비트는 사람들이다. 그 중에는 생식이나 선식(禪食)이 좋다며 시작했다는 사람들도 있다. 한마디로 모두가 죽음과 대치해서 전쟁을 치르고 있는 사람들이다.

김삿갓(金炳淵)이 마지막에 지은 시라고 알려진 "萬事皆有定 浮生空自忙(세상일이란 게 이미 다 정해져있는 것, 떠돌아다니며 바쁘게 설쳐봐야 결국은 공으로 돌아가는 걸)"을 한번 떠올려본다.

이런저런 생각들을 해가면서 돌아가노라면 어느 틈에 지났는지 모르게 한 시간이 후딱 지나간다.

익은 감도 떨어지고, 생감도 떨어지고

　가톨릭병원에 친구 김민우 문병을 다녀왔다. 먼저 다녀온 친구의 말에 의하면 살아서 퇴원하기가 어렵겠더라고 해서, 저승이 있는지 없는지 모르지만 혹 거기서 다시 만나더라도 얼굴 붉힐 일은 없어야겠다고 생각하며 들렀던 것이다.

　내가 갔을 때 그는 멍한 눈으로 바라보기만 했다. 그 눈빛이 친구를, 사람을 보는 눈이 아니라 앞에 낯선 물건이 어른거리니까 보는 듯한 퀭한 시선이다.

　서로 한동안 쳐다보기만 하다가 내가 먼저 입을 열었다.

　"좀 어떠노?"

　친구는 만사가 귀찮은 듯 표정 없이 초점 잃은 눈망울만 껌벅였고, 옆에서 지키고 있던 부인이 말했다.

"한 이틀간 이승을 떠났다가 다시 돌아왔습니다."

"…."

"숨만 쉬었지 듣지도, 보지도, 아무 거도 모르더라 아입니까."

말투로 봐 혼수상태를 헤매었던 모양이다.

이런 경우 어떤 이야기를 해야 환자에게 도움이 될까, 아무리 머리 속을 헤집어 봐도 떠오르는 말이 없다.

침대 머리맡에 반짝이는 십자가가 달린 묵주가 하나 걸려 있었다. 내가 알고 있기에는 종교라면 펄쩍 뛰는 친구인데 마지막으로 그런 데라도 한번 의지해보는 것일까 생각해본다. 본인은 그런 걸 알고 있는지 모르지만 안다면 아마 지푸라기라도 잡고 매달리는 심정일 것이다.

10여 년 전 아르바이트로 다친 막내가 이 병원에서 2년 넘게 입원한 일이 있기 때문에 이쪽 관행을 조금 안다. 세 번이나 큰 수술을 했는데 그때마다 수녀가 찾아와 환자의 손을 만지며 기도를 해주던 일이 떠오른다. 가톨릭과 무관하지 않는 병원이라 기도도 일종의 치유로 보고 그렇게 해주는 것으로 알고 있다.

한동안 친구랑 멀거니 쳐다보기만 하다가 저쪽에서 잠이 들기에 안 듯, 모른 듯 나오고 말았지만 나오고 난 뒤에도 개운한 기분은 아니다. 아무래도 살아 퇴원하기가 어려울 것만 같은 생각이 든다.

얼마 전에 다른 친구 상문을 가서 "천년만년 살 거 같지만 이젠 길어 10년이고 짧으면 5년이다, 다 거기 가면 만나게 돼 있는 기라"고 그가 했던 말이 귓바퀴에 아직 살아있다.

사신(死神)이 우리 주변을 맴돌고 있어 그런지 요즘 와서 죽음에 대해서 생각해볼 때가 많다. 새벽에 잠이 깨면 곧잘 이 명제와 만나 실랑이를 하게 된다.

죽으면 어떻게 되는 것일까. 과연 영혼이란 게 있는 것일까. 내가 눈으로 확인한 범위 안에서는 영혼은 결코 없다. 한줌 흙으로 돌아가는 것뿐이다. 무(無)에서 태어나 무로 돌아가는 것이다. 영혼이 있다는 건 산 사람에 의해서 가상(假像)으로 만들어지는 것밖에 안 된다. 형체도 행위도 없는데 그게 무슨 역할을 할 것인가.

죽으면 하나님 곁으로 간다는 이야기, 죽음은 끝이 아니고 새로운 시작이라는 이야기, 염라대왕이 지배하는 나라에서 새로운 삶을 영위한다는 이야기 등등 숱한 이야기들이 난무하지만 모두 그야말로 귀신 씻나락 까먹는 소리일 뿐이다.

영혼이란 하나의 종교적인 개념으로만 존재할 뿐이다. 학문적으로는 어떤지 모르지만 일흔 가까이 산 범부(凡夫)의 경험으로 내린 결론은 그게 전부다.

죽으면 모든 게 끝이다. 자손으로 대를 이어나간다는 점에서는 영생이란 말이 통할지 모르지만 하나의 생명체로서의 존재의미는 죽음과 동시에 막을 내린다. 재연(再演)이 있을 수 없는 딱 한번뿐인 인생 좀 더 열심히 살아, 나 같은 사람도 이곳을 다녀갔다는 흔적하나 남기지 못한 것이 아쉬움으로 남는다.

작년 가을부터 금년 봄까지 6, 7개월 동안 내 곁을 떠난 사람들이 5명이나 되는데 그들의 죽음 하나하나가 모두 안타깝다. 지난 해 늦가을에 죽은 김만수 씨의 죽음이 특히 그랬다. 그는 친구들 가운데 전원생활(단순한 시골생활이기 때문에 일반적으로 우리가 알고 있는 전원생활과는 거리가 있다고 봐야할 것이다)을 했던 대표적인 인물이다. 출신이 시골이라 평소 직장생활을 하면서도 노래가 정년 마치고 나면 고향에 가서 살겠다는 것이다. 그리고는 그 꿈을 실천에 옮겨 퇴직하자 바로 시골에 들어가 묻혀 살면서 무슨 행사가 있을 때나 한 번씩 얼굴을 내놓았다. 그때마다 자기는 그 생활이 너무 좋다고 했던 사람이다.

　나는 직접 가보지 못했지만, 나중에 빈소를 다녀온 동료 계원들의 이야기를 들음으로써 그의 죽음이 어떠했다는 것을 알 수가 있었다.

　"말은 안 해도 언제 죽었는지 확실하게 죽은 날짜도 모른다는 거야."

　"그게 무슨 말이고?"

　내가 물어보았다.

　"이쪽에서 종일 전화를 걸어도 안 받길래 혹 싶어 찾아가 보이까 죽어 있더라는 거야. 전화를 얼마 만에 했는지, 그러자니 언제 숨을 거뒀는지 그걸 우째 아노 말이다."

　"그럼 가족들이 임종도 못했겠구만."

이것만은 남기고 가야지

"언제 죽은 지도 모를 판인데 임종이 다 뭐꼬."

"어허, 저런."

"혼자 거기 들어가 사는 거부터가 잘 못 됐다이까. 나이도 있는데 무슨 용을 빼겠다고 마누라도 없이 혼자 그 골짜기에 박혀 사노 말이다. 미친 사람 짓이지."

그의 계원(契員) 가운데, 한 달 전쯤 자기 사는 모습을 보여주겠다며 시골에 한번 들어오라고 해서 만나고 온, 가장 최근에 만났다는 사람들의 이야기다.

"자기 부인은 죽어도 촌에 가선 살기 싫다는데 뭐. 그래서 혼자 들어가 있는 거 아냐. 젊었을 때 그만큼 땅 파먹고 고생했으문 댔지, 지랄한다고 또 거기 들어가 박히느냐는 거지."

"그럼 본인도 안 들어가야지. 이치가 안 그래. 마누라 말만 들었더라도 그래 죽지는 않았을 거 아냐."

"그걸 누가 아노."

"지 눈깔 지가 찌른 거야. 똥고집은 있어 가지고. 남의 말도 들을 건 들어야제. 하긴 또 모를 일이기도 하지. 지가 좋아 혼자라도 거기에 들어가 박혀 산 거 아이겠어. 아이그 모르겠구마. 자식 얼굴도 생각해야 될 거 아인가배."

고인에게 하는 이야기로는 심할 정도로 그들은 막말을 해댔다.

두어 마디 그들의 이야기를 듣는 것만으로도 그 양반의 전원생활, 아니 혼자 산 시골생활이 어떠했다는 건 충분히 알만했다.

언제부터인가 줄어든 새벽잠자리에 잡동사니 망상들이 난무한다. 그 난무 속에 죽음의 나래 짓도 언뜻언뜻 보인다. 할아버지가 64세에, 아버지가 69세에 별세했는데 어느 틈에 그 중간에 내가 와 있음을 발견한다. 아무리 의술이 좋다고는 하지만 인간 수명을 기계 수리하듯 치료할 수는 없는 노릇이다.

박수칠 때 떠나라는 말을 죽음에도 한번 대입시켜본다. 내 능력으로 의식주를 해결할 수 있을 때까지만 살고, 그 처지에서 벗어나면 떠나는 것이 가는 사람에게도, 남아있는 사람에게도 좋은 일이 아닐까 생각해본다. 그러나 그게 생각처럼 그런 계산으로 살 수도 없는 일이다.

"오래, 오래 사세요."

하기 좋은 말이라고 모두 자꾸 더 살라고 하지만 캐고 들면 그런 욕도 없다.

언젠가 친구 장례식에 참석했다가 오는 길이라며, 직장 선배였던 한 사람이 이런 말을 한다.

"우리 고향 상주 낙동(洛洞)에서 대구로 나온 친구들이 모두 일곱이었거든. 그런데 이자 다 죽고 넷밖에 안 남았는데, 오늘 또 하나가 죽어 장례식에 가서 보이까 하나는 아파서 몬 나왔지, 친구라고는 나까지 해서 둘밖에 없더구만. 앞으로 나 죽고 나믄 나한테는 상문 올 친구도 하나 없다 아이가."

하나라도 친구가 남아있을 때 돌아가셔야겠다고 농으로 받아 서로 웃고는 말았지만, '살아남은 자의 슬픔' 이라고나 할까, 모두 우리를 슬프게 하는 일이다.

명절로 가솔(家率)들이 모이면 좋을 것 같지만 다 옛날이야기다. 만나는 순간 고개 한번 꾸벅하고, 수인사만 닦으면 그때부터는 남남이다. 군중 속에서 고독을 느낀다더니만, 한 살라도 더 먹어보니 명절에 더 외로움을 느끼고 소외감을 갖게 한다. 세월이 그런 세월이다.

우리 대소가(大小家), 8촌 이내 사람 중 나보다 나이 많은 사람을 꼽아보니 9명 안팎이다. 그 가운데서도 과반이 여자들이고 남자로는 내가 4위다. 순서야 없다지만 순서대로 가더라도 얼마 남지 않았다.

정말 서글프고, 자꾸 서러워진다. 어쩌다가 여기까지 왔을까. 그래서 그런지 무모하기 짝이 없는 노릇이지만, 가끔 하늘 향해 고함을 치고 싶을 때가 있다.

"야, 이놈들아. 너희들은 안 늙을 줄 아냐. 천만에 말씀이다. 늘 푸를 줄 알지만 그거 잠깐이더라. 세월이 그냥 두질 않아. 나도 한때는 꿈나무였고, 유망주였단 말이다."

죽음에는 순서가 없다느니, 익은 감도 떨어지고 생감도 떨어진다느니 해서 이 불가항력을 자위인지, 포기인지 모를 말로 받아들일 수밖에 없다고는 하지만 죽음은 누구에게나 공포와 절망의 대상이 아닐 수 없다.

지인들의 사망소식에도 야단스럽지 않고 눈빛에만 어리는 연민(憐憫), 비창(悲愴), 통한(痛恨) 같은 것이 그렇고, 누에가 섶에 올라가 고치를 짓듯 어쩌지 못해 마련해둔 자신들의 장지(葬地) 이야기가 그렇다.

　천상병 시인의 〈歸天〉의 한 구절이 생각난다.

　　노을빛 함께 단 둘이서

　　기슭에서 놀다가 구름 손짓 하면은

　　나 하늘로 돌아가리라.

　　아름다운 이 세상 소풍 끝내는 날

　　가서 아름다웠더라고 말하리라.

　이 세상에 온 소풍놀이가 아름다웠는지, 괴로웠는지 그건 저마다 느낌이 다를 터인데 혹 천 시인만 아름답게 본 건 아닌지 모르겠다. 내일쯤, 늦더라도 모래쯤엔 가톨릭병원에 있는 친구에게서 무슨 연락이 올 것만 같은 생각이 자꾸 든다.

아직도 우리는 꿈을 그리고 있습니다

예닐곱 살 전후되는 사내아이 셋이 어깨동무를 하고 찍은 손바닥만 한 사진 한 장. 우리 집 거실 TV옆 액자에 담겨 놓여 있다.

처음 보는 사람들은 한 번씩 묻는다.

"쟤들은 이집 손잔가? 어째 셋이 똑같네."

손자가 아니라 아들이다. 두 살 터울이지만 어렸을 때 찍어둔 거라 고만고만해서 아버지인 내가 보더라도 누가 큰애인지 분간이 잘 안가는 사진이다. 중간 아이가 결혼을 해 나가자 아내가 묵은 앨범에서 찾아내 거기 내놓은 것이다. 카메라 사진인데다가 확대를 해서 좀 희미하긴 해도 헤헤 웃으며 어깨를 짜고 붙어 있는 모습이 퍽 앙증맞고 살갑다. 아마 아내는 거기에다 초점을 둔 것 같았다.

"갑자기 저 사진이 왜 저기 나와 있지?"

그 사진이 처음 거기 나와 있던 날 아내에게 물어보았다. 세상 어느 집에도 그런 식으로 사진을 내놓은 집은 못 보았기 때문이다.

"왜 내놓긴. 그냥 내가 볼라고 뒀지."

"취미 한번 고상하네. 안하던 짓을 하고는."

"나 좋으면 됐지, 그런 간섭 말아요."

"이왕 내놓을 바에야 좀 커서 찍은 걸 내놓던지. 내 눈엔 누가 누군지도 잘 모르겠는데."

"신경 쓰지 말라니까 그러네."

"…"

그런 쪽은 아내의 영역이라 내 이야기는 더 진전을 못한다. 여러 날이 지난 뒤에서야 아내는 그 까닭을 설명했다.

아이들이 모두 집을 나가고 나면 자식도 품안 자식들 말이지, 거기다가 모두 사내자식들이라 집에 잘 찾아오지도 않을 거라면서, 그 공백을 사진을 보면서 메우겠는 것이다.

굳이 어릴 때 사진을 택한 건, 저 나이 때가 엄마를 가장 많이 찾았고 따랐으며 또 제 형제들끼리 서로 감싸고, 위하고, 아껴주었기 때문이란다. 그러면서 당시 그 순수했던 마음을 그대로 지니도록 축원해주고 싶다는 것이다. 그러면서 이런 말을 꺼낸다.

"내가 얘기 하나 할까?"

"무슨 얘긴데…"

"우리 상은이 유치원에 다닐 때다. 같이 백화점에 갔거든. 사고 싶은 건 많지, 수중에 돈은 없지, 이거저것 재고 있으니까 걔가 뭐라는 줄 알아요. 나중에 나한테 백화점 하나 사주겠다는 거야."

"…."

"그만 세상을 다 얻은 거 같더라고."

아내의 쓸쓸한 웃음 끝에 한 모자의 자효(慈孝)가 반달로 매달린다. 아닌 게 아니라 동화 같은 이야기다.

이제 다 끝난 일들인데도 어렸을 때 찍은 사진을 보고 있으면 그렇게 행복하단다. 아직도 백화점 약속을 기다리고 있다는 듯. 아마 아이들이 나중에 대통령이 되겠다고 했더라면 아내는 대통령의 어머니로 그들을 지키고 있을지 모르리라.

"당신 참 재미있는 사람이다."

내가 한마디 안 거들 수가 없다. 세상 어느 부모가 자식에 대한 꿈을 버릴까. 다 가지고 있다. 자기가 못 이룬 꿈을 간접적으로 이뤄보려는 보상심리의 작용으로 본다. 그러나 그 꿈들이 실현되는 일도 없진 않지만 대개 그저 꿈으로 끝나고 마는 게 현실이다.

아내는 똑같은 사진을 세장 더 인화해 따로 보관하고 있다면서 나중에 아이들이 가정을 이뤄 나가면 하나씩 나눠줄 거란다. 잘살고 못사는 건 팔자소관이겠지만 그 사진이 형제간 우애를 지키는데 일조(一助)가 되어준다면 더 바랄 게 없다면서.

"저 사진을 걔들이 제대로 지니고 있겠어?"

내가 물어본다. 새로 들어온 사람(며느리)에게 그런 일이 어떤 모습으로 비칠지, 현실은 어디까지나 현실인지라 적이 염려스러워서다.

"나중에 가서 버리든 말든 그건 저네들 사정이고, 내 마음이 그렇다는 것만 전하믄 되니까."

아내의 이야기다.

아마 가족사진을 찍어 하나씩 거실 벽에 걸어두고 살아가는 사람들이 모두 그런 핏줄로 맺어진 친화력, 연대감을 염두에 두고 그렇게 했으리라 본다.

아이들 사진을 함께 보면서 이런저런 상념에 묻히자 어렸을 때 읽은 강소천(姜小泉)의 동화 〈구슬〉이 생각난다.

형제가 있었다. 어느 날 아버지가 어린이날 선물로 구슬을 사와 하나씩 나누어주었다. 그날부터 서로 내 것이 좋으니, 네 것이 좋으니로 샘을 내기 시작했다. 그러던 어느 날 동생이 그만 구슬을 개울에다 던져버렸다. 형이 놀란 눈을 하고 물었다.

"야, 그걸 왜 버려. 그럴 바에야 날 주지!"

"구슬이 없을 때는 세상에서 형이 제일 좋았는데, 구슬을 가진 뒤부터 형이 없어졌으면 구슬 두 개를 다 내가 가질 수 있었을 텐데 싶은, 엉뚱한 생각이 자꾸 든단 말야. 그래서 버린 거야."

동생의 이야기를 들은 형은 한참 동안 골몰에 잠긴듯하더니만 무슨 생각을 했던지 자기도 그만 구슬을 던져버렸다는 내용이다.

정석(定石) 동화로, 요즘 아이들에게는 별 흥미도, 감동도 못 주는 이야기지만 문득 그 생각이 떠오른다.

꿈은 꿈으로 있을 때 소중하고, 그 소중함으로 인해 가슴을 부풀게 만든다. 비록 그것이 현실로 나타나더라도 꿈으로 있을 때만큼 아름답지 못한 것이 꿈이다. 그건 꿈의 생명인 설렘이 없기 때문이다.

에라스무스가 쓴 우신예찬(愚神禮讚)도 그런 것이 아니가 생각해 본다. 우리가 하는 일이 아둔하고 쓸데없는 짓인 줄 빤히 알면서도, 그 어리석음이 우리의 삶을 즐겁고 윤택하게 만든다면, 굳이 마다할 것이 아니라는 일종의 자아도취에 대한 예찬 말이다.

아마 아이들 사진이 거기 있는 동안, 그리고 그 사진이 아내의 가슴에 살아있는 동안, 아내의 꿈은 아이들과 함께 '푸른 하늘 은하수 하얀 쪽배' 를 타고 서쪽 나라로, '엄마의 나라' 로 가고 있으리라 본다.

쓰고 나서

　TV채널을 여기저기 옮기다가 우연히 피겨의 여왕 김연아와 마주친다. 토크쇼가 한창이다. 자랑스러운 일을 해낸 데다가 인물마저 예뻐 시선을 고정시킨다.

　사회자가 묻는다.

　"옷, 무용복은 한 벌에 얼마쯤 합니까?"

　자기도 잘 모르는지 화면에는 안 나오지만 같이 온 사람에게 물어 대답을 한다.

　"우리 돈으로 150만 원 정도…."

　"우리나라에서 만든 건 아니죠?"

　"예. 캐나다에서. … 그런데 옷을 만들 때 양재사가 무용을 할 때 트는 음악을 꼭 가지고 오래요. 그 음악을 들으면서 만든다고."

　"아, 또 그런 게 있군요."

　"잘은 모르겠는데, 그걸 들으면 거기에 어울리는 색감이라든지 이런 게 떠오르는가 봐요."

　남녀 두 사회자가 똑같이 고개를 끄덕이며 아하, 그런 것도 있구나, 그게 그렇겠구나 하는 놀라면서도 공감하는 표정을 짓는다.

　나도 그 장면을 보면서 같이 감동을 한다. 그런 이야기는 처음 들

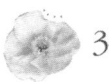

는다. 의상과 음악의 접목, 모르긴 해도 영감(靈感) 같은 걸 얻는 모양이다.

'모르차르트 효과'라고 해서 좋은 음악을 들으면서 공부를 하면 학업성과가 좋아진다든지, 곡식도 좋은 음악을 듣고 자라면 수확량이 오른다든지 하는 이야기는 가끔 들어도, 봉재를 하면서 음악과 어울리게 만든다는 건 처음 듣는다.

이를테면 김연아가 출연한 무곡 가운데는 〈오페라의 유령〉이란 게 있다. 프랑스 작가 가스통루르의 작품으로, 천상의 목소리를 타고났지만 기형으로 생긴 얼굴 때문에 가면을 쓴 채 오페라극장 지하실에서 살아야 했던 한 남자의 비극적 사랑이야기를 그린 내용인데, 그런 애절한 분위기가 하늘거리는 의상으로 승화되어 춤을 춘다는 이야기가 된다. 우리 같은 문외한이 들어도 정말 멋지다.

연기와 의상과 음악의 조화, 그날 우리들이 김연아에 빠져 못 헤어난 이면에는 그런 보이지 않는 차원 높은 교감이 공감대를 형성해 우리들 사이를 흐르고 있었던 것이다.

이것이다, 얼른 잡을 수는 없지만 느낌은 온다. 누군가 음악을 불언지교(不言之教)라고 했는데 그 말이 문득 생각난다.

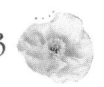

이것만은 남기고 가야지

1쇄 인쇄 2009년 6월 25일
1쇄 발행 2009년 7월 5일

지은이 이웅수
펴낸곳 도서출판 **맘글빛냄** · **인쇄** 삼화인쇄(주)
펴낸이 박승규 · **마케팅** 최윤석 · **디자인** 진미나
주소 서울시 마포구 서교동 463-3 성화빌딩 5층
전화 325-5051 · **팩스** 325-5771 · **홈페이지** www.wordsbook.co.kr
등록 2004년 3월 12일 제313-2004-000062호
ISBN 978-89-92114-45-5 03810
가격 12,000원